À toute épreuve

MARY CALMES

À toute épreuve

MARY CALMES

Publié par
DREAMSPINNER PRESS

5032 Capital Circle SW, Suite 2, PMB# 279, Tallahassee, FL 32305-7886 USA
www.dreamspinnerpress.com

Édition e-book en français : 978-1-64080-425-8
Édition imprimée en français : 978-1-64080-426-5
Première édition française : novembre 2017
v 1.0

Édité aux États-Unis d'Amérique.

Merci à mon mari d'avoir occupé les enfants afin que je puisse terminer,
à Tiana et Roy d'avoir surveillé le Pidgin,
et à mes fans qui m'ont demandé quand ils pourraient retrouver Jory.

I

AU COURS de ma vie, on m'a kidnappé deux fois, tiré dessus, poursuivi en voiture et capturé en pleine rue. Cela vous immunise un peu aux expériences surréalistes. À cause de ça, mon frère Dane est persuadé que ma capacité à détecter les situations étranges est un peu bancale. C'est possible. Les trucs que d'autres personnes, des gens *normaux*, trouveraient fous ou horrifiants ne me dérangent pas vraiment, alors de temps à autre, j'ai des difficultés à faire la différence entre un petit grain de folie et une psychose sévère. Je dois aussi vérifier, à l'occasion, que quand j'ai dit que quelque chose va, cela va vraiment. J'ai tendance à être tolérant envers certaines situations et circonstances. Par exemple, si un bon ami à moi me demandait de garder un flingue pour lui, je le ferais probablement simplement parce que c'est mon ami ; pourquoi remettrais-je ça en question ?

Cette tendance à trop faire confiance enrage complètement mon partenaire, mon mari – nous nous sommes mariés au Canada et nous portons des alliances – Sam Kage. Mais ces derniers temps, étant donné qu'il était absent, je n'avais pas à m'inquiéter de m'expliquer ou de justifier mes actions. J'en avais pourtant envie ; je voulais être interrogé parce que comme ça, j'aurais su que j'étais aimé. Sam tenait suffisamment à moi pour me questionner et cela me manquait.

L'homme en question était parti depuis trois mois, bientôt quatre, participer à une intervention fédérale. J'avais besoin de sa présence, de son contact, de son odeur sur les draps, de sa tasse de café vide dans l'évier et des serviettes qu'il laissait traîner par terre dans la salle de bain. Cela me manquait d'être au lit avec lui, et mon corps souffrait de son absence. Je me débarrassais de mon énergie sexuelle à la salle de gym et je courais comme un homme s'entraînant pour un marathon. J'avais même battu mon frère au squash, et il fallait que les étoiles soient bien alignées pour qu'une telle chose arrive. Quand Dane m'avait regardé d'un air émerveillé, je lui avais dit que j'avais besoin que Sam rentre pour pouvoir tirer un coup. Comme toujours, quand j'en disais trop, j'avais reçu ce regard de dégoût qu'il maîtrisait mieux que quiconque.

J'avais besoin de m'occuper, alors travailler le week-end m'avait semblé une bonne idée. C'était pour cela que je m'étais porté volontaire afin de passer un samedi avec Michelle Cooper, plutôt que de comater dans mon loft pendant deux jours. Normalement, quand Sam était à la maison, nous passions nos samedis au lit, des heures à coucher ensemble, et prenions un petit-déjeuner tardif. Le matin, avec sa voix rocailleuse, ses yeux doux, ses cheveux ébouriffés et son début de barbe, Sam pouvait arrêter mon cœur. Quand il ouvrait ses yeux d'un bleu ardoise pour la première fois chaque matin, la façon dont ils se plissaient, son sourire, la courbe de sa bouche... je ne pouvais pas m'en empêcher. Je dus soudain changer de position dans le train, parce que mon jean était devenu serré à l'avant. Il fallait que j'arrête de penser à mon homme.

Tout en tripotant l'alliance en platine à l'annulaire de ma main gauche, je descendis sur le quai d'Oak Park et dévalai l'escalier jusqu'à la rue. J'aimais cet endroit, j'y habitais même auparavant, et j'étais fou de ces petits magasins, des restaurants géniaux et des bijouteries qui vendaient l'ambre de la mer Baltique que ma meilleure amie, Dylan Greer, récoltait. Il avait cessé de pleuvoir des cordes, mais il faisait sombre et le ciel était couvert, la rue froide et humide, couverte de flaques d'eau, l'air imbibé de l'odeur la pluie. En passant devant un restaurant, un arôme sirupeux m'atteignit et j'eus soudain envie de pain perdu. Je notai mentalement de m'arrêter pour prendre un brunch dans un des restaurants que j'aimais après ma réunion / consultation.

Trois ans auparavant, Aubrey Jenner – alors Aubrey Flanagan – Dylan Greer et moi-même avions notre propre affaire. Mais *Harvest Design* avait périclité à cause de l'économie en déclin et nous avions été forcés de vendre et de trouver de nouveaux emplois. Je n'avais pas trouvé de travail dans mon domaine et j'avais refusé de retourner travailler pour mon frère, alors j'avais fini chez *Synergy*.

Ce que j'avais pris pour un boulot acceptable à l'époque, quand j'avais besoin de quelque chose, quoi que ce soit, et que j'étais désespéré, me donnait désormais l'impression de laisser lentement pourrir mon âme.

— *Tu ne dramatises pas un peu ?* m'avait demandé Dylan au téléphone.

Elle n'aimait pas non plus son boulot en tant que graphiste débutante chez *Tateman Limited*, mais au moins elle se servait de ses compétences.

2

— *Oh, Jory, mais tu te sers des dons que Dieu t'a octroyés,* m'avait-elle rétorqué d'une voix sèche. *Tu parles mieux aux gens que n'importe quelle personne de ma connaissance.*

J'avais grogné.

— *Alors arrête de pleurnicher et trouve un nouveau boulot, bon sang !*

Et il fallait que je le fasse, mais j'admets que je me montrais paresseux parce que ce travail ne demandait aucun effort et qu'il payait bien.

— *Rappelle-moi plus tard. Je voudrais passer au magasin qui vend ces épices bizarres, mais ce type...*

— *Peter.*

— *Oui, Peter. Il me déteste, donc tu dois lui parler.*

— *Il t'aime bien, ne sois pas stupide.*

— *Il t'aime bien, toi, Jory,* m'avait-elle assuré. *Il meurt d'envie de te tripoter. Je le vois à son regard prédateur quand il t'observe.*

— N'importe quoi, avais-je répondu d'un ton condescendant.

— *C'est vrai, mais tu ne le vois pas. Tu ne le vois jamais, jusqu'à ce qu'il soit trop tard.*

Je ne savais même pas ce que ça voulait dire.

— *Très bien, je te rappelle plus tard.*

— *Bien, va bosser.*

Et c'est ce que j'avais fait, et quand je l'avais appelé lorsque j'en avais eu terminé, nous étions allés faire du shopping ensemble. Le magasin d'épices avait été notre troisième arrêt à Chinatown, et Peter s'était montré serviable, comme d'habitude. J'étais pratiquement certain que Dylan délirait. Elle voyait toujours plus d'intérêt auprès des hommes qui m'entouraient que je n'en voyais moi-même. Je la soupçonnais de vouloir flatter mon ego.

Mais j'avais vraiment besoin d'un nouveau boulot parce que travailler chez *Synergy*, en tant qu'assistant d'un conseiller qui assistait lui-même un entremetteur, n'était pas vraiment amusant à mes yeux.

Chez *Synergy*, nous changions la vie des gens ; la propagande n'était que du matériel collatéral. Nous débarquions, vidions votre maison, vous rendions présentable et vous trouviez un partenaire. C'était un peu comme croisement de « *Queer, cinq experts dans le vent* » et « *Qui veut épouser un millionnaire ?* », sauf qu'il n'y avait pas de caméra, que cela prenait environ un mois du début à la fin, et que nous faisions des suivis ensuite.

Je me rendais d'abord sur les lieux avec un conseiller et rencontrais le client, documentais l'horreur de sa vie actuelle et faisais un rapport à notre entremetteur. Il y avait cinq équipes chez *Synergy*, chacune dirigée par un

3

entremetteur. Je travaillais pour Michelle Cooper, l'une des six conseillères qui rendaient des comptes à Becker Rowe, notre entremetteur, et à Blake Somersby, notre directeur général.

J'atteignis la maison après onze heures et en jetant un coup d'œil vers la porte d'entrée, je repérai immédiatement Michelle et le reste de l'équipe. Même si je ne l'avais pas cherchée, il était impossible de la manquer. Elle était d'une beauté renversante, avec ses boucles blondes coupée court et ses yeux verts qui me regardaient comme si j'étais le Messie. Elle était séduisante et raffinée dans son tailleur de chez Stella McCartney et il émanait d'elle une certaine élégance froide, même lorsqu'elle m'indiqua d'approcher d'un doigt. Mon sourire s'agrandit alors que je me dirigeais vers elle, mon sac en bandoulière rebondissant contre ma hanche tandis je la rejoignais rapidement.

— Je suis à deux doigts de m'évanouir de te voir arriver à l'heure, dit-elle en riant quand je m'approchai.

— Pour toi, je serai toujours à l'heure, lui dis-je en lui rendant son sourire. Pour Keith, je ne sais pas.

Elle acquiesça.

— Il n'aime pas travailler avec toi.

— C'est une buse, lui dis-je en regardant les autres. J'ai tort ?

— Il a raison, confirma Lily Chow d'une voix forte tandis que les autres grommelaient leur accord.

— Tu vois ?

— Jory !

Elle essayait de ne pas rire.

— C'est un de mes pairs.

— Comme si j'en avais quelque chose à faire. Il ne veut plus travailler avec moi, de toute façon.

— Oui, je sais, seules Gina et moi t'apprécions.

J'ouvris la bouche pour lui dire que je n'en avais rien à foutre, encore une fois, mais elle me fit taire d'un geste de la main.

— Très bien, répondis-je, mais comment se fait-il que ton mari te laisse travailler le week-end ? Je croyais que vous aviez instauré une règle ou quelque chose du genre ?

— Il est sur une grosse affaire, dit-elle en grimaçant. Il ne peut même pas prendre de pause aujourd'hui et dîner avec moi, donc j'allais être solitaire dans tous les cas.

— Oh, parfait, alors tu pourras manger avec moi ensuite, répondis-je en la rejoignant avec les autres sur le porche.

— J'aimerais beaucoup, monsieur Harcourt.

Elle me sourit.

— Alors c'est noté, lui dis-je en tendant la main pour ajuster son col froissé, le remettant en place avant de sourire aux quatre autres membres de son équipe.

— Hé.

Je la regardai de nouveau.

— Qu'est-ce qui ne va pas ?

Je haussai les épaules.

— Jory ?

— Rien, mentis-je.

Elle m'agrippa le bras et m'entraîna à l'écart.

— Tu détestes ça.

— Je ne déteste pas ça, répondis-je en tripotant la chaîne en argent autour de mon cou.

Sam m'avait offert un médaillon de Saint Jude quelques années plus tôt, et puisqu'il s'agissait du saint patron des policiers, je le portais pour m'assurer que Saint Jude sache que je pensais à lui. Je voulais qu'il protège mon homme.

— Bien sûr que si.

— Ça ira, je te le promets.

— J., la coordination des événements, ce n'est pas ce que je préfère non plus, mais c'est un boulot, non ? Je ne sais pas pour toi, mais moi j'ai besoin de cet argent.

Mais ce n'était pas vraiment le cas. Son mari était ingénieur-conseil en informatique auprès d'une entreprise très importante du centre-ville. C'était moi qui avais besoin de ce boulot.

— D'accord ?

— D'accord, la rassurai-je. Allez, allons donc voir à quel point cet homme et sa maison sont une farce.

— Oh, je sais, répondit-elle avec une pointe d'admiration dans sa voix. J'ai vraiment hâte d'entrer.

— Vraiment ?

— Jory, tu plaisantes ? Regarde cette maison. L'intérieur doit être incroyable.

Je trouvais que l'extérieur avait l'air un peu délabré et merdique.

5

— Regarde les vitraux et toutes ces boiseries naturelles et…

Mais elle dut s'arrêter quand la porte s'ouvrit et que nous nous retrouvâmes face à face avec un homme blond aux yeux bleus qui nous regarda d'un air curieux, presque agacé.

Il était plus grand que moi, mais la plupart des hommes le sont. Du haut de mon mètre soixante-quinze, je suis loin d'être grand. Mais l'inconnu à la porte était svelte et musclé – pas aussi musclé que Sam, mais peu d'hommes l'étaient. La carrure de cet inconnu était sculptée et puissante, flagrante grâce au tee-shirt qu'il portait et qui collait à son torse ferme comme une deuxième peau. Je l'imaginais parfaitement à sa place sur des skis dans les Alpes, portant une parka et s'appelant Siegfried. Je fus pris de l'envie soudaine de faire des tyroliennes, mais la réprimai, tournant plutôt la tête vers Michelle et m'en remettant comme toujours à la vendeuse, ainsi qu'à la femme, entre nous deux.

— Bonjour.

Michelle lui offrit un large sourire, faisant profiter cet homme de ses yeux brillants, de ses rangées de dents parfaites et régulières, et de ses lèvres qui se recourbaient à chaque coin en un magnifique sourire. Elle était adorable.

— Bonjour.

Il lui sourit en retour en s'emparant de la main qu'elle lui tendait.

— Je suis Michelle Cooper, de chez *Synergy*, et voici Jory Harcourt.

— Enchanté de vous rencontrer tous les deux, dit-il en me souriant également et en serrant fermement ma main.

— De même, lui assurai-je. Êtes-vous prêt à nous laisser reprendre votre vie en main ?

— Si je vous réponds « plus ou moins », vous m'en voudrez ?

Je me forçai à sourire avant qu'il regarde de nouveau Michelle. Quand elle eut terminé de lui présenter le reste de son équipe, il invita tout le monde à entrer en s'écartant pour nous laisser passer.

À l'intérieur, Michelle commença immédiatement à parler des points positifs que tirerait monsieur Fisher de son partenariat avec nous. Nous pouvions lui assurer que… bla-bla-bla… Je m'éloignai avant de m'endormir debout. Le baratin commercial me tuait, tout comme les réunions matinales de notre patron Blake Somersby, voilà pourquoi je m'assurais de les manquer quotidiennement. J'envoyais les autres à ma place et Blake m'avait dit à de nombreuses reprises, quand il me croisait plus tard dans les couloirs, que je

6

leur avais manqué. Je lui demandais s'il voulait que je ronfle devant tout le monde. Il me lançait un regard noir, mais n'insistait pas sur ma présence. À l'intérieur, je fus étonné du gâchis total de tout cet espace. Monsieur Fisher aurait pu faire n'importe quoi avec cet endroit et avait choisi de n'absolument rien faire. Cela aurait pu être un refuge, un palais, un sanctuaire, et ressemblait à la place à une fraternité. C'était tellement plus horrible que ce que j'avais imaginé, jusqu'au choix de la musique. Heureux d'avoir apporté mon iPod, j'enfilai mes écouteurs et récupérai mon appareil photo numérique pour filmer l'horreur qu'était la maison de cet homme. J'étais en train de chanter en silence avec Eric Clapton, mes lunettes de soleil sur ma tête, là où je les avais déposées en entrant dans la maison, quand Michelle et notre client me rejoignirent une demi-heure plus tard.

Hayes Fisher souriait largement.

— Quoi ? demandai-je en retirant mon écouteur gauche.

— Vous aimez le rock'n'roll ?

Je souris de toutes mes dents.

—Ouaip, comme le savez-vous ?

Il hocha la tête.

— J'adore Eric Clapton. Pourquoi n'ai-je pas cet album ?

Je haussai les épaules.

— Je ne sais pas. D'après ce que j'ai pu voir, vous n'avez pas de bonne musique.

Michelle grogna.

— Excusez-moi ?

Les traits de monsieur Fisher se crispèrent et il fronça les sourcils.

Et juste comme ça, j'avais réussi à lui taper sur les nerfs. J'avais vraiment un don. Je jetai un coup d'œil à Michelle.

— En général, je ne parle pas aux clients pour cette raison-là.

Il ricana quand je quittai la pièce pour prendre davantage de photos.

Je n'étais pas charmant. J'avais tendance à être trop franc, et j'avais toujours la sensation que les clients avaient besoin de savoir la vérité. Je l'avais appris quand je travaillais pour mon frère Dane, des années plus tôt. Dane disait ce qu'il pensait et moi aussi. C'était une mauvaise habitude, toutefois, et je n'étais pas le dieu architectural qu'il était, lui. Dylan m'avait toujours dit qu'il y avait une façon de dire les choses aux gens. L'honnêteté n'était parfois pas la meilleure solution. Je devais apprendre la finesse. Je

7

lui avais dit que si je ne l'avais pas déjà fait, ça n'allait sans doute jamais arriver. J'avais trente ans, bon sang.

— Monsieur Harcourt !

Je jetai un coup d'œil par-dessus mon épaule en entendant mon nom.

— Est-ce que vous m'écoutez ?

Bien sûr que non.

— Est-ce que vous pourriez juste… vous pourriez sortir ce truc de vos oreilles pour que je puisse vous parler ?

Je concédai à retirer un écouteur. Je laissai l'autre dans mon oreille.

— Ouais ?

— *Ouais* ?

Il répéta le mot d'une voix irritée.

— Oh, *oui* ?

Dane aussi détestait « ouais ». Mon frère disait que « ouais » était un fléau pour l'humanité, que c'était un mot négligé et trop utilisé. Dire qu'il ne se pensait pas coincé.

— Quoi ?

— Que puis-je faire pour vous ?

Maintenant, c'était moi qui étais irrité.

— Qu'est-ce que vous faites ?

— Je détaille cette horreur, répondis-je comme si c'était flagrant en ajoutant un peu de sarcasme pour faire bonne mesure.

— Excusez-moi ?

Je désignai ce qui nous entourait.

— Vous avez quelque chose à…

Michelle essaya d'interrompre la conversation.

— Monsieur Fisher, je pense…

— Monsieur Harcourt, vous…

— Je suis occupé, répondis-je en agitant mon appareil photo numérique afin qu'il puisse le voir. Je prends simplement des photos afin que l'équipe du design sache à quoi elle doit s'attaquer.

— S'attaquer ?

— Eh bien, ouais.

— Comment ça ?

J'indiquai de nouveau la pièce autour de moi pour qu'il se rende compte que je parlais de tout cet endroit.

— Ma maison vous pose problème ?

Michelle se mit à rire sans joie.

— Non, il…

— Ouais, répondis-je. J'ai un problème. On dirait une fraternité, sauf que c'est propre. Aucune bouteille de bière vide en vue.

— Excusez-moi ?

— C'est incroyable, tout ce que vous n'avez pas fait.

— Quoi ?

— Quoi ?

J'étais confus. Je parlais anglais, j'en étais presque certain.

Ses sourcils se froncèrent quand il me regarda.

— Prenez ça, par exemple, dis-je en pointant du doigt.

— C'est un fauteuil poire, dit-il sur la défensive en se frottant la tête. Les enfants de mes amis l'adorent.

— Vraiment ?

— Oui.

— Très bien, alors. Vous pouvez le leur donner ?

— Quoi ?

— Jory, intervint Michelle, peut-être que monsieur Fisher aimerait que nous créions une salle de récréation pour…

— Dites-nous juste où l'envoyer. J'enverrai un coursier le récupérer demain.

— Monsieur Harcourt, vous…

— Bon sang.

J'étais presque émerveillé par ce cauchemar.

— Quel gâchis, cet endroit.

— Pourriez-vous…

— Puis-je vous poser une question personnelle ?

Pris au dépourvu, il inspira vivement et se contenta de hocher la tête.

— Vous amenez vos rendez-vous galants ici ?

— Je… *quoi* ? Oui.

Sa voix ne devint plus qu'un murmure et il se racla la gorge.

— Oui.

— Vous en êtes sûr ?

— Je le ferai.

— Vous le ferez ou vous ne le ferez pas ? Vous n'avez pas l'air vraiment certain.

— Quoi ? Oui, bien sûr.

— D'accord, répondis-je en lui souriant d'un air mauvais, les yeux écarquillés, pour m'assurer qu'il voit bien que je pensais qu'il était fou. Tant que vous en êtes sûr.

Il se tourna vers Michelle.

— Madame Cooper, votre partenaire…

— Monsieur Fisher, je…

J'augmentai le volume de mon iPod pour ne pas entendre ce qu'ils se disaient en observant chaque détail : les étagères en parpaings et contre-plaqué, la caisse pour les bouteilles de lait accueillant sa collection de DVD, la lampe en plastique suspendue au salon, la chaîne dorée qui était accrochée, dégringolant jusqu'au sol où elle était branchée dans une rallonge orange, branchée à son tour dans le mur. C'était plus qu'hideux. Et puis il y avait le chlorophytum dans un coin.

Le seul endroit où j'avais vu un pot de fleurs en macramé auparavant, c'était sur les photos de la maison des parents de Sam dans les années soixante-dix. Je crois que sur l'une d'entre elles, sa mère était assise à côté d'une telle chose, dans le salon. Je sortis mon téléphone et pris une photo du pot de fleurs, puis une de moi et du pot de fleurs, ensemble ; j'essayai d'imiter au mieux l'une de ces hôtesses de la *Roue de la Fortune*, puis l'e-mailai au chef de projet, Wade Fujihara. Je reçus rapidement un message en retour et je ricanai en le lisant. Il était un peu confus et voulait savoir où je me trouvais, ou plus précisément à quelle époque. Il était presque certain que j'avais pris une machine à remonter le temps pour aller travailler.

— Jory !

Je me rendis compte que Michelle était en train de crier. Je retirai mes écouteurs et la regardai. Elle se tenait juste derrière moi, apparemment depuis plusieurs minutes, et Hayes Fisher était à côté d'elle.

— Oui ?

— Monsieur Harcourt, commença brusquement monsieur Fisher. Je…

— Vous venez juste de revenir ici, n'est-ce pas ?

— Je… quoi ?

— J'ai lu ça dans le profil. Vous habitiez auparavant à New York, mais vous êtes originaire d'ici, de Chicago, et vous êtes revenu après un horrible divorce parce que votre famille est d'ici, c'est ça ?

— Oui, je…

— Donc la majeure partie de cette merde appartient à l'ancien propriétaire.

— Non, je…

10

— Vous ne leur avez pas demandé de nettoyer, vous avez juste emménagé, c'est ça ?

— Non, tout ceci appartient à...

— Oh, dis-je en faisant traîner ce simple mot. Waouh, tant pis pour le bénéfice du doute, hein ?

— Monsieur Harcourt !

— Parlons-nous de la maison ou nous contentons-nous simplement de discuter ?

— Vous...

— Désolé, vous avez visiblement quelque chose à ajouter, soupirai-je alors que mon esprit s'échappait déjà.

Voilà pourquoi j'avais arrêté d'aller à l'église quand j'avais été assez vieux pour prendre mes propres décisions. J'avais informé ma grand-mère que j'étais toujours un peu mal à l'aise parce que je pensais à des cookies aux pépites de chocolat, ou tout autre chose, alors que j'étais censé penser à Dieu.

— Vous rendez-vous compte à quel point vous êtes odi-...

— Vous savez ce qui est le plus cool, quand on sait conduire ? demandai-je en abandonnant l'idée de me concentrer sur ma tâche.

— Quoi ? Non, je ne...

— Vous voulez le savoir ?

— Je...

— Oui ou non ?

— Monsieur...

— Oui ou non ?

Il inspira, leva les mains et me fit signe de continuer.

— Bien, donc la chose la plus cool quand on sait conduire, c'est que si vous vous ridiculisez à un feu, par exemple que vous calez, que vous avancez trop dans l'intersection, que vous ne tournez pas jusqu'à ce que quelqu'un vous klaxonne, n'importe quoi, cela n'a pas d'importance parce que quand vous atteindrez le feu suivant, vous serez avec un nouveau groupe de conducteurs qui ne vous connaissent ni d'Ève ni d'Adam. Vous serez nouveau. Juste un autre connard dans une voiture, en train de conduire comme eux. J'adore ça. C'est comme si on recommençait à chaque feu rouge.

Il me dévisageait.

— C'est cool, non ?

J'agitai les sourcils à son attention.

11

Ses yeux d'une belle nuance bleu ciel étaient rivés aux miens.

— Alors prenons un nouveau départ. Je suis désolé d'avoir insulté votre manque total d'intérêt envers votre propre maison, et vous me pardonnerez cette analyse trop franche de votre échec colossal. Qu'en pensez-vous ?

Il ouvrit la bouche, mais rien en sortit.

Je regardai Michelle.

— J'ai essayé.

Elle me regarda fixement.

Gina Bailey, la seule autre conseillère du groupe auquel j'appartenais, savait qu'il valait mieux éviter de me laisser parler aux clients. Michelle, apparemment, n'avait pas été mise au courant. J'avais essayé de me retenir. Ce n'était pas ma faute si cet homme n'arrêtait pas de me suivre.

Il fallait que j'essaie d'arranger ça.

— Laissez-moi vous poser une question sérieuse, dis-je en me retournant vers Hayes Fisher. Voulez-vous quelqu'un de spécial dans votre vie, oui ou non ?

— Quoi ?

— Le but de tout ça n'est-il pas de pouvoir montrer à tout le monde que vous êtes un bon parti ?

— Le but de tout ça, c'est de…

— C'est de trouver quelqu'un à épouser, n'est-ce pas ? Plutôt que de sortir enchaîner les rendez-vous et de faire tout le travail vous-même, vous passez par nous, par un service, et nous allons organiser une grande fête où vous pourrez montrer vos nouvelles fringues et votre argent, et où il y aura plusieurs femmes célibataires prêtes à se caser et à devenir des épouses et des mères. J'ai raison ?

Il semblait un peu perdu.

— Alors ravalez votre fierté quand je vous dis que cet endroit est merdique, parce que c'est le cas, soit dit en passant, et laissez-nous faire notre travail sans nous obliger à écouter vos jérémiades parce que, soi-disant, ce squat n'est pas si mal.

— Pardon ?

Je baissai la voix.

— Oh oui, vous feriez mieux de nous demander pardon.

— Ce squat ?

Je haussai les épaules.

— C'est dégoûtant.

— Je...

— Allons-nous nous entendre ? Oui ou non, parce que je ne veux pas envoyer Wade ici si vous allez lui faire subir tout ça. Il est sensible.

— Il est sensi...

— Et imbu de lui-même, mais cela vous servira parce qu'il ne voudra que le meilleur pour vous.

Il resta planté là à me dévisager.

— Alors, lui demandai-je, vous êtes partant ou non ?

— Je... Monsieur Har...

— Jory, le corrigeai-je en tendant la main pour lui tapoter le bras. Simplement Jory.

— Vous...

— Partant ou non ? insistai-je encore.

Il me regarda fixement pendant plusieurs minutes avant de dire enfin :

— Partant.

— Génial, répondis-je en faisant signe à Michelle derrière lui, qui me regardait avec un sourire radieux.

Il la regarda par-dessus son épaule et j'allais m'écarter, mais avant que je puisse le faire, il me barra la route en se glissant devant moi.

— Autre chose ?

— C'est juste une garçonnière. Elles se ressemblent toutes.

— Non, lui assurai-je en le contournant.

Il se planta de nouveau devant moi, si vite d'ailleurs que je dus m'arrêter dans mon élan sous peine de lui rentrer dedans.

— Quels célibataires connaissez-vous ?

— Des célibataires avec de meilleurs décorateurs, répondis-je en lui souriant.

— Je...

— Ouais, dis-je en regardant autour de moi, c'est lamentable.

— Monsieur Har...

— Jory, corrigeai-je de nouveau en m'écartant de lui, ce qui le força à s'interrompre.

Je fus surpris quand il me suivit de nouveau.

— Est-ce que vous pouvez vous arrêter ?

— Je travaille, monsieur Fisher, l'informai-je en souriant à Michelle qui avait l'air de nouveau chagrinée. On ne me paie pas pour discuter toute la journée.

— Qu'est-ce que vous...

Je grognai, mes yeux parcourant la pièce.

— Est-ce que vous pouvez arrêter ça ?

— Bien sûr, répondis-je distraitement en regardant les murs vides et tout cet espace. Bon sang.

Il me regarda, les sourcils froncés.

— Que feriez-vous différemment ?

— Il y a tant de choses que vous pourriez faire.

— Comme quoi ?

— Comme tout ce que va vous suggérer Wade et son équipe, lui assurai-je. Soyez simplement ouvert.

Il resta sans voix quand je m'écartai, les yeux rivés au mur.

— Attendez.

Je le regardai de nouveau.

— Vous...

— Un instant.

Je souris rapidement et quittai sa chambre, le nez plissé comme si quelque chose sentait mauvais.

— Incroyable, dis-je toujours distraitement en observant une nouvelle fois la bobine géante qui servait de table basse.

La première fois, j'avais cru halluciner. Mais elle était bien là, en plein milieu du salon, grandeur nature.

— Qui aurait cru qu'on pouvait encore trouver ces choses-là.

— Je...

— Il me faut une photo, dis-je en en prenant une, la cadrant afin que Wade puisse voir tout l'espace gaspillé de cette pièce. Wade va tellement rire qu'il va se claquer un muscle.

— Monsieur Har...

— Jory, lui rappelai-je pour ce qui me semblait être la dixième fois, le laissant seul pour aller vérifier l'une des quatre chambres inoccupées.

Elle était envahie d'équipements sportifs et de chaussures de sport. Ça sentait le chien mouillé.

La deuxième chambre était réservée aux invités. Si vous étiez en liberté conditionnelle, vous vous seriez sentis chez vous. « Austère » était un euphémisme. La troisième chambre servait de bureau et dans la sienne, je trouvai des miroirs sur les portes des placards. Ceux-ci n'étaient pas à la bonne taille et avaient été découpés dans des formes ondulées. Je n'arrivais même plus à exprimer mon dégoût. Je pris une photo pour Wade et reçus en réponse, « C'est une blague ? ». Je grognai pour témoigner à quel point j'étais d'accord.

Je me rendis dans la cuisine, sortis mon ordinateur portable et commençai à télécharger toutes les photos que j'avais prises. Je les envoyai toutes à Wade et il me rappela sous cinq minutes. C'était un nouveau record.

— Salut, démon, me salua-t-il. Je ne savais pas qu'on captait en enfer.

Je ris en entendant sa voix froide et huppée teintée de sarcasme.

— Eh si.

— Sérieusement, dit-il en toussant, je pensais que tu te fichais de moi avec le pot de fleurs en crochet, que tu essayais de me faire rire parce que je suis coincé ici au travail un samedi au lieu de faire les boutiques d'antiquités avec mon homme, mais maintenant je suis obligé de te demander… je suis vraiment en train de regarder un fauteuil-poire ?

— Tu te fiches de moi. Des boutiques d'antiquités, mon cul. Qu'est-ce que tu cherches vraiment ?

Seul le silence me répondit.

— Wade.

— Je suis sur le marché pour une moto, et alors ?

Je ricanai.

— Ne le dis à personne. Tout ce qu'on va me dire, c'est que c'est une crise de la quarantaine, ce qui n'est pas le cas.

— D'accord, le rassurai-je. Pas un mot.

Il grogna.

— Bon, sérieusement… c'est vraiment un fauteuil-poire ?

— Les enfants de ses amis l'adorent, dis-je joyeusement.

— Super, trouvons-leur quelque chose de cool, comme un trampoline avec un filet pour le jardin. Les gamins adoreront ça et ça ne gâchera pas l'intérieur de cet homme. Bon Dieu, en plus il est vert fluo.

— C'est vraiment le dernier de ses problèmes.

— Oh, *amen*, confirma-t-il de tout son cœur.

— Michelle et moi devrions être rentrés vers treize heures.

— Un martini vous attendra.

Je ris en raccrochant, avant d'éteindre mon appareil photo.

— Vous n'avez pas besoin de le brancher ?

Je me tournai et découvris mon client. Je ne m'étais même pas rendu compte qu'il était là.

— Je vous demande pardon ?

— Votre appareil photo ?

15

— Non, il est Bluetooth, répondis-je, et il fonctionne sans fil, donc toute cette horreur a été documentée et envoyée pour effrayer mes collègues.

— Juste…

— Vous savez, lui dis-je en le regardant tout en fourrant mon ordinateur portable et mon appareil photo dans mon sac en bandoulière et lui offrant un sourire indulgent, c'est vraiment pire que ce que j'aurais pu imaginer, monsieur Fisher. Vraiment, cet endroit ressemble à un mauvais porno.

— Je sais que c'est un peu vide, mais…

Il s'interrompit quand je gémis.

— Cet endroit a vraiment besoin d'être rénové. C'est un miracle que vous ne soyez pas suicidaire.

Il jura tout bas.

— Et heureusement que vous n'avez pas encore d'enfants, parce que tous ces espaces vides seraient terrifiants la nuit.

— Qu'est-ce que vous…

— Ce doit être terrifiant ici, dans la pénombre. Quand j'étais petit, nous n'avions qu'un mobile-home, mais même quand je me réveillais la nuit, je faisais semblant d'être la créature de Frankenstein, vous voyez ? Je marchais jusqu'à la salle de bain en gémissant et en imitant ses grognements, les bras tout droits comme un zombie, parce que je me disais que si les autres monstres pensaient que j'en étais un aussi, alors ils n'essayeraient pas de m'attraper.

Il me dévisagea, la bouche ouverte.

— Quoi ?

— Vous avez juste… vous…

Je souris largement.

— Pour en revenir à la maison, monsieur Fisher, je vous promets que quand nous en aurons terminé, avec le budget que vous nous avez donné et carte blanche pour refaire la déco, cet endroit sera époustouflant, d'accord ?

Il me regardait toujours bizarrement.

— Monsieur Fisher ?

— C'est vraiment si horrible actuellement ? demanda-t-il en s'affalant sur l'une des chaises de sa cuisine.

Elle grinça sous son poids.

Je le regardai et désignai la chaise.

— On devra aussi se débarrasser de ça.

— Bon sang, marmonna-t-il.

Je fus obligé de rire.

Il fronça davantage les sourcils.

— Alors, qu'allez-vous faire ? me demanda-t-il d'une voix peinée.

— Pas moi. Comme je vous l'ai dit, c'est l'affaire de l'équipe de décoration d'intérieur. C'est une entité à part entière.

Il me regarda et je ne fus pas certain de ce que je voyais.

— Monsieur Fisher, je vous jure que vous ne serez pas obligé de me revoir jusqu'à votre grand soir.

— Monsieur Harcourt, vous...

— Bien, annonçai-je, je dois y aller parce que je suis mort de faim, mais une autre équipe vous recontactera pour discuter des échéances avec vous et des invitations, et de la liste des gens que vous souhaitez inviter ou pas.

Je lui tendis la main.

Il avait l'air étourdi, mais la prit quand même et la serra.

Je m'écartai de lui pour me diriger vers Michelle.

— Je me souviens maintenant, dit-elle en me souriant. Tu malmènes les gens jusqu'à ce qu'ils se soumettent.

— C'est exact, dis-je en lui lançant un clin d'œil.

Puis j'agrippai sa main et l'entraînai après moi.

— Jory, répondit-elle en riant. Je dois dire au revoir à cet homme.

— Très bien, grommelai-je en la relâchant. On se rejoint au restaurant. Je vais aller réserver une table.

— Attends.

— Quoi ?

— Je ne sais même pas où nous allons.

Je plissai les yeux.

— Manger du pain perdu, évidemment.

— Comment étais-je censé le savoir ? Et pitié, dis-moi où nous allons ?

J'avais l'habitude de voyager avec Dylan. Ma meilleure amie savait toujours ce qui se passait dans ma tête. Il fallait que j'arrête d'en attendre autant des autres. Je lui donnai le nom du restaurant et lui expliquai ou il se trouvait.

— D'accord, dit-elle en me souriant, une pointe d'adoration dans le regard. Je te retrouve là-bas.

— Vas-tu amener toute l'équipe ?

— Non, poupée, c'est juste toi et moi.

17

— Parfait, répondis-je, même si j'appréciais le reste de l'équipe.

Je n'avais simplement pas envie de faire la conversation avec tout le groupe.

À mi-chemin vers la porte d'entrée, je me retournai.

— Tout ira bien, monsieur Fisher, le rassurai-je. Michelle planifiera le gala avec vous, Wade Fujihara sera là lundi matin pour décider avec vous des projets de rénovation, puis quelqu'un d'autre passera avec les photos des femmes intéressées à l'idée de devenir votre épouse.

Il me dévisagea, la bouche ouverte.

— Peut-être que si vous jouez bien vos cartes, le soir de la fête vous pourriez réussir à faire en sorte que votre compagne passe la soirée ici, parce que vous avez vraiment l'air d'avoir besoin de…

— Jory !

— Quoi ?

L'expression de Michelle était inestimable.

— Je croyais que les clients voulaient qu'on leur parle comme à des gens ordinaires ?

— Non.

— Non ?

— Jory !

Merde.

— Va donc au restaurant. J'arrive tout de suite.

Elle voulait que je parte. Il n'y avait pas besoin de me le dire deux fois.

Je descendais les marches de l'entrée quand on appela mon nom. Je me retournai vers la porte d'entrée et découvris Hayes Fisher planté là, en train de me regarder.

— Ouais ? demandai-je.

Il secoua la tête.

— Qu'est-ce que c'est que ces manières, vous n'offrez même pas le déjeuner à votre client ?

— Vous voulez dire le brunch, corrigeai-je.

— Vous avez l'air d'être un connard, Monsieur Har… Jory.

— L'air ? le taquinai-je.

— Pourquoi ne prendrions-nous pas tous le brunch avec vous ?

— Pourquoi ? demandai-je en remontant les marches que je venais de descendre.

— Pourquoi pas ? répondit-il quand je me plantai devant lui.

Ce genre de logique fonctionnait toujours sur moi.

— D'accord, bien sûr, répondis-je en haussant les épaules.

— Hayes ?

Nous nous tournâmes tous les deux pour regarder la femme effrayante qui venait d'apparaître sur le porche à ses côtés. Je n'avais jamais vu quelqu'un froncer autant les sourcils, sauf Sam.

— Voici mon assistante, Lisa, que madame Cooper a déjà rencontrée, dit-il en me souriant. Lisa, voici Jory Harcourt.

Elle fronça encore davantage les sourcils. J'écarquillai les yeux et lui offris un grand sourire, celui qui poussait même mon frère à arrêter de me hurler dessus et à m'écouter, même quand il était furieux contre moi. Pendant une seconde, je pensai qu'elle allait continuer à se comporter comme une gardienne de prison et ne pas craquer, mais soudain ses yeux s'adoucirent et elle sourit à son tour.

— C'est un plaisir de vous rencontrer, soupira-t-elle en me tendant la main.

— De même, dis-je en baissant la voix, la rendant grave et séduisante alors que je prenais sa main pour la couvrir de la mienne.

— Oh, souffla Michelle en nous rejoignant.

La bouche de monsieur Fisher bougea comme s'il allait parler, mais il se contenta de me dévisager. Je levai un sourcil à son attention.

— Alors, on y va ?

— Ouais, hum… Lisa a décalé tous mes rendez-vous pour cette journée et je me suis dit que je pourrais m'inviter à votre petit-déjeuner, euh, à votre brunch. Je voulais discuter davantage avec madame Cooper et nous avons tous faim.

— Michelle, corrigea-t-elle.

— Michelle, répéta-t-il.

— Bien sûr, acquiesçai-je en attirant Lisa vers moi et glissant une main sous son bras. Votre assistante devrait venir aussi.

Je plongeai mon regard dans les grands yeux bleus de la jeune femme.

— Nous devons nous soutenir entre simples employés.

Elle hocha la tête et saisit mon bras quand nous descendîmes les marches. J'entendis Michelle grogner derrière moi.

II

L'ENDROIT OÙ je voulais aller était bondé quand nous arrivâmes, donc nous fûmes obligés d'attendre, assis près de la porte dans un courant d'air. Hayes suggéra d'essayer un autre endroit, mais Michelle lui dit que c'était impossible une fois que j'avais quelque chose en tête.

— C'est vrai, répondis-je en acquiesçant. Si je n'ai pas ce que je veux maintenant, je vais continuer à en avoir envie, et je vais manger tout un tas de choses pour essayer de combler ce vide laissé par cette chose dont j'avais envie, avec des choses dont je n'ai *pas* envie, et nous savons tous à quoi cela mène.

— Non, où ?

— À des excès, lui dit Lisa comme s'il était stupide. Si vous mangez ce que vous voulez, alors vous arrivez à satiété et ne mangez que ça. Sinon, vous mangez et mangez et mangez jusqu'à enfin revenir à ce dont vous aviez envie, pour le manger également, mais entre-temps vous vous êtes goinfré de tout ce qui avait l'air appétissant.

Michelle grogna pour témoigner son accord.

Il releva les mains alors que mon téléphone se mettait à sonner.

— Allô ?

— Est-ce que c'est Jory ?

— Ouais, qui est-ce ?

— Ici Eddie Liron, d'hier soir.

— Oh, salut, dis-je en souriant au téléphone. Comment vas-tu ?

— Bien mieux que Josh Peretti, ça c'est sûr, dit-il en ricanant.

— Comment ça ?

— Tu n'as pas vu les journaux ce matin, hein ?

— Non, pourquoi ?

— Je crois bien que Josh a plongé du balcon où tu m'as sauvé.

J'étais abasourdi.

— Bordel de merde.

— N'est-ce pas ? Quelles étaient les chances que ça arrive ?

J'en avais plutôt une bonne idée.

— Ton frère était furieux que tu aies été menacé chez Peretti. Il s'attendait à ce que tu sois en sécurité là-bas et ça n'a pas été le cas. Il était sans doute enragé.

— Il l'était, oui.

C'était comme ça, les grands frères. Ils étaient protecteurs. Normalement pas au point de commettre un homicide, mais il avait bien fait comprendre son point de vue. Mais peut-être que j'étais en train de tirer des conclusions hâtives. Je n'avais jamais rencontré le frère d'Eddie.

— Hé, j'appelais pour t'inviter chez mon frère, ce soir. Il veut te rencontrer et te remercier de m'avoir sauvé les miches.

— Oh, ce n'est pas vraiment…

— Bien sûr que si. Tu m'as sauvé la vie.

— Je n'ai pas vraiment fait…

— Bien sûr que si. Allez, j'ai envie de te revoir, alors viens, d'accord ? Je veux que mon frère voie que tous mes potes ne sont pas des loosers.

Je fus obligé de sourire : depuis quand étions-nous amis ?

— D'accord, entendu.

— Je t'enverrai l'adresse par SMS, d'accord ?

J'acceptai et quand je raccrochai, je demandai à Michelle si Josh Peretti était vraiment mort.

Elle fronça les sourcils en m'observant.

— Qui ?

— Oui, me répondit Lisa en indiquant quelque chose du doigt.

En me retournant, j'aperçus une pile de journaux en vente à côté de la caisse. Quand je me rapprochai, je vis les gros titres, puis je parcourus rapidement l'article. Joshua Peretti était tombé de son penthouse la nuit précédente, alors qu'il était saoul. C'était un accident horrible et il allait manquer à sa famille, ses amis et ses nombreux collègues. En tant que philanthrope, ses nombreuses interventions resteraient dans les mémoires.

— Bordel de merde, soufflai-je.

— Depuis quand connais-tu ce Josh Peretti ? demanda Michelle d'un air suspicieux.

Quand elle se fronça les sourcils, je sus que le sourire que je lui avais lancé devait être coupable.

— Jory ?

— Je bossais à la soirée chez Dunbar, hier soir, avec Hayes, et quand ça s'est terminé, nous avons tous les deux étés invités à l'étage pour une *after*.

— Mais tu sais que tu n'es pas censé te mêler aux cli...

— Ouais, je sais, mais Jeff y allait et je ne voulais pas qu'il y aille seul.

Elle me pointa du doigt.

— Tu...

— Tu veux entendre cette histoire ou non ?

Elle grogna.

Je souris en retour. Il n'y avait rien de tel qu'une bonne histoire.

À VRAI dire, j'avais simplement voulu voir la vue du Lake Michigan depuis le trente-cinquième étage. Même mon frère, un architecte influent, ne possédait pas d'appartement dans lequel Paris Hilton se serait sentie chez elle.

J'avais été surpris que mon collègue, le terre-à-terre Jeffrey Hayes, veuille se joindre à des gens qui sirotaient du Cristal dans des verres Baccarat, sniffaient de la cocaïne au salon et passaient leur nuit à danser si loin au-dessus de la ville, mais cela avait été le cas. Et quand j'avais regardé autour de moi une demi-heure après notre arrivée et remarqué qu'il avait disparu, cela m'avait surpris également. Qui aurait cru que Jeff oublierait son co-équipier si rapidement ?

En sortant sur le balcon, j'avais entendu le cri immédiatement. Il ne faisait pas aussi froid qu'en janvier, mais le mois de mars à Chicago restait venteux, toujours pluvieux. Une année, il avait même neigé juste avant Pâques, donc il n'y avait vraiment aucune raison de sortir sur le balcon. Mais j'aimais les lumières, tout ce qui brillait, en réalité, et j'étais pratiquement certain que j'avais dû être un corbeau dans une vie précédente, donc l'horizon scintillant m'avait séduit et j'avais répondu au chant des sirènes. J'étais le seul dehors. Moi, et cinq autres types.

Depuis le salon, il était impossible de les voir. Il fallait sortir sur le balcon et tourner le long du bâtiment pour découvrir les quatre hommes en tenant un cinquième par-dessus la balustrade.

— Je crois que tu ne reverras pas ton frère pour le lui dire, Eddie.

C'était fini. Il allait tomber si je ne faisais pas...

— Eddie, bordel de merde ! hurlai-je.

Quatre têtes se tournèrent vers moi. Eddie, quant à lui, se contenta de crier.

Je reculai de trois pas vers la porte, me tenant suffisamment loin afin de réussir à m'échapper si quelqu'un avait un flingue, mais j'avais de la chance. À trente ans, un anniversaire que je venais de fêter en janvier, je n'avais jamais été aussi en forme de toute ma vie et je pouvais courir plus vite que la plupart des gens.

— Et qui es-tu, bordel ? cria l'un des types.

Je pointai Eddie du doigt.

— Ce connard a filé la chaude-pisse à ma sœur !

C'est tout ce que j'avais trouvé. Je ne voulais pas dire qu'il me l'avait donnée à moi, parce que ça aurait ouvert la boîte de Pandore inutilement. Les mots m'avaient échappé, comme d'habitude, et j'aurais été prêt à parier que, de toutes les choses que j'aurais pu dire, c'était celle que personne n'avait vue venir. Leurs regards me le confirment.

— Je dois parler à ce connard, maintenant !

— Tu ferais mieux de dégager…

— *Maintenant* ! hurlai-je avant de faire volte-face et de me diriger vers la porte coulissante en verre. Je suis vraiment en pétard ! Ramenez-moi son cul à l'intérieur !

Ma main venait d'atteindre la poignée de la porte quand on me tira vers l'arrière pour me faire faire de nouveau volte-face. J'affrontai l'homme qui m'avait crié dessus.

— Quoi ? aboyai-je en faisant rouler mon épaule pour qu'il soit obligé de me lâcher ou qu'il devienne vraiment flagrant qu'il était en train de me tenir.

— Calme-toi, dit-il d'une voix basse et sinistre alors que les trois autres hommes poussaient Eddie vers moi, le bousculant si fort que je dus l'attraper à deux mains pour l'empêcher de traverser la porte. Voilà le bourreau des cœurs.

Ils nous balancèrent un tas de commentaires vulgaires et hauts en couleur, selon lesquels ma sœur fictive n'était qu'une pute. Je leur ordonnai de fermer leur gueule quand ils passèrent près de nous en donnant des coups d'épaule à Eddie.

— N'aies pas l'air si effrayé, gamin, on n'allait rien te faire. Si on le voulait, tu serais déjà mort. Aucun grand frère furieux d'une quelconque salope ne pourrait changer ça.

— Allez vous faire foutre ! hurlai-je dans le dos du type pour enfoncer le clou.

— Ta sœur n'est qu'une pute, gronda-t-il sans se retourner.

La porte s'ouvrit et se referma, et le dernier type ajouta que si Eddie était malin, Cristo n'apprendrait jamais ce qu'il venait de se passer.

Je les regardai partir et quand la porte se referma, je me tournai immédiatement vers Eddie.

— T'es qui ? souffla-t-il.

— Tu sais que tu dois tout dire à ton frère, genre, *maintenant* ? L'honnêteté vaut toujours mieux et comme j'ai moi-même un grand frère, je sais qu'ils deviennent vraiment bizarres si on ment.

Ses yeux examinèrent mon visage.

— Bon sang, mec, si t'étais pas sorti, j'aurais été en train d'embrasser le trottoir en ce moment même, bordel.

— Potentiellement.

Je lui souris, saisissant son épaule et l'entraînant à ma suite pour rentrer.

— Où sont les gens avec qui tu es venu ?

Il ne répondit pas, se contentant de me dévisager.

— Est-ce que ça va ?

Il se remit à frissonner et je l'agrippai, le serrant fermement contre moi, nichant sa tête contre mon épaule. Ce n'est que quand il bougea soudain et se contorsionna pour que ce soit moi qui me retrouve écrasé contre son torse que je compris qu'il était plus grand que moi.

— Tout va bien, dis-je doucement en fondant mon corps contre le sien et me pressant contre lui afin qu'il puisse sentir à quel point j'étais chaud et vivant.

— Tu... m'as sauvé la vie.

— Tout va bien.

Je pouvais sentir son poing serré à l'arrière de mes cheveux, l'autre agrippé à mon dos. Il ne me lâchait pas.

— Attends un moment, ça va passer.

— Eddie ?

Nous nous retournâmes tous les deux vers l'homme en costume qui se tenait debout près de nous. C'était un magnifique costume de designer en laine, taillé sur mesure pour s'adapter à ses larges épaules et son torse puissant. J'aurais été prêt à parier qu'il coûtait aussi cher qu'une échéance de mon crédit immobilier.

— Prêt à y aller, gamin ?

— T'étais où ? s'écria Eddie en s'échappant de mes bras et en agrippant immédiatement l'arrière de mon blouson en cuir.

— J'étais là, répondit l'homme, ses yeux allants et venants entre Eddie et moi.

— Non, répondit-il en secouant la tête. Je ne crois pas.

— Allons, gamin, quoi qu'il se soit passé...

— On a failli me tuer, espèce de fils de pute ! rugit-il à l'attention de l'homme qui, même s'il était plus grand, recula d'un pas. Et maintenant, je ne sais plus quoi faire, bordel.

Il était effrayé et paniqué et sur le point de se mettre à hyper-ventiler à tout instant. J'en reconnaissais les signes. J'avais eu le même genre de réaction par le passé.

— Excusez-moi, dis-je à l'homme. Le frère d'Eddie.

— Quoi, le frère d'Eddie ?

— Pourriez-vous l'appeler et lui dire de le rejoindre ici ?

— Pourquoi est-ce que je ferais une telle chose ? Ce type n'aime pas être dérangé.

— Il va vouloir savoir ce qui vient d'arriver à son petit frère.

— Que s'est-il passé ? demanda-t-il d'un ton méfiant.

Je lui expliquai rapidement et il hocha la tête, sa large main retombant sur mon épaule en écoutant mes explications hésitantes.

— Qui êtes-vous ?

— Jory Harcourt.

Je lui souris, l'observant se calmer, ses épaules se relevant d'abord avant de retomber, son souffle lui échappant puis sa carrure se détendant. J'arrivais parfois à calmer les gens quand j'essayais. Mon frère disait que c'était un don ; Sam m'assurait que c'était une épée de Damoclès.

— Comment se fait-il que vous connaissiez Eddie ? demanda-t-il tout en composant un numéro et portant le téléphone à son oreille, son attention se partageant entre son appel et moi.

— Nous allons à la même salle de sport, mentis-je aisément.

Il hocha la tête, sa main se crispant quand il détourna les yeux.

— Cris, c'est Paz. Je vais t'amener Eddie. Nous avons eu quelques problèmes chez Peretti.

Je l'observai, vis sa mâchoire se crisper, l'inquiétude le submerger, ses sourcils se froncer. Quoi que l'homme à l'autre bout du fil lui ait dit, cela ne présageait rien de bon.

— Quelques problèmes ! hurla soudain Eddie en arrachant le téléphone des mains de son gardien pour crier dans le combiné. Cris, les hommes de Miller ont failli me jeter de ce putain d'immeuble ! Si mon pote Jor... Non ! Je discutais juste avec Nina chez Duvall et elle...

25

— Donne-moi ce satané téléphone, grogna l'autre homme, le lui arrachant des mains alors que je m'écartai d'un pas.

J'avais envie de partir, il *fallait* que je parte. Un pressentiment enflait au creux de mon ventre, les choses allaient rapidement dégénérer. Il fallait que je ramène un peu de normalité dans cette situation, de n'importe quelle façon.

Eddie saisit le téléphone de son garde du corps et je profitai de cet instant pour me détourner et m'éloigner. Quelques secondes plus tard, je fus absorbé par la foule et me retrouvai de l'autre côté de la salle, près de la porte d'entrée. Je parcourus la pièce du regard pour chercher Hayes, jetai un dernier coup d'œil afin de pouvoir dire que je l'avais cherché, puis je me précipitai vers la sortie. Mon sens du danger était très développé et en cet instant, j'avais l'impression qu'une lumière rouge clignotait au-dessus de ma tête.

Sur le palier, je pris une inspiration.

— Jory.

Je me retournai et découvris Eddie.

— Où est-ce que tu vas ?

Nous entendîmes crier en même temps, puis vîmes jaillir des hommes de l'ascenseur. Nous aperçûmes tous les deux les coupe-vent bleus, et les grandes lettres jaunes épelant le mot « POLICE ». J'agrippai son bras, l'attirai à ma suite et dévalai le couloir. Une fois atteinte la porte qui menait vers les escaliers, je poussai la barre et ouvris. Il s'avança pour descendre, mais je savais quoi faire et l'attirai de nouveau à ma suite pour monter. Alors que nous avions presque atteint la porte de l'étage supérieur, nous entendîmes des gens monter les marches. Eddie regarda par-dessus la balustrade, mais je le poussai vers l'avant, et ouvris la porte pour le faire passer devant moi.

— Qu'est-ce que c'était que ça, bordel ?

— Aucune idée, répondis-je en me tournant vers lui. Qui diable es-tu ?

Il ouvrit la bouche pour répondre, mais s'arrêta, les yeux plissés, puis haussa les épaules.

— Je t'ai sauvé, ajoutai-je. Deux fois. Tu me dois une explication.

Il poussa un long soupir en glissant les mains dans les poches de son pantalon de costume.

— D'accord, eh bien je suis Eddie Liron et Cristo Liron est mon frère.

J'attendis.

— Tu n'as jamais entendu parler de Cristo Liron ?

26

Je haussai les épaules.

— D'accord, eh bien nous avons une entreprise en bâtiment, enfin, mon *frère* possède une entreprise en bâtiment, et il bosse avec Peretti – c'est chez lui, en bas – et Adrian Miller.

Je n'avais pas la moindre idée de qui étaient ces personnes.

— Et qu'est-ce que cela a à voir avec la descente de police ?

— Ils pensent peut-être que Peretti, Miller et mon frère font du trafic d'armes et de drogue.

— C'est le cas ? demandai-je.

Il grimaça

— C'est le cas ? insistai-je.

— Peut-être.

— Merde, grognai-je.

Il me frappa durement de deux doigts contre la clavicule.

— Si tu racontes à qui que ce soit que je t'ai dit ça, je te tue, tu m'entends ?

Je relevai un sourcil en l'observant.

— Désolé, ajouta-t-il en se dégonflant et je me rendis compte à quel point il était jeune.

— À qui diable pourrais-je bien dire ça ?

Il haussa les épaules avant d'observer le couloir.

— Et maintenant ?

— Maintenant, on prend l'ascenseur jusqu'au rez-de-chaussée et on s'en va.

— Comme ça ?

— Ouais, pourquoi s'en prendrait-on à toi ?

— Je ne sais pas.

— Quel âge as-tu ?

— Vingt-deux ans, pourquoi ?

Je gémis et me dirigeai vers l'ascenseur. Il m'emboîta le pas, se calquant sur mon pas rapide, sa main se posant sur mon épaule.

— Je crois que Peretti et Miller sont foutus.

— Peut-être, acquiesçai-je en atteignant l'ascenseur. Mais heureusement que ton frère n'était pas là.

Il hocha rapidement la tête.

— Ouais, c'est une chance.

Cinq minutes plus tard, quand nous atteignîmes la rue, nous prîmes chacun un taxi, mais pas avant qu'il m'ait serré si fort dans ses bras que je crus que mes côtes allaient se fissurer. J'étais heureux de rentrer chez moi. La soirée avait vraiment été étrange.

— JORY.

Je regardai Michelle, qui était blanche comme un linge.

— Jory, Cristo Liron, Adrian Miller… ce sont des hommes vraiment effrayants.

— Vraiment ?

— Oh mon Dieu.

— Quoi ?

Elle en resta bouche bée. Lisa ressemblait elle aussi à un poisson hors de l'eau, et Hayes Fisher me regardait fixement.

— Quoi ?

— Tu ressembles à un train sur le point de dérailler pour faucher tout un tas de gens.

C'était absolument faux.

— Tu es dangereux.

— Qui est dangereux ?

La voix grave et profonde, douce et chaleureuse, mais à la fois vive et cultivée, semblait clairement amusée. Avant même de me retourner, je sus qui j'allais découvrir.

— Salut.

Je souris à mon frère.

Comme toujours, son expression lorsqu'il me regardait était un mélange d'amusement et de curiosité.

— Qu'est-ce que tu as encore fait ?

— Moi ?

Ses yeux gris s'adoucirent, prenant une teinte argentée. Je regardai derrière lui et découvris les hommes qui l'accompagnaient : son meilleur ami, Jude Coughlin, son beau-frère, Alex Greene, et un autre bon ami, Rick Jenner, le mari de mon amie Aubrey. Ils me saluèrent tous chaleureusement, mais avant que Dane puisse faire les présentations, Hayes s'avança.

— Monsieur Harcourt, dit-il en inspirant profondément tout en offrant sa main à Dane. C'est un plaisir de vous rencontrer. Les maisons que vous avez conçues sont parmi les meilleures que j'aie vues de toute ma vie.

Dane s'empara de la main offerte, esquissant un imperceptible sourire.

— Merci.

— En réalité, j'ai rendez-vous avec vous dans trois mois. Je suis sur votre liste d'attente depuis six.

— Seulement six ? demanda-t-il en relevant un sourcil.

Dane Harcourt savait ce que valait son temps. La modestie lui était inconnue. Étant l'un des meilleurs architectes du pays, il savait à quel point ces services étaient recherchés. Si vous pouviez embaucher Dane Harcourt pour designer votre maison, c'était un signe que vous aviez réussi. Les gens riches et les célébrités le voulaient, mais seuls les gens sérieux le rencontraient vraiment. Il éliminait les nouveaux riches et les gens frivoles ; seuls les connaisseurs en matière d'architecture obtenaient un jour un rendez-vous, et même alors, il fallait attendre. C'était un test et seul un petit nombre réussissait à le passer. Ceux qui y arrivaient se considéraient un peu comme une élite.

— Je suis impatient de vous rencontrer.

— Et moi de même, désormais, répondit-il en relâchant la main de l'homme pour tourner les yeux vers moi.

— Comment vas-tu ?

— Bien, et toi ?

— Pourquoi es-tu dangereux ? demanda-t-il en ignorant ma question, allant droit au but comme toujours.

— Quoi ?

Je n'avais pas vraiment envie que Dane soit au courant.

— Pourquoi, répéta-t-il en énonçant clairement le mot, est-ce que tu es dangereux ?

— Jory était avec Joshua Peretti hier soir, avant sa mort.

Je me tournai vers Michelle.

Son visage resta neutre pendant quelques secondes avant d'être submergé de terreur.

— Merci.

Elle articula du bout des lèvres : « *Oh merde* ».

— Pardon ?

Dane s'éclaircit la gorge, croisa les bras et baissa les yeux vers moi de toute sa hauteur.

Depuis son mètre quatre-vingt-quinze, il devait baisser les yeux pour regarder presque n'importe qui, mais ce n'était pas pour cela que les gens s'arrêtaient pour le regarder dans la rue. C'était à cause de la façon dont il marchait, comme si le monde lui appartenait et que vous n'étiez qu'un visiteur en train de voler son air. La confiance irradiait de lui, comme s'il avait tout compris. Et il s'avérait que c'était le cas. Rien n'atteignait Dane Harcourt, sauf sa femme... et moi.

— Jory ?

— Attends, dis-je en lui souriant tandis qu'il plissait les yeux. Ce n'est pas ce que tu crois.

— Non ?

— Alors, écoute...

Il agrippa mon bras et m'attira à l'écart, m'entraînant dans l'une des alcôves entre la porte et les toilettes. En regardant autour de moi, je vis les regards envieux qu'on me lançait, et pas seulement provenant des femmes. Il était difficile de ne pas vouloir être celui que Dane Harcourt malmenait.

C'était à cause de ses cheveux d'un noir de jais, de ses yeux de granite incrustés d'argent, de son profil ciselé, du son profond et caverneux de sa voix. Sa taille, ses épaules larges et son torse, la façon dont ses vêtements lui allaient comme si tout était taillé sur mesure, la sensation que cet homme était un dieu vivant du cinéma classique, tout cela vous coupait le souffle. Mon frère aurait eu sa place dans les magazines, pas devant une table à dessin.

— Joshua Peretti a... *avait*, se corrigea-t-il, des liens avec la mafia. Tout le monde le sait. C'est la raison pour laquelle j'ai refusé de travailler avec lui. Qu'est-ce que tu faisais là-bas ?

Je lui expliquais que j'avais été au travail et que j'avais ensuite accepté d'accompagner Jeffrey Hayes, et la façon dont j'avais sauvé Eddie sur le balcon. Je parlai très vite, parce qu'à en juger par la façon dont Dane me regardait, il ne me restait que quelques minutes à vivre.

— Tu ne peux pas aller à ce genre de rendez-vous, me dit-il dès que j'en eus terminé.

Comment, à travers mon explication, avait-il déduit qu'il s'agissait d'un rendez-vous ?

— Non, je... d'abord, c'était pour les affaires, puis ensuite je me suis amusé et...

— Jory, tu ne peux pas accompagner quelqu'un comme ça quand tu es marié. C'est considéré...

— Pourquoi pas ? Ce n'est pas *moi* qui avais un rendez-vous galant !

Ses yeux me scrutaient comme si je n'étais qu'un insecte sous un microscope.

— Écoute-moi. Tu ne peux pas...

Je l'interrompis.

30

— Qui est Adrian Miller ? Eddie a dit que son frère, et Joshua Peretti et Adrian Miller travaillaient tous ensemble.

Les muscles de sa mâchoire se resserrèrent.

— Adrian Miller est un voyou. Son entreprise en bâtiment ne se contente pas de nettoyer les débris, il nettoie toutes sortes de choses.

— Quel genre de choses ?

— Des gens, voilà le genre de choses, aboya-t-il, sa main se posant soudain sur mon épaule pour la serrer. Tu ne dois plus t'approcher d'Eddie Liron ou de son frère Cristo, ou d'Adrian Miller. Est-ce que tu me comprends ? Est-ce que c'est clair ?

Je me demandai vaguement s'il se rendait compte que j'étais adulte.

— Dane…

— Est-ce que tu m'écoutes ? me demanda-t-il d'une voix très professionnelle.

— Comment peux-tu vraiment savoir quel genre d'entreprise Adrian Miller…

— Tu as travaillé pour moi, tu connais mes liens avec l'industrie du bâtiment. Tous les gens avec qui j'ai travaillé refusent de le faire avec Adrian Miller, et tu ne le feras pas non plus.

— Je ne travaille pas avec lui, me défendis-je. J'ai accompagné Jeff Hayes, qui m'a laissé en plan, soit dit en passant, et j'ai fini par rencontrer Eddie Liron. Je ne l'avais pas prévu.

Il acquiesça, les yeux rivés à mon visage. Son examen minutieux était irritant.

— Qu'est-ce que tu fais ici ? demandai-je.

— Il me semble flagrant que je suis en train de prendre le brunch dans l'un de mes restaurants préférés. Est-ce que je dois vraiment te rappeler que c'est moi qui t'a amené ici la première fois ?

Ah oui.

— Où est Aja ?

— N'essaie pas de changer de sujet. Je veux que tu me jures que tu n'approcheras plus d'Eddie Liron, de son criminel de frère Cristo, et d'Adrian Miller.

Je poussai un long soupir agacé.

— D'accord. Je dirai à Eddie que mon frère a dit que je ne pouvais plus jouer avec lui.

En plus de garder les yeux plissés, il fronça les sourcils.

— Oh, bordel de merde, est-ce que c'est la Saint Jory aujourd'hui ? Parce que si c'est le cas, on ne m'a pas mis au courant.

— Mangeons, ordonna-t-il en s'éloignant de moi afin que je n'aie d'autre choix que de le suivre.

Je relevai les mains en signe de défaite.

— Fais ce que je te dis, m'avertit-il en rejoignant les autres.

Il n'avait même pas besoin de se retourner pour savoir que j'étais dégoûté par son attitude.

— Présente-moi, m'ordonna-t-il.

Je présentai Dane à Michelle et Lisa et les observaient toutes les deux. Michelle prit une inspiration et resta calme, mais Lisa... je la vis se transformer en flaque sous mes yeux. Elle releva de plus en plus le regard, sa tête penchée au maximum vers l'arrière afin de pouvoir apercevoir le visage de Dane Harcourt. Quand il sourit, elle vit les lueurs argentées de ses iris. Son frisson était adorable, et je m'étais attendu à la voir prendre cette petite inspiration. Mais il n'était pas d'humeur à se montrer charmant, il ne lui offrit pas son bras pour l'amener à la table ; il m'agrippa, moi, et me poussa devant lui en indiquant le fond du restaurant, là où je ne m'installai que lorsque je dînai avec lui.

Je ne racontai pas à Dane que j'avais accepté de revoir Eddie Liron ce soir-là. Je ne mentionnai pas qu'on allait également me présenter son frère. Même quand mon téléphone vibra lorsque je reçus le texto, je le gardai pour moi.

III

Il FALLAIT vraiment que j'arrête d'avoir des idées préconçues. À cause de la fête de la veille, j'avais pensé découvrir un autre penthouse avec une vue panoramique de la ville. Mais je me retrouvai devant une maison de Highland Park, un gigantesque manoir néo-renaissance. J'avais travaillé pour un architecte pendant cinq ans ; je savais ce que j'avais sous les yeux. Si le nombre de voitures dans l'allée était une quelconque indication, la fête n'était qu'un petit rassemblement. Quand je frappai à la porte, Eddie répondit.

— Salut, dit-il en me souriant. Tu es venu !

Je serrai la main qu'il m'offrait, le laissant m'attirer dans la belle maison. Entre le sol en marbre, les couloirs si larges qu'on aurait pu y passer en voiture, les boiseries sculptées et vernies, j'avais l'impression de me trouver dans un musée. C'était plutôt logique, puisque le style néo-renaissance était en général seulement utilisé dans les bâtiments publics ou chez les gens très riches.

Il était sur le point de prendre ma veste militaire quand un autre homme arriva en courant pour lui dire que les plans avaient changé et que tout le monde se rendait à une fête.

— Nous pourrons faire ça une autre fois, alors, dis-je à Eddie en reculant vers la porte.

— Oh, regardez-moi ça, dit le même garde du corps que la veille, souriant en me saluant.

Je remarquai un diamant dans sa canine droite.

— C'est l'ange gardien.

— Salut, dis-je en lui souriant sincèrement et lui tendant la main. Comment vas-tu, Paz ?

Il plissa les yeux en m'observant.

— Est-ce que je t'ai dit mon nom ?

— Non, mais je t'ai entendu le dire au téléphone.

Il hocha la tête et me sourit, prenant ma main et m'attirant vers lui pour me serrer contre lui de façon très masculine. Quand il eut terminé de m'écraser, il me relâcha et lorsque je m'écartai, je découvris un autre homme près de nous. Il se pencha vers moi, m'offrant sa main à son tour.

— Je suis Adan, dit-il en serrant la mienne. Bon boulot l'autre soir, quand tu t'es occupé du gamin.

— Pas de problème.

J'acquiesçai tout en fourrant mes mains dans mes poches.

— Cristo voulait te voir, Ange, et te parler un peu, d'accord ? Donc tu vas venir avec nous, nous allons en ville. Nous avons rendez-vous sur un yacht.

— Nous pouvons faire ça une autre fois, alors.

Paz secoua la tête

— Pas besoin. Suis-nous simplement, d'accord ?

— Je monte en voiture avec Jory, proposa Eddie.

— Eddie.

Nous nous retournâmes vers la voix et découvrîmes un homme remontant le couloir dans notre direction. Il s'avança jusqu'à ce que je doive lever la tête pour pouvoir croiser son regard. Je sentis son souffle sur mon visage quand il soupira.

— C'est toi, l'ange gardien, n'est-ce pas ?

Je secouai la tête.

— Vous faites tout un plat de…

Il m'interrompit.

— Je suis Cristo Liron.

— Enchanté.

Je lui souris, changeant de position pour pouvoir reculer d'un pas et lui tendre la main.

— Je suis Jory Harcourt.

Il releva la main et enroula les doigts doucement autour de ma gorge, m'arrêtant dans mon élan. Il avait envahi mon espace personnel rapidement, trop rapidement.

— Je suis censé faire quelques affaires, puis le reste de la nuit m'appartient, dit-il en étudiant mon visage, me dévisageant, me jaugeant. J'avais prévu de rejoindre des amis, boire quelques, verres puis dîner. Tu te joins à moi ?

— Je suis un peu crevé, en fait, dis-je en lui souriant et en relevant le menton pour qu'il soit obligé de me relâcher. Mais peut-être…

— S'il te plaît.

Il s'avança encore, mais n'essaya pas de me toucher une seconde fois.

34

— Je dois me rendre à cette réunion, mais j'ai vraiment envie de te parler.

Je l'observai, et il se retourna pour regarder son frère.

— Tu veux bien nous excuser, Eddie ? dit-il rapidement, puis il hocha la tête à l'attention d'Adan et Paz.

Quelques instants plus tard, il ne resta plus que lui et moi dans l'entrée et je me rendis compte à quel point celle-ci était gigantesque.

— Écoute, soupira-t-il en s'approchant encore d'un pas, me forçant de nouveau à relever la tête pour le regarder. J'étais dans mon antre, et je t'ai vu te garer et sortir de la voiture. Je n'avais pas la moindre idée de qui tu étais, mais j'ai eu envie de descendre et de te parler, qui que tu sois, après t'avoir vu.

J'attendis la suite.

— Donc, dit-il en se rappelant la gorge, j'ai joué mes cartes. Est-ce que tu veux dîner avec moi ?

Je m'éclaircis la voix et reculai d'un autre pas.

— J'ai un partenaire, monsieur Liron, et il...

— Cristo, me corrigea-t-il en se rapprochant de nouveau, sa main droite se posant contre le mur, plus près de moi. Vas-y, parle-moi de ton partenaire.

Je reculai d'un autre pas, mais il me suivit, ne permettant aucune distance. Il ne me touchait pas, mais sa présence était envahissante.

— Ce partenaire, où est-il ?

— Il est en voyage d'affaires.

Il acquiesça.

— Je vois. Et il est parti depuis quelque temps ?

Je n'avais aucune raison de mentir.

— Oui.

— Tu es certain qu'il va revenir ?

— Nous vivons ensemble et il va revenir, lui assurai-je avec plus de conviction que je n'en ressentais.

Ce n'était pas que Sam ne voudrait pas revenir, s'il avait le choix, mais en cet instant, je n'avais pas la moindre idée de l'endroit où il se trouvait, de comment il allait ou d'avec qui il était.

— Bien, répondit-il en hochant la tête, avec un sourire doux. J'ai hâte de le rencontrer, et désormais nous serons amis.

Je lui souris.

— Vraiment ? Il te suffit de le dire et c'est gravé dans le marbre ?

— Oui, rétorqua-t-il en souriant malicieusement.

J'observai son regard pétiller.

— Nous allons être de très bons amis.

Les mots étaient sincères, et entre la rapidité à laquelle il avait cessé d'insister, la chaleur de ses yeux d'un brun doré, son rire profond et son sourire, je me rendis compte que je l'appréciais. Et cet homme était vraiment agréable à regarder.

Il était grand, avec des épaules larges, baraqué mais pas trop. Le haut de son corps menait à une taille étroite, des hanches minces, et des jambes longues et musclées que moulait son pantalon de costume. Il avait l'air athlétique et bien bâti, et la peau qui dépassait du col ouvert de sa chemise était d'un bronze cuivré.

Un homme magnifique : sensuel, gracieux, séduisant, il suffisait de le regarder et le mot « sexe » apparaissait en néon dans votre esprit. Mais peu importe l'envie de mon corps, il n'était pas pour moi. Un seul homme conviendrait et puisqu'il n'était pas là, mes instincts les plus vils étaient sous clé. Une nuit de sexe brûlant et époustouflant ne faisait pas le poids face à un homme qui pouvait supporter mes conneries au jour le jour, même s'il avait été absent ces derniers temps.

— Ange ?

Je me rendis compte que mon esprit avait dérivé.

— Pardon.

À la façon dont il souriait, je compris qu'il avait déjà décidé que j'étais tête en l'air.

— Merde.

Il ricana.

— Quoi ?

— Rien.

Il me regarda dans les yeux pendant un long moment avant de sourire largement.

— Tu n'as vraiment pas la moindre idée de qui je suis, n'est-ce pas ?

— Je suppose que non, répondis-je en plissant les yeux. Je devrais ?

— Non, tu ne devrais pas, m'assura-t-il avant de prendre une rapide inspiration. Alors, Ange, est-ce que ta relation avec ton partenaire t'autorise à avoir des amis ? Surtout quand ton amoureux n'est pas en ville ?

— Pouah, grognai-je.

Il éclata de rire.

— Qu'est-ce qu'il y a ?

36

— C'est juste le mot « amoureux ». Je le déteste. C'est tellement démodé.

— Vraiment ? demanda-t-il, l'air surpris. « Amoureux » est démodé ? Je fis semblant de vomir et il rit de nouveau.

— Tu es adorable.

J'agitai les sourcils.

— Attends voir. Je vais te mettre les nerfs en pelote.

Il haussa les épaules.

— Peut-être pas. Testons ta théorie. Viens prendre un verre avec Eddie, mes amis et moi, puis dîner. Nous mangerons dans ma cantine préférée et la propriétaire cuisine spécialement pour moi.

Ça avait l'air vraiment sympa. J'avais laissé tomber mes amis, ignoré leurs invitations, et je m'étais senti plus ou moins désœuvré depuis presque quatre mois. L'idée de sortir avec des gens qui ne me connaissaient pas et qui n'insisteraient pas pour obtenir les réponses que je n'avais pas était assez tentante. C'était comme si je pouvais arrêter d'être moi.

— Et le gaspacho est incroyable.

L'idée me plaisait de plus en plus. Il était encore tôt et il était inoffensif, après tout.

— C'est moi qui conduis.

— D'accord.

Ses yeux s'assombrirent, devenant presque noirs.

— Tu conduis et je navigue.

— Marché conclu, répondis-je en remarquant de nouveau à quel point ses yeux semblaient sombres et profonds.

Il m'observa ainsi pendant presque une minute, et je fus forcé de sourire.

— Qu'est-ce que tu essaies de comprendre ?

— Rien, viens, dit-il alors qu'Adan et Paz réapparaissaient comme s'ils avaient attendu non loin, à écouter pour attendre leur signal. Allons-y.

En nous dirigeant vers ma voiture, il tendit la main et la posa sur mon épaule. Cet homme était très démonstratif et je compris qu'il était simplement ainsi, que cela ne voulait pas dire grand-chose. Et c'était assez agréable, donc je laissai couler. Il n'y avait pas de mal à ça, si ?

ON M'INDIQUA la direction du port de Chicago où était amarré le *Dog Star*. J'eus droit à une conversation agréable avec Cristo dans ma vieille Toyota

Corolla, pendant le long trajet depuis Highland Park. Eddie et les autres nous suivaient, son frère n'ayant autorisé personne à grimper en voiture avec nous. Il était mort de rire à m'écouter raconter les horreurs que j'avais découvertes chez monsieur Fisher, les yeux écarquillés quand je lui parlai de la bobine géante. Quand je lui passai mon téléphone pour qu'il puisse voir les images par lui-même, il resta stupéfait.

— Bordel de merde, souffla-t-il. Je pensais que tu aggravais les choses.

— Pas besoin. Regarde le pot de la plante en macramé.

— Bon sang.

Il était émerveillé et me fit promettre de lui montrer les photos « après » quand les rénovations seraient terminées.

Quand nous nous garâmes au port, une limousine pleine de monde se joignit à nous, et je remarquai qu'il y avait de nombreuses femmes très séduisantes dans le lot.

— Ne te crois pas obligé de jouer les baby-sitters avec moi, lui dis-je en penchant la tête vers une femme blonde tout en jambes qui lui faisait de l'œil.

Il indiqua à Eddie de s'assurer que la fille et son amie ne glissent pas avec leurs talons, tout en passant un bras autour de mes épaules.

Nous devions grimper une échelle pour monter à bord, toutefois, et quand Cristo ricana en dessous de moi, je lui demandai ce qui était si drôle.

— Rien de drôle, m'assura-t-il, je profite juste de la vue.

Je me penchai et lui donner une pichenette au front.

— Aïe, dit-il en riant et frottant entre ses sourcils. Bon sang, tu es vraiment un trou du cul.

— Exactement, alors arrête de regarder le mien.

— Je ne crois pas que je peux, grogna-t-il. Tu es vraiment bien fait, Ange.

Je lui donnai une nouvelle pichenette.

— C'était pourquoi, ça ?

— Jory, pas « Ange ».

— Bordel de merde, est-ce que tu vas finir par grimper ?

Il était agacé et j'étais content. Une fois à bord, j'entendis le rythme de la musique *dance* même à travers la porte close.

L'intérieur ressemblait à un club, les lumières tamisées, les gens agglutinés, le nuage de fumée de cigarettes, les serveurs se frayant un passage à travers la foule avec des verres sur leur plateau. J'arrivai au bout d'un étage et en découvris un second, une salle en contrebas réservée non pas à la danse, mais au divertissement.

C'était comme un mini bar sportif. Il y avait de gigantesques écrans au mur, un flipper, une table d'*air hockey*, un baby-foot et plusieurs tables de billard. Tandis que j'englobais le tout du regard, mon attention fut attirée par l'un des hommes à la table de billard la plus proche. Les muscles clairement définis de son dos puissant bougeaient sous une chemise habillée qui couvrait ses larges épaules, ses biceps et ses triceps bombés, puis retombait sur des fesses fermes et rondes. Ses mouvements étaient fluides pour un homme si grand, et me rappelèrent le spécimen qui résidait habituellement dans mon lit.

— Oh ! Merde.

J'eus le souffle coupé quand l'homme se retourna, parce que je regardais Sam Kage… et en même temps, ce n'était pas vraiment lui.

Les cheveux châtains et leurs reflets cuivrés, dorés, et couleur de blé avaient disparu, remplacés par des boucles noires encore plus sombres que celle de Dane. C'était si étrange. Sa barbiche semblait déplacée, tout comme sa moustache mal rasée, étant donné que Sam se rasait habituellement de près. La chemise déboutonnée jusqu'au milieu de son torse révélait sa peau, et même si c'était un régal, cela ne faisait pas partie de ses habitudes. Je ne l'avais jamais vu porter de bijoux à l'exception de son alliance et de sa montre, alors la croix en diamants qui pendait à son cou me sauta aux yeux. Je vis aussi que son alliance avait disparu. Si je prenais tout cela en compte, il avait l'air bizarre, comme s'il était lui-même et étranger à la fois. Je le reconnus immédiatement ; il aurait fallu qu'il soit invisible pour que je ne le remarque pas, mais je ne comprenais pas pourquoi il était habillé comme un figurant de « Deux flics à Miami ». Il fallait que je prenne une photo pour pouvoir la montrer à ses sœurs. Elles riraient pendant des semaines.

Malgré tous mes efforts, je n'arrivai pas à décider d'un plan d'action. Ma première pensée fut que je devais le saluer, la seconde fut que j'allais traverser la pièce en courant pour me jeter sur lui, et la troisième de lui hurler dessus jusqu'à avoir évacué toute la frustration de son absence. J'aurais pu crier pendant plusieurs minutes, j'en étais certain.

En fin de compte, je ne fis rien du tout, parce que par miracle mon cerveau se remit enfin en marche. Planté là comme une statue à dévisager l'homme que j'aimais, je me rendis compte que nous aurions tous deux des problèmes si je lui disais ne serait-ce qu'un mot. De toute évidence, il était sous couverture, même si je ne savais pas quel était son rôle, et je savais que j'allais foutre en l'air cette couverture si je ne m'éloignais pas. Il *fallait* que je m'éloigne. Et j'allais le faire, j'étais prêt à le faire, jusqu'à ce qu'il lève yeux vers moi et que son regard croise le mien. Il y regarda à deux fois, et je fus avalé par le bleu profond de ses yeux. Il ne pouvait en changer de couleur sans porter de lentilles, et découvrir cette nuance familière me réduisit les jambes en coton. Je ne pus retenir un gémissement. Il s'avança rapidement, traversant la salle vers moi.

Je me préparai à l'assaut.

— Qu'est-ce que tu fous là, bordel ? me grogna-t-il tout bas dès qu'il fut assez près.

Je remarquai que ses cils n'avaient pas été teints pour aller avec ses cheveux, et qu'ils étaient toujours longs, épais et dorés. Ses cheveux d'un noir d'encre étaient colorés et il n'y avait aucun reflet dedans, c'était un noir plat, sans brillant. Mais ses cheveux restaient épais et je mourrais d'envie de passer les doigts dedans pour les décoiffer. Il aurait eu l'air phénoménal, ébouriffé dans un lit. Je me demandai s'ils avaient teinté les poils sous son nombril et ceux de son entrejambe aussi. La pensée me frappa de plein fouet, si fort que je dus prendre une inspiration. Je mourrais d'envie d'être sous lui.

— Jory.

Il prononça mon prénom tout bas, d'une voix rauque.

— Oh, répondis-je, paralysé alors que j'essayais de me souvenir de ce qu'il m'avait demandé.

En le voyant si proche, mes pensées avaient été soufflées.

— J. ?

Où est-ce que j'étais, déjà ?

— Concentre-toi, aboya-t-il d'une voix tendue et agacée.

Mais il se trouvait là, juste devant moi, et il me fallut toute ma volonté pour ne pas relever une main et effleurer son visage, et son ventre musclé de l'autre. Je mourrais tellement d'envie de le toucher que j'en avais mal au ventre.

— Bordel, qu'est-ce que…

— Je suis venu avec Cristo Liron, arrivai-je enfin à dire en toussotant pour retrouver ma voix. J'ai sauvé son frère Eddie, hier.

Son regard devint glacial en un instant, et j'étais sur le point de dire quelque chose quand une femme apparut soudain, s'appuyant contre son épaule, pressant ses seins contre son torse puissant.

— Te voilà, Jace, dit-elle d'une voix traînante, ses longs ongles noirs traçant la peau nue avant de se glisser sous sa chemise. Reviens t'asseoir. Je veux me mettre sur tes genoux.

Je sentis mes joues me brûler et je me mordis l'intérieur de la joue gauche. Cela me fit mal et c'était une bonne chose.

— Ange ?

En me tournant vers le son de la voix, je découvris Cristo. Sa main se posa instantanément sur mon épaule pour m'aider à garder l'équilibre.

— Est-ce que ça va ?

Il semblait préoccupé et me regarda droit dans les yeux pour s'en assurer.

— Tu as l'air d'être sur le point de tourner de l'œil.

Je n'arrivais plus à respirer.

— Ange.

Il se rapprocha, son autre main se glissant sous mon menton pour que je relève la tête et plonge mon regard dans le sien.

— Est-ce que tu as besoin d'air ?

— Je…

— Tu es blanc comme un linge.

Quelqu'un se racla la gorge et Cristo regarda derrière moi, un sourire s'étirant sur son visage.

— Oh, Avery, te voilà. Je te cherchais. Tu es prêt à faire des affaires ?

Il me retourna, un bras autour de mes épaules, et je découvris l'Agent Zane Calhoun déguisé. La dernière fois que j'avais vu cet agent du FBI qui me détestait, c'était trois ans plus tôt à Dallas, quand j'avais essayé de lui échapper. Désormais, il se retrouvait là avec Sam, l'air ridicule, une pauvre imitation d'un trafiquant de drogue, comme un mauvais sketch de *Saturday Night Live*. Il avait même une boucle d'oreille. Au moins, Sam n'avait pas de boucle d'oreille. Je pris une profonde inspiration pour ne pas rire ou hurler ou arracher les mains de cette femme de l'amour de ma vie. J'avais l'impression de suffoquer.

— Je reviens, annonçai-je en me débarrassant du bras de Cristo et me forçant à marcher pour quitter la pièce plutôt que de courir, fier de ne pas attirer l'attention sur moi.

Je n'avais pas la moindre idée de l'endroit où j'allais. Je me contentai de pousser et d'écarter les gens, d'ouvrir des portes, d'aller de pièce en pièce, en passant près de gens en train de discuter, de rire, de boire, de s'embrasser, de sniffer de la cocaïne sur des tables, d'être simplement bruyants en général – c'était une fête, après tout – jusqu'à ce que je me retrouve dans une pièce avec un évier, peut-être la cuisine. J'aurais dû faire marche arrière et sortir. J'avais besoin d'air. J'avais besoin de respirer.

Je m'agrippai au comptoir et me concentrai pour calmer mon cœur battant. Un grand fracas me fit sursauter et je hoquetai, alarmé. La porte avait claqué si fort en s'ouvrant que j'étais surpris qu'elle tienne encore sur ses gonds.

— Qu'est-ce qu'il se passe, bordel ? rugit Sam en contournant le comptoir pour agripper mes bras, ses doigts s'enfonçant dans ma peau. Comment diable connais-tu Cristo Liron, et pourquoi il pose ses putains de pattes partout sur toi, bon sang ?

— Qui c'est, cette fille ? lui demandai-je.

— Est-ce que tu m'as entendu ? hurla-t-il.

— Qui c'est, cette fille ? répétai-je.

— La fille n'a aucune importance, putain, gronda-t-il en me secouant durement. Ce qui compte, c'est Cristo Liron, un trafiquant de drogue et d'armes, un meurtrier de merde, s'il pose ses putains de sales pattes sur toi ! Tu as deux secondes pour me dire ce que…

La porte s'ouvrit et Sam me relâcha, se retourna, sortit son arme et la braqua si vite vers la personne qui venait d'apparaître que mes yeux n'arrivèrent pas à suivre son geste. Cela n'avait été qu'un mouvement fluide et continu.

— Putain, mais c'est incroyable ! hurla l'Agent Calhoun en entrant dans la pièce. Dis-moi que tu plaisantes, putain ? Qu'est-ce que tu fous ici, Harcourt ?

Je restai sans voix à les dévisager tous les deux, admirant le tableau. J'avais l'impression d'avoir fait un bond dans le temps et m'attendais presque à voir Don Johnson apparaître dans un costume blanc et un tee-shirt sans manches rose. Ils étaient tous les deux habillés de couleurs pastel. C'était surréaliste.

— Tu nous mets tous en danger en venant ici !

J'ouvris la bouche pour dire quelque chose, quoi que ce soit, pour lui répondre, à lui et à la colère dans sa voix, mais restai muet.

— Bordel ! hurla-t-il en relevant les mains.

Et tout à coup, en voyant son dégoût envers moi, je me repris.

— Qu'est-ce que tu portes ? lui demandai-je d'une voix basse, soudain tout aussi irrité que lui.

Il ramassa la chose la plus proche de lui et s'en servit pour ponctuer ses menaces.

— Je fais vais te faire jeter dans une prison fédérale...

— Tu me menaces avec un fouet de cuisine, soulignai-je d'un ton sarcastique.

— C'est une enquête en...

— Un fouet de cuisine, répétai-je en écarquillant les yeux.

Il jeta l'ustensile vers moi et je l'évitai facilement en m'écartant de sa trajectoire. Non pas qu'il aurait pu me faire du mal. Je ne voulais simplement pas lui donner cette satisfaction.

— Tu...

Il s'arrêta soudain avant de se tourner vers Sam.

— Arrange-moi ça, *maintenant*.

— Comment ? lui demanda Sam, les dents serrées.

— Fais-le sortir d'ici.

— Comment ?

Calhoun me regarda et je relevai un sourcil.

— Il faut qu'on le fasse partir avant que quelqu'un remarque que nous nous sommes absentés, dit-il à Sam.

— Je ne vais pas laisser Jory avec ce type. Hors de question.

— Sam, tu ne peux pas bousiller cette affaire pour...

— Il ne s'inquiète pas pour moi, mentis-je immédiatement. Il s'inquiète juste que je fasse sauter votre couverture. Quand Sam travaille, il se donne complètement à son boulot, rassurai-je l'agent Calhoun. Tu le sais.

Il plissa les yeux.

— Oui, je le sais.

— Alors tu vois ? dis-je en me forçant à sourire. Tout ira bien. Vous feriez juste mieux d'éviter de m'approcher.

— Jor...

— Je vais bien, affirmai-je froidement. Allez-y. Il me faut juste une minute.

Il allait dire quelque chose, mais Calhoun agrippa son bras et l'entraîna durement. Quelques secondes plus tard, ils avaient tous les deux disparu. Je tremblais encore quand la porte s'ouvrit de nouveau, révélant cette fois Cristo Liron.

— Hé, dit-il doucement, l'air inquiet en traversant la pièce jusqu'à moi. Qu'est-ce qui ne va pas ? Est-ce que tu es claustrophobe ou...

43

— Je vais bien, lui assurai-je en reculant d'un pas. J'avais juste un peu la tête qui tournait. Je n'ai pas dîné et je…

— Bordel, grogna-t-il en tendant les mains vers moi, agrippant mon visage doucement, mais fermement pour relever ma tête vers lui. Allons manger maintenant. Les affaires peuvent attendre. Je…

— Non.

Je secouai la tête, me sentant ailleurs, mon esprit tourbillonnant. Je me libérai de son étreinte et m'écartai.

— Je veux juste rentrer chez moi.

— Merde, dit-il tout bas en déglutissant.

Il s'avança alors que j'essayais de le contourner.

— Je dois rentrer.

Il fallait que je voie mes propres affaires, que je m'assure qu'elles étaient encore là et que je n'avais pas complètement perdu la tête au cours de la dernière heure.

Sa voix était rauque et cajoleuse.

— Ange, s'il te plaît, laisse-moi juste t'inviter à dîner.

Je m'éclaircis la gorge.

— Je m'en vais.

— Je n'aurais pas dû t'amener ici. C'était une perte de temps pour tous les deux, parce que j'avais des affaires à mener, mais que je ne pouvais pas te laisser simplement rentrer chez toi… je voulais passer un peu plus de temps avec toi.

Je m'éloignai rapidement, mettant l'îlot central de la cuisine entre nous avant qu'il puisse protester. J'avais une porte de sortie et j'allais m'en servir.

— Tu as des choses à faire, à discuter, et je te fais perdre ton temps. Tu voulais me remercier pour Eddie, et tu l'as fait. Ça suffit. Pas besoin d'en faire plus.

— Non, ce n'est pas…

— Eddie a mon numéro, alors peut-être que la semaine prochaine, vous pourriez me passer un coup de fil et nous pourrions aller déjeuner tous les trois. Rappelle-moi, et nous pourrons dîner, juste tous les deux… mais j'en ai fini ici, ce soir.

— Je veux discuter avec toi.

— Appelle-moi, alors. Le repas avait l'air vraiment délicieux.

J'essayai de lui sourire.

Après de longues secondes, il acquiesça.

— Je t'appellerai, Ange, sois-en sûr.

— Bien.

Il sourit et indiqua la porte. Je n'attendis pas. Je sortis.

Je n'essayai pas de retrouver Sam, j'avançai simplement. Les yeux droits devant moi, me faufilant à travers la foule, je retrouvai le pont supérieur et le vent contre mon visage en quelques secondes à peine. Je descendis l'échelle, retournai sur le quai, et courus jusqu'au parking pour retrouver ma voiture. Une fois au volant, je pris enfin une inspiration. Je n'avais jamais été si heureux de rentrer chez moi.

IV

JE ME dis au moins mille fois que je ne devais pas être en colère. Sam était sous couverture. La femme était probablement sous couverture elle aussi, et si ce n'était pas le cas, c'était une informatrice et il ne pouvait pas l'avoir touché d'une quelconque façon pouvant être interprétée comme romantique. Je le savais, je le connaissais, et tout cela ait trop ridicule pour être même envisagé. Mon cerveau le comprenait. Mon cœur aussi, sachant ce que je ressentais pour lui, sachant ce qu'il ressentait pour moi, et tout allait bien dans le meilleur des mondes, sauf que mon corps avait envie de lui à cette simple pensée. La douche froide que je pris en rentrant chez moi ne servit à rien, et après celle-ci, je me retrouvai aussi dur et misérable que lorsque j'étais rentré. Je sortis la grosse artillerie et regardai « *Il faut sauver le soldat Ryan* ». Si quelqu'un pouvait faire autre chose que pleurer toutes les larmes de son corps après les dix premières minutes de ce film, et pire encore éprouver le moindre désir, il devait vraiment avoir une libido de folie. La mienne s'évapora et je m'endormis sur le canapé.

Le dimanche matin, je me réveillai en colère. Je n'avais reçu aucun appel de sa part, aucun e-mail et aucune demande en pleine nuit pour venir tirer un coup. Son enquête, quoiqu'elle concerne – des strip-teaseuses, de la drogue, la musique d'Hans Zimmer – me dépassait, mais elle était visiblement infiniment plus importante que moi. J'appelai pour annuler mon dîner avec Dane et Aja, parce que j'aurais été d'une horrible compagnie. Pas la peine de les rendre tout aussi misérables.

Je restai chez moi et commençai à faire le ménage, mais n'arrivai pas vraiment à finir quoi que ce soit. J'avais tendance à m'éparpiller un peu, donc en général la vaisselle était lavée, mais pas essuyée. La lessive était pliée, mais pas rangée. La baignoire était nettoyée, mais le sol n'était pas épongé. Et cela n'aurait pas été si grave si je n'avais pas laissé chaque fois des produits ménagers éparpillés eux aussi dans chaque pièce. Sam avait trouvé une fois des lingettes dans le réfrigérateur, parce que je les avais laissées là après avoir été distrait par la télévision.

Il me fallait toujours un bruit de fond quand je faisais le ménage, ou quand j'étais à la maison tout court. Le silence me mettait mal à l'aise, sauf

46

lorsque je lisais, mais étant donné que la lecture m'endormait en général, ça allait. Donc, le lundi matin avant le travail, j'étais en train de ranger tout un tas de choses variées, l'aspirateur qui se trouvait encore au milieu de l'entrée et le balai posé à côté de la porte, et tout le reste, quand je reçus un appel affolé de Michelle.

— Jory, mon chéri, as-tu demandé à être retiré du dossier Fisher ?

— Non, pourquoi ? demandai-je en bâillant.

— Parce qu'on t'en a retiré et que c'est Fallon qui va travailler dessus avec moi. Je déteste Fallon.

J'étais confus, alors quand j'arrivai au travail, j'allai directement voir mon patron, Becker, en évitant sa secrétaire pour entrer dans son bureau.

— Jory ? s'écria-t-il d'une voix agacée en me voyant, tout en secouant la main à l'attention de mademoiselle Shelton quand elle apparut dans la pièce à ma suite. Tout va bien, lui dit-il, je devais voir monsieur Harcourt ce matin, de toute façon. C'est juste un peu plus tôt que je ne pensais devoir le faire.

Devoir le… faire ? *Oh-oh.*

— S'il te plaît, Jory, assieds-toi.

Ce n'était jamais une bonne chose d'être invité à s'asseoir pour discuter avec votre patron de bon matin, un lundi. J'étais clairement viré.

— J'ai mis monsieur Fisher en colère, hein ?

Il plissa les yeux en m'observant avant de pousser un long soupir.

— Oui, en effet, et je dois dire que tes singeries, cette fois, manquaient complètement de professionnalisme.

Elles étaient drôles, oui, mais ne me garantissaient probablement pas de garder mon travail. Je me demandai qui m'avait dénoncé.

— Monsieur Fisher a appelé et parlé avec Nora et…

— Monsieur Fisher a appelé ?

— Oui.

Hayes Fisher avait appelé lui-même pour se plaindre de moi. Quel connard. Et il s'était plaint à Nora Talbot, notre responsable des opérations.

— Elle m'a dit qu'il était révolté.

Nora Talbot me détestait. Même si monsieur Fisher n'avait été que vraiment, vraiment agacé, il aurait été « révolté » quand elle aurait raconté l'histoire à mon patron. Non pas que je doutais du fait que monsieur Fisher me haïsse. Apparemment, que monsieur Fisher veuille ou non que Dane conçoive une maison pour lui ne faisait pas partie de l'équation.

— Votre manque complet de bonnes manières est devenu un fardeau indésirable pour cette compagnie, en outre…

— Monsieur, l'interrompis-je, vous n'avez pas besoin de me faire la liste de mes défauts. Nous savons tous deux qu'il y en a beaucoup et aucun de nous deux ne veut rester ici toute la journée. N'est-ce pas ?

Je savais que j'avais raison. J'avais toujours raison pour les mauvaises choses. Ç'aurait été agréable d'avoir tort de temps à autre.

Tout le monde se rendit à la réunion du lundi matin, sauf moi. Je vidai mon bureau – pas d'objets personnels autorisés, une seule photo de famille – et partis avant que qui que ce soit n'en sorte, mon dernier chèque dans la poche de ma veste. Bien sûr, je regardai ma photo de Sam dans l'ascenseur, en emportant ma boîte au rez-de-chaussée. Le gardien de la sécurité la fouilla quand je sortis et cela ne m'aida en rien. Le pire, c'est que je n'avais personne à qui me plaindre de la débâcle qu'était ma vie en cet instant.

Dane serait en colère que j'aie revu Eddie Liron alors qu'il me l'avait interdit. Si je m'attendais à de la compassion ou à un milk-shake au chocolat, ce qui était ce dont j'avais vraiment envie, je devrais tout avouer. Je n'étais pas d'humeur à avouer ou à me comporter en adulte. L'idée de recouvrir le jardin de monsieur Hayes Fisher de papier toilette était très attrayante. Mais Dane serait prêt à annuler son rendez-vous avec cet homme pour s'être simplement comporté comme un connard avec moi et m'avoir fait virer. Mais en réalité, je m'étais fait virer parce que je ne savais pas fermer ma bouche. Et ce trait de caractère était techniquement la faute de Dane, parce qu'il ne m'avait jamais forcé à la fermer, mais c'était mon frère, alors… Tout cela tourbillonnait dans ma tête, et alors que j'essayais de trouver un taxi avec sous le bras ma boîte de rien, hormis ce portrait de Sam, je me sentis vraiment comme une merde. Puis il se mit à pleuvoir.

— Jory ?

Je me tournai vers la gauche et découvris Fallon Strauss. Il entrait et je sortais pour la dernière fois. Je secouai la tête et m'éloignai. Mais il se retrouva soudain devant moi, relevant un parapluie au-dessus de ma tête en me dévisageant.

— Qu'est-ce que tu fais ? demanda-t-il en me regardant de haut en bas.

— Je rentre chez moi, lui dis-je en le contournant, la pluie me trempant en quelques secondes.

— Jory, cria-t-il en me barrant de nouveau le chemin, le parapluie m'empêchant de me noyer quand il se rapprocha. Qu'est-ce que tu racontes ? Nous sommes tous les deux en retard pour cette réunion à la con.

Je secouai la tête.

— Je viens de me faire virer.

Ses yeux couleur citron vert s'écarquillèrent.

— Tu plaisantes ?

— Non, je ne plai... je dois y aller, Fal. Je vais me noyer, là.

Il agrippa le revers de mon caban et m'attira le long de la rue jusqu'à atteindre un restaurant avec un large auvent. Il n'était pas encore ouvert, donc nous étions seuls, mais l'endroit était bruyant, l'eau tombant en trombe comme si le ciel venait de s'ouvrir pour se déverser sur nous.

— Jory, dit-il en s'ébrouant et retirant ses lunettes couvertes de buée. De quoi est-ce que tu parles, bon sang ?

Je posai ma boîte détrempée sur un banc, sous le menu du restaurant, et lui pris ses lunettes avant qu'il puisse dire quoi que ce soit. Mon tee-shirt, deux couches sous ma veste de costume, était sec. J'essuyai soigneusement les verres, l'air froid mordant mon ventre nu, puis les lui rendis. Son expression était difficile à déchiffrer.

— C'était un beau spectacle, dit-il en souriant timidement.

— Pardon ?

Il secoua la tête.

— Bon sang, Jory, est-ce que tu es vraiment si inconscient ?

— Je suis perdu, là.

Il soupira longuement.

— Tu étais sérieux ? Becker t'a viré ?

— Ouais, à l'instant. Apparemment, j'ai mis monsieur Fisher en colère.

Il hocha la tête.

— Je vois. Cela explique ma réunion avec le client, cet après-midi. J'étais censé voir Michelle ce matin.

— Censé ?

— Ouais, dit-il en passant la main dans ses boucles brunes coupées court. Écoute, je travaille sur un truc depuis un certain temps maintenant, et je voulais t'en parler, donc c'est vraiment incroyable que je te croise maintenant... et sacrément terrifiant en même temps.

J'observai son visage et me rendis compte qu'il avait l'air vraiment nerveux.

— Jory, je démissionne aujourd'hui pour aller travailler chez *Benchmark Limited*, et j'aimerais vraiment, vraiment que tu viennes avec moi.

Je devais être encore en train de dormir dans mon lit, j'en étais certain.

— Quoi ?

Il soupira.

— Tu... Je t'ai écouté lors de nos réunions et tes idées sont vraiment bonnes. Ils ne te donnent jamais de responsabilité parce que tu t'éparpilles. Je pense que tes idées et ta façon de t'emporter seraient géniales si c'était tempéré par quelqu'un qui te permettrait de garder pied et pourrait mener chaque tâche à bien.

Je me retrouvai dans un univers alternatif bizarre où Fallon Strauss et moi étions amis et avions échangé plus de dix mots de toute notre vie.

— Je te fais peur.

— Un peu, mais continue.

— Michelle est si inquiète que je vole son travail qu'elle ne s'en remet pas.

Il me sourit, passant d'un pied à l'autre, sa main tripotant inlassablement ses cheveux et tirant dessus.

— Mais elle a dit que quand il est question de concepts et d'idées sorties de nulle part, tu es l'homme qu'il faut. Il n'y a que ton suivi qui soit merdique.

C'était vrai. Michelle savait parfaitement comment je travaillais.

— Elle n'était pas obligée de dire que c'était merdique.

Ses yeux s'illuminèrent et je le vis soudain pour la première fois. Il avait des cheveux bouclés, bruns et épais, une peau olivâtre et des sourcils expressifs qui donnaient constamment l'impression qu'il complotait quelque chose. Beau, non, mais chaleureux et facile à apprécier, oui. Alors pourquoi ne l'avais-je jamais vu auparavant ?

— Donc Pete Riggs, chez *Benchmark*, m'a dit qu'il fallait que je t'amène aussi, pour que tu puisses discuter avec lui et qu'il voit comment tu es. Enfin, c'est de l'événementiel, et je sais que ce n'est pas ce que tu veux faire de ta vie, mais tu es vraiment doué et les gens t'adorent ou te détestent dès qu'ils te rencontrent.

Je ne pouvais pas le contredire.

— Alors peut-être que tu voudrais rentrer chez toi, te changer et me rejoindre pour déjeuner dans le centre chez *Carnivale*, avec Pete et sa collaboratrice, Anna Pearlman ?

— Tu es sérieux ?

— Oui, dit-il en riant, très. Je pense que toi et moi allons vraiment bien bosser ensemble, et même si je sais que ce ne sera pas pour longtemps, puisque comme je l'ai dit ce n'est pas ce que tu veux faire du reste de ta vie, je suis prêt à essayer.

— Quand étais-tu...

— J'allais te le demander aujourd'hui. Je t'ai envoyé un texto.

Et après son départ, après avoir accepté ce rendez-vous, je vérifiai le message sur mon téléphone. Il commençait par « J. ». Pas Jory, « J. ». J'aimais beaucoup ça.

JE ME rendis présentable. Je passai mon costume en velours côtelé sous mon manteau en tweed pour rencontrer mon nouveau potentiel employeur. Je crus que Fallon allait s'évanouir sous le choc.

— Quoi ?

— Non, rien, dit-il en me dévorant du regard. C'est juste... tu es... ça te va bien.

Je lui souris

— Où est la table ?

— Tu veux quelque chose à boire ?

— Non, ça va.

Il me conduisit jusqu'à la table et à la seconde où nous l'atteignîmes, j'activai mon charme. D'une certaine façon, Fallon avait tellement envie de ce poste qu'il alimentait mon intérêt. Il était ravi de travailler avec moi, et je ressentais la même chose en retour. Cela faisait longtemps que quelqu'un avait eu envie de ma présence.

Gina m'adorait, mais je l'épuisais. Pour Michelle, j'étais une corvée. Elle devait rester sur ses gardes et vigilante, se préoccuper de sa carrière, et elle s'inquiétait donc de ce que je pouvais dire ou faire et de la façon dont cela se refléterait sur elle. Et je le comprenais parfaitement. Je fatiguais tous ceux qui entraient en contact avec moi régulièrement. Peut-être était-ce la raison de l'absence prolongée de Sam. Peut-être qu'il avait besoin d'une pause.

Et ce n'était pas qu'on ne m'aimait pas. Gina et Michelle m'adoraient, mais c'est un peu comme quand votre oncle ivre rentre chez lui et que vous pouvez enfin respirer et profiter du reste de la famille en paix. Je rendais

51

Gina et Michelle méfiantes et cela me fatiguait moi-même, d'être traité ainsi, même quand j'essayais de me comporter au mieux.

Mais Fallon... Fallon me voulait dans le cockpit, avec lui. Il ne me traitait pas comme si j'étais stupide ou un fardeau ou épuisant. Il ne levait pas les yeux au ciel, ne me disait pas que j'étais chanceux d'être mignon parce que je n'étais pas malin, et ne me calmait pas. Il me traitait comme un égal, il comptait sur moi, et c'était vraiment différent et plutôt agréable. Je ne voulais pas le laisser tomber. C'était soudain très important pour moi, et tout le reste disparut.

— Enchanté, dis-je à monsieur Riggs, puis à madame Pearlman.

Je restai discret, acquiesçai quand il le fallait et souris quand on me regardait.

— Qu'en penses-tu ? me demanda Fallon lors de l'habituelle accalmie entre le moment où l'on commande à déjeuner et celui où il arrive, quand tout le monde a rendu son menu au serveur et qu'il faut lancer un nouveau sujet.

— De quoi ? lui demandai-je.

— J. ?

— Je veux dire, tu veux vraiment le savoir où tu veux que je reste assis là à me montrer poli ?

— Pour ma part, j'aimerais vraiment le savoir, dit madame Pearlman.

Je l'appréciais déjà. Monsieur Riggs semblait plus incertain. Je n'étais pas sûr que ce soit moi qui le mette mal à l'aise, ou le restaurant, ou son gin-tonic, ou sa cravate qu'il n'arrêtait pas de tripoter... Je ne le savais pas. Mais madame Pearlman, Anna, elle, je l'appréciais et je pouvais sentir qu'elle m'appréciait en retour. Normal. Les femmes et moi, c'était une longue histoire d'amour.

— Je pense que les gens ne veulent pas qu'on leur mente. Je pense que si l'événement qu'ils veulent organiser est nul ou que l'idée est pourrie, il faut leur dire « non, c'est de la merde, et voilà pourquoi », pas se contenter de les suivre et de le souligner plus tard en disant : « au moins, ce n'était pas notre idée donc ce n'est pas notre faute ». Parce que peu importe comment ils voient la chose, ce serait nous les responsables, donc si ça craint, alors on craint aussi. « Cracher le morceau », c'est ma devise.

— Monsieur Har...

— Non, attendez, me corrigeai-je en réfléchissant. C'est la devise de Dane. La mienne, c'est plutôt : « Dans le doute, jetez, parce que si c'est vraiment important, vous pourrez toujours demander à quelqu'un de vous en faxer un autre ».

— Monsieur Har...

— Et attention, ce n'est que ma devise pour le travail. Chez moi, je garde des trucs. Certains trucs. Pas les journaux ou ce genre de conneries, je ne suis pas un accumulateur. Juste des vieux disques ou des photos, on ne devrait jamais jeter les photos.

Tous trois me dévisageaient comme s'il venait de me pousser une autre tête.

— Quoi ?

— D'accord.

Monsieur Riggs sourit largement et je le vis soupirer et devenir une toute autre personne. Il fut soudain à l'aise.

— J'aime l'honnêteté, j'aime qu'on dise les choses aux gens, et s'ils ne veulent pas les entendre, je ne les veux pas comme clients. Monsieur Har...

— Jory, lui dis-je.

— Jory, répéta-t-il. Excellent. Je pense que Fallon et vous irez bien ensemble. Parlons chiffres et voyons si nous pourrions vous prévoir une enveloppe.

Madame Pearlman m'offrit un grand sourire et me dit qu'elle voulait que je travaille pour elle depuis qu'elle avait participé à l'événement organisé par Price à l'hôtel *Four Seasons*, un an plus tôt.

— Oh, la fête « Saturday Night Fever », dis-je en lui souriant malicieusement.

— Votre maître de cérémonie a démissionné à la dernière minute et vous avez dû prendre sa place, dit-elle en me souriant. Monsieur Har... Jory, je n'ai pas autant ri depuis des années. J'en pleurais contre l'épaule de mon mari.

Je pris sa main et la serrai. Elle serra la mienne en retour.

— Oh, dit-elle tout à coup en semblant presque se surprendre elle-même et nous la regardâmes. Je viens juste de me rendre compte de que vous avez dit il y a une minute, à propos de Dane... Vous êtes apparenté à Dane Harcourt, l'architecte ?

— Oui, madame. C'est mon frère.

Quoi qu'elle ait aimé en moi quelques secondes plus tôt, cela n'en devint que meilleur, comme renforcé par mon frère et sa réputation impeccable.

— Dane Harcourt est l'homme le plus incroyable, le plus intrigant...
C'est vraiment...

— Un sacré phénomène, proposai-je.

— Oui, souffla-t-elle.

Et le ton de sa voix, quand elle prononçait son prénom, me fit comprendre tout ce que j'avais besoin de savoir. Elle était amoureuse de mon frère. Pas dans le sens où elle n'aimait pas son mari, simplement comme toutes les femmes que je connaissais et qui craquaient un peu pour lui. Et cela m'allait. Cela ne dérangeait pas sa femme. La drague pure et dure, c'était la seule chose qui l'irritait.

Je me souvenais encore de la soirée où Aja et Dane s'étaient rencontrés. C'était une collecte de fonds huppée, et cette femme avait traversé la salle pour lui demander de danser. Et ce n'était pas la première femme à le lui avoir jamais demandé, mais c'était la façon dont elle lui avait parlé... Confiante, puissante, mais chaleureuse à la fois. Elle savait qui elle était, elle savait ce qu'elle valait, et elle savait qu'elle regardait en cet instant son futur mari.

Dane, qui avait besoin d'une partenaire, d'une égale, avait remarqué que la majorité des femmes étaient prêtes à lui abandonner leur vie, qu'elles voulaient qu'il mène la danse. Aja Greene était différente. Elle voulait joindre sa vie à la sienne, pas disparaître. Elle n'avait pas besoin qu'il prenne soin d'elle ; elle pouvait le faire elle-même. Elle n'était jamais jalouse ou possessive, convaincue d'être la femme de sa vie. Dane avait été d'accord avec elle dès les premiers mots qu'ils avaient échangés. Aja n'était pas la première femme à lui avoir demandé de danser, mais elle avait été la dernière.

— Jory ?

— Pardon, répondis-je en toussotant. Je suis content d'apprendre que vous l'appréciez, parce qu'en réalité c'est un peu un crétin.

Elle rit doucement en hochant la tête, et serra ma main avant de la relâcher.

— Vraiment ?

— Je vous le jure.

— Eh bien, parlons de vous, maintenant. Voyons voir si nous pouvons accepter les termes qui vous conviendraient, soupira-t-elle et cela incluait Fallon également.

Trois heures plus tard, je me tenais dehors sous l'auvent, en plein cœur de la mousson, à attendre un taxi avec Fallon Strauss. Un lundi matin, dans un mois, puisque la compagnie emménagerait dans de nouveaux bureaux plus près du centre-ville, nous rencontrerions monsieur Riggs et madame Pearlman de nouveau, et ils auraient peaufiné l'enveloppe qu'ils nous destinaient. C'était une promesse d'un travail sans contrat signé, mais grâce à la réputation de la compagnie, nous étions certains de faire partie de la nouvelle équipe créative de *Benchmark Limited*.

— Je ne sais pas quoi dire, lui dis-je. Ce qui est plutôt idiot puisque je viens de dire quelque chose.

Il secoua la tête.

— Bon sang, Jory, tu es un sacré phénomène.

— Un bon ou un mauvais phénomène ?

— Un bon, dit-il en me souriant, tendant la main pour ajuster ma cravate. Bon, je vais aller au bureau pour débarrasser mes affaires. Dînons ensemble cette semaine pour discuter, et nous pourrons nous revoir quelquefois avant de commencer, d'accord ?

— Tu prends vraiment cette équipe à cœur, hein ?

— Pas toi ?

Il m'avait arraché à une mort professionnelle et je lui étais vraiment redevable.

— Si.

Mais plus que tout, il me plaisait vraiment.

— Et si nous nous revoyions chez *Trieste*, sur Lincoln Park, samedi à vingt heures ? Je te paie un steak.

— Vraiment ?

— Vraiment. J'aimerais que tu rencontres mon partenaire.

— Vraiment ?

C'était sacrément gentil et cela signifiait beaucoup pour moi, ce partage.

— J'adorerais.

— C'est vrai ?

Je hochai la tête.

— Tu veux amener l'inspecteur Kage ?

Je m'éclaircis la gorge.

— Hum, l'inspecteur Kage est en mission, donc il ne pourra pas venir. Mais j'aimerais vraiment rencontrer ton homme.

Son sourire était gigantesque.

— D'accord, alors vingt heures.

— Vingt heures, c'est noté.

Il leva les yeux vers moi et je me jetai sur lui. Alors que je le serrais dans mes bras au point de l'étouffer, sa timidité finit de fondre. Il enroula ses bras autour de moi et serra tout aussi fort en retour. Quand je le regardai remonter la rue, je vérifiai enfin mon téléphone.

Quarante-deux appels manqués, c'était vraiment beaucoup.

V

J'APPELAI DYLAN pour lui annoncer la bonne nouvelle, et elle fut heureuse de l'apprendre et un peu jalouse. Elle et moi avions formé une équipe créative pendant des années, et elle ne raffolait pas de l'idée que quelqu'un prenne sa place. Après lui avoir expliqué que personne ne le ferait jamais, elle fut heureuse pour moi. Puis je lui dis que j'allais vraiment bien, même si je m'étais fait virer. Il fallut que je répète neuf fois « Je le jure devant Dieu » et qu'elle me demande si j'étais vraiment super certain avant qu'elle accepte enfin, *presque*, de me croire. Quand Michelle appela, je lui fis le même discours en la rassurant de la même façon. Je lui souhaitai bonne chance et raccrochai. Je ne répondis pas quand elle rappela, à quoi cela aurait-il servi ?

Tout le monde prit de mes nouvelles après ça, y compris Wade et Gina, et je me rendis compte qu'il y avait plus de gens dans cette boîte qui s'inquiétaient de mon sort que je ne le pensais. Mais je ne voulais pas aller dîner, et je ne voulais pas aller prendre un verre et discuter, puisque je n'étais *vraiment* pas au bord du suicide. Oui, j'avais entendu dire que Fallon avait démissionné, eh oui, c'était intéressant. Oui, nous pourrions dîner bientôt, et j'allais vraiment bien, sincèrement.

Les appels s'enchaînèrent après le déjeuner. Après quatorze heures, quand je terminai enfin de ranger la lessive éparpillée, d'arroser les plantes et de faire une liste pour les courses, je reçus d'autres appels. Je fus surpris par celui que je reçus de mon nouveau ex-patron.

— Monsieur Roze ? demandai-je en entrant dans le supermarché pour acheter ce qu'il me fallait pour ma recette de crabe fourré au thon et aux épinards.

J'en mourrais d'envie.

— Jory, souffla-t-il. Enfin.

Avais-je manqué d'autres appels ?

— Faisais-tu exprès de ne pas répondre ?

— Non, peut-être avez-vous appelé Sam ?

— Sam ?

— Mon partenaire, lui dis-je. Il n'y a qu'un seul chiffre de différence avec mon numéro.

Je souris au téléphone, en me mordant la lèvre. Cela aurait été vraiment drôle que le téléphone de Sam, où qu'il soit, ait sonné toute la journée.

— Je pense que vous l'avez peut-être appelé.

— Oh… peut-être.

Je me raclai la gorge.

— Vous vouliez quelque chose ? J'ai donné mes clés à la sec…

— Jory, dit-il en s'éclaircissant la voix, il y a eu une erreur.

— Comment ça ?

Il toussa.

— Il semblerait que monsieur Fisher ait dit à Nora qu'il voulait uniquement continuer ce projet si tu le supervisais. Il ne voulait pas t'en retirer.

C'était donc une bonne chose que j'aie supprimé l'e-mail d'insultes que j'avais écrit à Fisher au lieu de le lui envoyer. J'étais également heureux de ne pas avoir dit à Dane qu'Hayes Fisher était un connard et d'annuler son rendez-vous. Ce qui était mesquin, mais j'allais le faire et Dane l'aurait entubé, simplement parce qu'il me préférait, moi.

— Oh.

— Et les choses dites pendant notre conversation ce matin étaient…

— Très vraies. Je suis immature et bruyant et je partage bien trop facilement mon opinion, dis-je en le paraphrasant. Et je m'habille un peu trop négligemment, et je flirte et j'énerve beaucoup de gens.

— Jory, je…

— C'est vrai, soupirai-je. Et pour toutes ces raisons, c'est une bonne chose que je rejoigne *Benchmark* avec Fal. Pour vous, je ne serai qu'une gêne inutile. Comme ça, vous n'aurez pas à vous en soucier.

Il y eut un long silence.

— Monsieur Rowe ?

— Tu pars avec Fallon ? me demanda-t-il en se raclant la gorge.

— Ouais.

— Je vois. Fallon et toi… chez *Benchmark*. Puis-je te demander quand ?

— Dans un mois.

— Je vois.

— Il vous l'a dit, n'est-ce pas ?

— Il a dit qu'il partait. Il n'a pas mentionné que tu partais avec lui.

— Oh, eh bien, il aurait dû.

J'allais appeler Fallon et lui dire que quand il parlerait à des gens, il pourrait désormais m'inclure.

— Bref, je dois y aller, mais merci pour tout, monsieur, et aussi je suppose de m'avoir viré, puisque j'ai désormais un nouveau boulot qui m'a l'air vraiment bien.

— Jory, j'aimerais vraiment avoir l'opport...

— Merci beaucoup, monsieur, bonne soirée.

Je raccrochai, puis appelai Fallon.

— Allô ?

— Salut, ici Jory. Puis-je parler à Fal ?

— Jory ?

— Son nouveau partenaire, Jory.

Quelques secondes de silence s'écoulèrent. Je faisais souvent cet effet.

— Oh ! Oui, Jory, il m'a parlé de vous... Je pensais que nous étions...

— J'ai juste un truc rapide à lui dire, si possible.

Il toussota avant de reprendre la parole.

— Oui, hum, bien sûr, oui, un instant.

Je récupérai des échalotes et du chutney de mangue en attendant.

— J. ?

— Salut, dis-je en souriant au téléphone. Quand les gens te demandent qui est ton partenaire, dis que c'est moi, d'accord ?

— Quoi ?

— Je viens juste de parler à monsieur Rowe, et il a dit que...

— Becker t'a appelé ? Pourquoi ?

— Becker ? le taquinai-je. J'ai trouvé que c'était drôle tout à l'heure, parce que bon sang, tu appelais notre ancien patron par son prénom ?

— Qu'est-ce qu'il voulait, Jory ?

— Il voulait me dire qu'il y avait eu une sorte d'erreur, je ne sais pas, je n'écoutais pas vraiment, mais il a dit qu'il savait que tu allais chez *Benchmark*, mais qu'il ne savait pas que j'y allais avec toi. Alors rends-moi service et dis-le, d'accord ? Dis aux gens que nous sommes une équipe, Strauss et Harcourt, ça sonne bien, non ?

Quand il parla, sa voix semblait rauque.

— Oui, Jory, en effet.

— Alors dis-le, d'accord ?

59

— Je le ferai

— D'accord, alors c'est…

— Becker, dit-il en interrompant, il ne t'a pas fait changer d'avis ?

— Fait changer d'avis sur quoi ?

— Allons, Jory, il veut que tu reviennes.

— Peut-être, mais pas vraiment, et il ne m'apprécie pas, c'est certain. Il me supporte tout juste. Et ce matin, il a dit tout un tas de conneries à mon sujet qu'il pensait vraiment, ou il ne les aurait pas dites, donc ça va. Je ne pourrais pas retourner là-bas et je ne veux pas y retourner. Si on ne veut pas de moi, je ne veux pas être là, tu comprends ?

— Oui, je comprends.

— D'accord.

Il soupira longuement.

— Toujours partant pour samedi ?

— Samedi, bien sûr, mais que penses-tu de ce soir également ? J'ai des amis qui viennent à la maison. Ils veulent me féliciter d'avoir fait le grand plongeon et d'avoir repris ma carrière en main. Pourquoi ne te joindrais-tu pas à nous ?

L'idée me plaisait, en réalité.

— Oui ? Tu es sûr ?

— Tout à fait.

— Eh bien, je suis actuellement au supermarché, si tu veux me dire ce dont tu as besoin.

— Tu plaisantes ?

— Non.

— Est-ce que tu pourrais prendre du vin blanc, celui de ton choix, des glaçons, et du fromage pour accompagner des fruits et des craquelins ?

— Absolument. Deux bouteilles de vin ou trois ?

— Trois, ce serait parfait.

— D'accord, où habites-tu ?

J'ÉTAIS CONFUS. Normalement je savais ce que je faisais quand je le faisais, mais cette fois, j'étais perdu. Quand mon téléphone sonna, je répondis à la deuxième sonnerie. Je ne vérifiai pas le numéro, je décrochai simplement.

— Ange.

— Oh, salut, Cristo.

Je soupirai, j'avais mémorisé la voix de cet homme après une seule rencontre.

— Tu connais ma voix.

Cela signifiait beaucoup, pour de nombreuses personnes. Je n'avais jamais vraiment compris pourquoi.

— Bien sûr, mais tu es aussi le seul type qui m'appelle Ange.

— D'accord.

— Ce que tu devrais arrêter de faire, d'ailleurs.

— J'essaierai, me dit-il en s'éclaircissant la voix. Ça n'a pas l'air d'aller. Qu'est-ce qui ne va pas ?

— Je ne sais pas, mais j'ai énervé Shane et je n'ai pas la moindre idée de ce que j'ai fait.

Il se mit à rire.

— Puisque je n'ai pas la moindre idée de qui diable est Shane, peut-être que tu pourrais commencer par le commencement ?

Je lui expliquai donc que je me m'étais rendu dans une résidence de Lincoln Park, que j'avais sonné à l'interphone et qu'on m'avait fait passer le sas de sécurité, puis que j'avais attendu sur le paillasson qu'on daigne me laisser entrer. La porte s'était ouverte et l'homme avait semblé ravi de me voir, jusqu'à ce que je lui dise qui j'étais. Shane McGill m'avait regardé de haut en bas, puis m'avait laissé planté là, sur le pas de la porte, alors qu'il s'éloignait. Je ne savais pas si je devais attendre là, entrer ou sonner de nouveau. J'avais passé la tête par la porte après quelques minutes, et Fallon était venu me saluer chaleureusement, se confondant en excuses pour le comportement de sa moitié. Je n'avais pas la moindre idée de ce qui se passait.

Tout le monde avait été gentil. Les amis de Fallon étaient drôles et intéressants, et même si j'avais aidé à la cuisine, j'avais encore eu le temps de visiter.

— Ange.

— Quoi ? demandai-je en interrompant mon récit.

— Est-ce que tu as pensé que Sean…

— Shane.

— Désolé, Shane. Est-ce que tu as pensé que peut-être Shane voulait sa propre fête ?

— Non, ce n'était pas ça et apparemment, je l'ai mis en colère bien avant…

— Laisse-moi te poser une question.

61

— Bien sûr, dis-je en me dirigeant vers ma voiture.

Je n'étais jamais contrarié que d'autres personnes me coupent, car je le faisais tout le temps moi-même.

— Qu'est-ce que tu portes ?

J'éclatai de rire.

— Ce n'est pas l'un de ces appels...

— Dis-moi juste, petit malin, dit-il en ricanant.

Je me regardai.

— Un jean, un tee-shirt à manches longues, des tennis... rien de génial.

— D'accord, je sais ce qui ne va pas.

— Quoi ? Non, tu ne le sais pas.

— Si, répondit-il et je remarquai à quel point sa voix était douce et grave.

— Tu sais que tu pourrais te faire des millions de dollars en tant qu'opérateur de téléphone rose ?

Un long silence.

— Allô ?

— Est-ce qu'il t'arrive de réfléchir avant de parler, ou est-ce que tu réfléchis et que tu parles en même temps ?

— Si nous sommes amis, comme tu as dit que nous l'étions, alors je dis juste ce qui me passe par la tête. Je me censure juste quand je ne connais pas vraiment quelqu'un.

— Hm-hm.

— Pourquoi ?

Un long soupir.

— Bon sang, Ange...

— Bon sang, Ange quoi ?

— D'accord, grogna-t-il, écoute-moi maintenant. Le problème avec ton nouveau collègue, Fallon, c'est que tu terrifies son copain.

— Pardon ?

Je ne devais pas avoir bien entendu.

Il se moqua de moi.

— Bon sang, tu es mignon. Quel âge as-tu ?

— Je ne suis pas mignon. J'ai trente ans !

— Oh, bébé, je t'aurais donné vingt-trois ans, vingt-quatre au maximum.

— Qu'est-ce que ça...

— Ange, je peux te promettre que son partenaire voudrait te pousser dans un broyeur a bois.

— Quoi ? rétorquai-je d'une voix indignée.

Ce n'était pas du tout le cas.

— C'est dégoûtant.

Il s'éclaircit la gorge.

— Qu'est-ce qu'en dit ton nouveau collègue ?

— Je ne sais pas. Il m'a juste dit que Shane avait quelques inquiétudes à mon sujet et que nous ne devrions probablement pas passer trop de temps ensemble en dehors du travail, et… enfin, je veux dire, je ne veux pas lui causer…

— C'est l'insécurité du petit ami. Il ne te connaît pas, c'est tout.

— Qu'est-ce qui te fait dire ça ?

— S'il te connaissait mieux, il saurait que tu ne draguerais jamais ton collègue. Tu es déjà dans une relation avec ton homme.

Je soupirai en pensant à Sam, l'homme qui ne m'avait même pas appelé pour me dire qu'il était en ville.

— Ouais.

— Il y a de l'eau dans le gaz ?

— Non, marmonnai-je, sur la défensive.

Il toussota.

— Donc apparemment, depuis la dernière fois que je t'ai vu, tu as trouvé un nouveau travail.

— Ouais.

— En tant que quoi ?

— Plus ou moins ce que je faisais quand j'avais ma propre entreprise.

— Tu avais ta propre entreprise ?

— Ouais, soupirai-je avec nostalgie.

— Raconte-moi.

Et j'avais bien envie de lui parler, mais je voulais voir son visage. Son visage était agréable. Je m'inquiétai un instant de ce que ça signifiait.

— Ange ?

— Je voudrais dîner au restaurant mexicain avec le gaspacho, mais je ne veux pas que tu croies que nous allons être davantage que des amis… mais j'aimerais vraiment que nous le soyons.

Il rit doucement, un rire profond, voluptueux et agréable.

— Nous pouvons l'être, Ange.

— Tu dois arrêter de…

— Jory, dit-il en soufflant mon prénom.

— Écoute, dis-je rapidement en songeant que je devais me montrer honnête envers lui et non égoïste.

Je voulais un ami qui ne me connaisse pas vraiment, qui serait facile à fréquenter.

— Je dois te dire quelque chose avant que nous soyons amis, avant que je te balance ça et que tu crois que je t'ai menti parce que j'essaie de ne jamais mentir, même par omission.

— Bon sang, tu es épuisant

Je le savais.

— Donc, mon homme, c'est un flic, balançai-je. Et donc peut-être que tu devrais me laisser tranquille si tes affaires sont louches.

— Quel genre de flic ?

— Mœurs.

— Je vois. Comment s'appelle-t-il ?

Il lui suffirait de demander à un type médiocre de vérifier mes antécédents pour trouver le titre de propriété de mon loft. Il serait facile de découvrir avec qui je vivais.

— Sam Kage.

— Mais tu dis qu'il est parti.

— *Absent*, pas parti.

— Depuis combien de temps ?

— Presque quatre mois.

— Donc, tu vois, il essaie d'attraper quelqu'un d'autre, pas moi.

Peut-être pas.

— Ça n'a pas d'importance. Un flic des mœurs et moi, nous n'aurions jamais de souci ensemble.

— Non ?

— Non, Jory. Je n'ai jamais été pris pour quoi que ce soit.

J'y réfléchis.

— Je pourrais porter un micro.

— Tu regardes trop la télévision, grogna-t-il.

C'était vrai.

— Quatre mois, c'est long.

Oui, ça l'était.

Et Sam était à Chicago, mais n'avait fait aucun effort pour me voir ou même m'appeler. Sam avait complètement ignoré mes questions au sujet de cette femme affalée sur lui dans le yacht. Sam s'était fichu que j'ai l'air

64

d'être en rendez-vous galant. Il avait été, visiblement, plus inquiet du fait que Cristo Liron soit un criminel. *Peut-être* un criminel. Je n'avais aucun moyen de confirmer ou nier l'existence d'un casier judiciaire étant donné que la personne qui me disait habituellement ces choses-là était la même personne qui s'assurait d'ignorer mon existence. Cela me sidérait qu'il n'ait même pas pris deux minutes pour m'appeler depuis un téléphone public afin de s'assurer que j'allais bien.

Rien de tout cela n'aurait eu d'importance si j'avais su où nous en étions. Et même si je savais que j'étais aimé, je n'avais pas la moindre idée d'où il en était. Allait-il changer de travail, de ville, de priorité ? Et allais-je être consulté pour tout cela ? Je n'en avais aucune idée. Tout ce que je savais, c'était que j'avais l'impression que Sam devait choisir entre un travail en tant que marshal adjoint et moi. Et si nous en venions là, que choisirait-il vraiment ? Il m'aimait, mais son travail, c'était son identité. Je n'avais aucun droit de lui demander d'abandonner son identité pour moi, mais si je continuais à réfléchir à tout ça, j'allais finir par perdre la tête, donc je pris la décision consciente de m'arrêter.

— Ange ?

De retour au présent, je pris une rapide inspiration.

— Nous devons éclaircir les choses.

— Comment ça ?

— J'ai juste l'air stupide, rétorquai-je. Mais je ne le suis pas vraiment. Tu veux coucher avec moi.

Il s'étouffa sur ce qu'il était en train de boire. J'espérai qu'il n'avait pas bavé.

— Bon sang, Ange, tu n'as pas la moindre subtilité ?

— Pas vraiment, non, soupirai-je. Alors dis-moi, que crois-tu qu'il va se passer ?

— Je ne sais pas, dit-il en s'éclaircissant la gorge. Parce que je n'ai vraiment pas la moindre idée de ce que je dois penser de toi.

— Comment ça ?

— Eh bien, tu as sauvé mon petit frère et tu n'as pas peur de moi, et je crois bien que ton cul est le plus parfait que j'ai vu de toute ma vie.

— Qu'est-ce que mon cul a à voir avec quoi que ce soit ?

— Je veux le tenir des deux mains.

— Mais tu ne peux pas.

— Je le sais, mais ça ne me donne pas moins envie.

— Alors peut-être que nous ne devrions pas passer de temps ensemble si c'est…

— Je peux me contrôler, dit-il en ricanant.

— Mais pourquoi devrais-tu le faire ? Tu es séduisant. Tu peux avoir qui tu veux. Pourquoi perdre ton temps avec moi alors que je ne ferai que te frustrer ?

— Parce que je t'apprécie encore plus que j'ai envie de te baiser.

— Vraiment ?

J'étais surpris et plein d'espoir.

— Ange, tu es tellement mignon que j'en ai mal au ventre rien qu'en te regardant, et ce serait mentir de dire que je n'ai pas pensé à te baiser depuis notre première rencontre.

Moi aussi, mais ce n'était rien de plus qu'un fantasme, pas une possibilité.

— Mais je me rends compte que j'ai aussi envie de discuter avec toi et d'essayer de comprendre ce qui se passe dans ta tête.

Je déglutis.

— Nous pouvons être amis, Ange, mais quand je ramènerai d'autres hommes chez moi et que tu rentreras seul retrouver un lit vide, tu seras le seul à blâmer.

Il semblait très sûr de lui-même, et quelque chose devint soudain limpide.

— Tu n'as jamais été amoureux.

— Quoi ?

— Tu ne l'as jamais été, dis-je en riant. Parce que si ça avait été le cas, tu comprendrais que rentrer seul, ça craint, *être* seul, ça craint, mais tu le fais parce que tu n'as pas d'autre choix.

— Ange…

— Ce n'est pas un sacrifice de ma part de ne pas coucher avec toi.

— Non, ce n'est pas ce que je voulais dire…

— En couchant avec toi, je ne serais qu'un autre type que tu baises et tu ne serais qu'un pis-aller pour celui dont j'ai vraiment envie.

Parce que peu importe à quel point j'étais en colère, seul, blessé, Sam Kage était le seul homme pour qui je me déshabillais.

— Donc nous deux, ça n'arrivera jamais.

— Ange…

— Je dois y aller, Cris. Je te parlerai plus tard.

— Non, ne fais pas ça, ne me repousse pas. Je suis désolé, d'accord ? Je n'ai pas souvent l'opportunité de rencontrer des gens dont je ne doive pas m'inquiéter ou à qui je puisse me fier pour ne pas m'entuber, alors pardonne-moi, allez. Allons manger.

Je n'étais pas certain. J'avais eu l'impression que les choses empiraient rapidement.

— Ange, dit-il en riant avant de finir par un soupir. S'il te plaît, allons dîner. Je t'invite et la prochaine fois, ce sera ton tour.

La prochaine fois ? Mon tour ? Soudain, tout me sembla de nouveau sur la bonne voie. Ce n'était pas un rendez-vous galant, nous passions juste du temps ensemble.

— D'accord, répondis-je en souriant. Où dois-je te rejoindre ?

Et puisqu'il n'était plus intéressé par ce qui se trouvait dans mon pantalon, il me dit où le rejoindre et termina en me ajoutant de me dépêcher parce qu'il était affamé. Tout était de retour à la normale. J'étais vraiment satisfait de cet homme.

VI

J'aurais dû me sentir mal à l'aise, mais puisque Cristo ne semble pas gêné de manger sous la surveillance de cinq hommes, j'arrêtai d'y penser. Je connaissais déjà deux des hommes, Paz et Adan, et même si on ne m'avait pas présenté les autres, ils m'avaient salué d'un geste de la tête. Normalement, ils ne saluaient personne, m'avait dit Cristo, mais puisque j'avais sauvé son petit frère, j'étais apparemment au-dessus des autres.

Fidèle à sa parole, le restaurant, *Corazon*, était petit et intimiste, et la propriétaire vint à notre table pour lui demander ce qu'il voulait. Il s'avéra que Cristo lui avait donné le prêt pour commencer son affaire, et au-delà de ça, ils étaient amis.

— Parle-moi de toi, me dit-il en sirotant sa bière au boulot, un poing contre sa joue, les yeux posés sur moi.

— Qu'est-ce que tu veux savoir ?

— Dis-moi comment le flic et toi vous êtes rencontrés.

Alors je lui racontai comment la tache simple et totalement banale d'aller chercher le chien de mon ami s'était transformée en un moment crucial de ma vie. Je lui racontai comment j'avais été kidnappé et qu'on m'avait tiré dessus, puis que Sam avait disparu pendant trois ans et comment il était revenu. Je parlai en imitant chaque voix et en riant, parce que c'était drôle rétrospectivement.

— Quoi ? demandai-je quand je remarquai enfin ses yeux écarquillés.

— Bon sang, Ange, dit-il en me dévisageant.

— Ce n'est pas grand-chose.

— Plutôt, si.

Et ça l'était, mais trois autres années s'étaient écoulées depuis et la distance me donnait plutôt l'impression qu'il s'agissait d'un film, désormais. Mais la façon dont il me regardait, en étudiant mon visage, son expression tendre, l'inquiétude dans son regard, tout cela était agréable.

— Hé, je connais ce super endroit ensuite, où ils vendent des pâtisseries, suggérai-je.

— Absolument.

Je mangeai comme un affamé, ce qui charma complètement la propriétaire, et la remerciai pour le dîner, la serrai dans mes bras et lui dis que le *poc-chuc* et le *picadillo* étaient mes plats préférés, et que son riz et les *molette* étaient à se damner.

— Tu savais ce que tu mangeais ? demanda Cristo en me souriant quand elle fut partie.

— Bien sûr, dis-je en plissant les yeux. Je cuisine un peu aussi, tu sais.

Il hocha la tête.

— Vraiment ? Tu cuisines ?

— Oui, je cuisine.

Un petit grognement de sa part.

— Alors est-ce que tu…

— Cris.

Nous relevâmes tous les deux les yeux vers Paz, et les siens étaient braqués droits devant lui, concentrés sur quelque chose. Suivant son regard, je vis Sam et l'agent Calhoun, encore habillés en trafiquant de drogue, traverser la salle avec deux autres hommes. Je retins mon souffle. Paz et Adan se rapprochèrent, flanquant Cristo et moi quand ils s'arrêtèrent à quelques pas de nous.

— Pouvons-nous nous joindre à vous pour le dîner, monsieur Liron ? demanda l'un des hommes que je ne connaissais pas.

— En fait, nous venons de terminer, répondit Cristo en s'adossant à sa chaise et passant un bras sur le dossier de la mienne. Mais je vous en prie, joignez-vous à nous pour prendre un verre avant que nous partions prendre le dessert ailleurs.

— Excellent.

Il sourit d'un air tendu, se tournant vers les autres et indiquant les chaises vides à table.

Puisque j'avais l'impression que j'allais exploser, je me concentrai sur l'air qui entrait et sortait de mes poumons. Sam contourna la table rapidement, prenant place près de moi, s'asseyant de telle façon que son genou cogna le mien sous la table.

— Je ne connais pas votre ami, dit l'homme qui avait demandé à se joindre à nous en me souriant.

— Voici Jory Harcourt. Jory, voici Adrian Miller de…

— Harcourt, répéta-t-il en plissant les yeux.

69

— Ouais, répondis-je en prenant une inspiration. De la famille de Dane, qui ne veut pas concevoir de maison pour vous, tout à fait.

— Pourquoi ne veut-il pas concevoir de maison pour lui ? demanda l'homme assis à ses côtés.

— Ses raisons lui sont propres.

— À votre avis ? me demanda-t-il, les yeux plissés.

— Je n'en ai pas la moindre idée.

Il me pointa du doigt.

— Je n'aime pas votre ton, monsieur Harcourt.

Je haussai les épaules.

— Je n'y peux rien.

— Je pense que vous feriez mieux d'en changer avant que je le change pour vous.

Je ricanai en lui souriant. D'autres avaient déjà essayé avant lui, et qu'il le sache ou non, l'homme qui m'aimait était assis à ma gauche, son genou contre le mien. Quand Sam était à côté de moi, j'étais intouchable.

— Vous feriez mieux de mettre une muselière à votre petite chienne, dit le type à Cristo.

— Et vous feriez mieux de ne pas me manquer de respect à ma propre table.

Je n'avais pas la moindre idée que la voix de Cristo pouvait devenir si froide, si dure et si vicieuse. Instinctivement, je posai la main sur son avant-bras.

Il la recouvrit de la sienne.

— Jory n'a rien à voir avec tout cela. J'allais rester décontracté et ne pas parler devant lui, mais maintenant vous l'avez menacé, et afin de vous montrer que je n'accepterai pas une telle chose, je vais vous dire que notre accord est rompu, monsieur Miller, dit-il en regardant l'autre homme. Je vais faire affaire avec...

— Attends, dis-je en l'interrompant en voyant le visage de monsieur Miller et le sang qui quittait celui du type qui m'avait insulté. S'il te plaît.

Cristo me regarda.

— Ce n'est rien. Peut-être qu'il ressent pour monsieur Miller ce que je ressens envers Dane, dis-je en me tournant pour le regarder. Comment puis-je lui reprocher sa loyauté ?

Il ouvrit la bouche, mais rien n'en sortit, et ses sourcils se froncèrent pendant qu'il me dévisageait. Je regardai de nouveau Cristo.

— Ce n'est rien, d'accord ?

Son regard redevint chaleureux quand il me regarda, l'or s'y répandant jusqu'à ce que ses yeux soient de nouveau d'un brun tirant sur le miel.

— D'accord, dit-il en observant de nouveau l'homme. Ne menace plus jamais quelqu'un à ma table, Zack, c'est compris ?

Il hocha rapidement la tête et ses yeux se tournèrent vers moi.

Je le dévisageai en retour et il soutint mon regard, détournant le sien après une minute.

— Jory.

Je me tournai pour regarder Cristo, et son sourire me poussa à lui en rendre un.

— Apparemment, je dois faire des affaires, donc Paz va te ramener chez toi.

— Non, répondis-je en posant mes mains sur mes genoux, en remontant une avant de me lever, glissant le long de la cuisse de Sam, la serrant doucement, amoureusement, comme toujours, pour sentir ses muscles durs.

Une fois debout, je me rendis compte à quel point nos chaises étaient proches et me tournai, effleurant son bras de mon entrejambe en tâchant de passer.

— Je peux rentrer seul, pas de problème.

Cristo se leva, posant une main sur mon épaule.

— Je t'appellerai.

— D'accord.

Je souris quand il serra doucement mon épaule avant de se rasseoir.

— Bonne soirée.

Je souris de nouveau et quittai rapidement la table. J'enfilai mon caban et me dirigeai vers la porte.

— Jory.

En me retournant, j'attendis que Zack me rattrape.

— Pardonne-moi.

Je haussai les épaules.

— Ce n'est rien.

— Je ne m'étais pas rendu compte que Cristo et toi étiez juste… je pensais que tu étais l'un de ses hommes.

— Non, nous sommes juste amis.

Il acquiesça.

— Merci d'être intervenu.

— De rien.

71

Il hocha rapidement la tête et disparut en me laissant seul. Je n'arrivai pas à croiser le regard de Sam, parce qu'il était penché vers la table en train de parler, pas de me regarder. C'était désolant de savoir qu'aucun de ces hommes ne s'intéressait à moi. Ils étaient concentrés sur le travail, rien d'autre. Cristo remarqua que j'étais encore là et me fit signe de revenir.

J'agitai la main et me glissai sous la pluie. Je ne voulais plus le voir. J'allai prendre soin de filtrer ses appels. Son attention, son intérêt, son désir pourraient rapidement devenir addictifs si je ne faisais pas attention. J'allai m'efforcer d'être très prudent.

IL Y avait un accident sur la route, donc je finis par abandonner mon taxi pour prendre le métro. Après avoir quitté la station, en route vers mon loft, je laissai la douleur et la frustration me submerger enfin.

Je haïssais Sam Kage. J'avais désespérément besoin de lui, et il n'avait pas du tout besoin de moi. La pensée couvait depuis des semaines et désormais, après l'avoir vu deux fois sans échanger le moindre mot, je me sentais gelé et tremblant. Je n'aurais jamais cru pouvoir me sentir si vide après avoir connu son cœur. Et même si je voulais continuer à me convaincre que tout irait bien, qu'il m'aimait, qu'il finirait par rentrer et que nous reprendrions notre vie, je savais que ce n'étaient que des conneries. Quelque chose avait changé ; quelque chose n'allait vraiment pas et devait s'être brisé pour qu'il reste loin de moi si longtemps. Quoi qu'il soit arrivé, je n'aurais jamais pu rester loin de lui ; ce simple fait en disait long.

Il fallait que quelque chose change avant que je perde la tête. Il fallait que je quitte la ville plutôt que de risquer de le voir de nouveau et qu'il se comporte encore comme si nous n'étions que des inconnus.

Je parcourus le loft d'un pas lourd en rentrant. Je me tenais près d'une fenêtre, en train de manger un yaourt, quand on frappa à la porte. Lorsque j'ouvris sans vérifier, ce que je faisais constamment, je fus surpris d'y découvrir Hayes Fisher.

— Salut, lui dis-je en souriant.

Je me calmai rien qu'en le regardant parce qu'il faisait partie de ma vie professionnelle et que j'étais différent au travail, plus cool.

— Qu'est-ce que vous faites là ?

— Puis-je entrer ?

— Bien sûr, dis-je en m'écartant.

Il passa la porte et je verrouillai derrière lui. Quand je me retournai, il se tenait là, l'air penaud, ses mains enfoncées dans ses poches.

— Qu'est-ce qui ne va pas ? Vous avez l'air atroce.

— Je ne voulais pas qu'on vous renvoie. Je voulais que ce soit vous qui supervisiez ce travail, celui que je verrais chaque jour et à qui je parlerais…

— Ouais, je sais, répondis-je en hochant la tête et en recommençant à manger mon yaourt. Monsieur Rowe me l'a dit.

— Il vous l'a dit ?

— Ouais

— S'il… qu'est-ce que vous mangez ?

— Je n'ai pas pris de dessert.

— Pardon ?

Je l'avais embrouillé, ce qui arrivait assez souvent quand vous n'aviez pas l'habitude de suivre mes pensées fragmentées.

— J'étais sorti dîner, et je n'ai pas pris de dessert, alors je voulais manger quelque chose de sucré quand je suis rentré, mais je n'ai que du yaourt.

— Vous voulez un dessert ?

— Ouais, dis-je en lui souriant tout à coup. Oh, vous voulez aller manger une pâtisserie avec moi ?

— Une pâtisserie ?

J'acquiesçai, souriant largement.

— Allez, elles sont bonnes.

J'agrippai sa main pour l'entraîner à ma suite.

— Laissez-moi juste récupérer mes clés et nous pourrons…

— Jory.

Il aboya mon prénom, tirant sur ma main pour m'arrêter et me forcer à le regarder.

— Est-ce que vous avez été renvoyé à cause de moi ?

— Non.

— Excellent, je m'inquiétais vraiment…

— J'ai été renvoyé parce que Nora Talbot me déteste, dis-je en ricanant, et qu'elle a menti à mon patron.

— Bon sang. Je…

— Mais ce n'est rien, parce que je vais aller travailler avec Fal chez *Benchmark*, mais pas avant un mois, mais c'était bizarre ce soir, vous savez, avec le petit ami de mon partenaire, alors je me demande comment…

73

— Oh mon Dieu, vous parler, c'est vraiment... Venez avec moi, je vous emmène manger un dessert et nous pourrons discuter, d'accord ?

— Mais j'ai vraiment envie d'une pâtisserie, lui dis-je. On peut aller manger des pâtisseries ?

— Bien sûr, soupira-t-il. Venez simplement avec moi.

— D'accord, répondis-je en lui souriant.

Il se contenta de me dévisager.

— Quoi ?

Il avait l'air lessivé.

— Je suis fatigant, hein ?

Il secoua lentement la tête.

— Non, pas du tout. C'est juste... Venez, dit-il en passant un bras autour de mes épaules.

— Qui vous a dit où je vivais ? lui demandai-je.

— Personne.

— Alors comment m'avez-vous trouvé ?

— Je suis riche, Jory, répondit-il en hochant la tête et en me souriant. J'ai des gens qui peuvent trouver ce genre d'information pour moi.

— C'est cool, répondis-je quand nous atteignîmes la porte. Mais vous auriez pu simplement appeler et je vous l'aurais dit.

Il plissa les yeux en m'observant.

— Je le sais, et j'aurais dû.

Je haussai les épaules pour lui faire comprendre que ce n'était rien.

Sa voiture était en bas, et une fois dedans, je rencontrai son chauffeur. Nous nous serrâmes la main, je lui demandai où se trouvait son endroit préféré pour acheter des pâtisseries et indiquai à Charles, puisque c'était son prénom, l'endroit où je pensais qu'ils préparaient la meilleure *Key lime pie*. Quand je me tournai pour regarder Hayes par-dessus mon épaule, il affichait une expression perplexe.

— Quoi ? demandai-je en me rasseyant, affalé près de lui.

— Personne ne parle jamais à mon chauffeur.

— Pourquoi pas ? Il est cool.

— Ça ne leur viendrait jamais à l'esprit.

— Ah.

— Je ne veux pas de pâtisserie, confessa-t-il.

Beaucoup de gens mentaient en disant qu'ils en voulaient, alors que ce n'était pas le cas. Seul Sam les aimait autant que moi.

— D'accord, qu'est-ce que vous voulez, alors ?

— Je vais vous montrer.

Quand nous atteignîmes un bar-restaurant que je connaissais bien, je remerciai Charles pour le trajet et sortis à la suite d'Hayes. Il posa une main sur mon épaule et me guida vers la porte.

— Ils font de bons desserts ici, Jory, et comme ça nous pourrons également prendre un verre.

J'acquiesçai en le suivant jusqu'à l'entrée. Hayes demanda à l'hôtesse d'aller chercher le manager. J'attendis avec lui, sans rien dire, laissant les choses se dérouler. Quand le manager arriva, Hayes lui dit qui il était et lui expliqua que Carlo, le responsable de jour, et lui étaient des amis proches. Jorge, le manager de nuit qui se tenait devant nous, n'en avait rien à faire.

— Écoutez…

— Monsieur, l'interrompit Jorge en indiquant des deux mains la zone d'attente. Si vous voulez bien…

— Est-ce que Blanca est là ? demandai-je.

Le manager et Hayes se tournèrent tous les deux vers moi.

Je souris.

— Oui, me dit Jorge. Madame Saluda, la propriétaire, est là. Et vous êtes ?

— Pourriez-vous lui dire que Jory est là ? demandai-je en lui souriant. J'aimerais vraiment la voir.

Il plissa les yeux en m'observant, puis partit.

Hayes vint se planter devant moi.

— Comment connaissez-vous la propriétaire du *Town* ?

J'adorais le *Town,* c'était l'un de mes endroits préférés, et surtout, c'était l'un de ceux de Dane.

— Jory !

Je me tournai et découvris Bianca : superbe, magnifique même. Mannequin et fashionista, elle était aussi propriétaire du bel établissement où nous nous trouvions. Elle était aussi, ce qui était crucial en cet instant, une très bonne cliente de l'architecte dont je partageais le nom de famille.

— Ma chérie !

J'ouvris les bras et elle s'approcha pour s'y glisser, me serrant fermement contre elle et embrassant mes deux joues, de vrais baisers, avant de s'écarter enfin pour me regarder.

— Toujours aussi beau.

— Tout comme toi, dis-je en souriant malicieusement et prenant la main qu'elle m'offrait.

— Comment va Dane ?

La question à un million de dollars.

— Il va bien, et toi ? Comment va Marco ?

— Très bien, il est à Milan pour acheter des accessoires pour le bar en terrasse. Nous devrions pouvoir ouvrir à l'automne. Est-ce que tu as reçu notre invitation ?

— Oui, merci.

Elle sourit en serrant ma main.

— Mais pourquoi es-tu ici ? Dîner ? Dessert ?

— Dessert, s'il te plaît.

— Et où...

— Dans la cuisine avec toi, bien sûr.

Son sourire ressemblait au chocolat fondant. Simplement parfait. J'adorais la façon dont elle s'illuminait.

— Voici mon ami, Hayes Fisher, dis-je en le présentant. Il voudrait te regarder faire le flan, aussi.

Elle était charmée et il n'eut pas besoin de dire un mot.

Je voyais bien qu'il était touché. Il s'assit près de moi dans la cuisine animée, à une table que la majorité des gens ne voyaient jamais et qui était réservée pour les clients les plus importants du restaurant de Blanca. Elle adorait cuisiner, mais personne sauf sa famille ne le lui demandait jamais. Pour Dane, elle avait partagé cette intimité et puisque je m'étais trouvé avec lui, elle l'avait fait avec moi également. Je connaissais donc son secret, je savais qu'elle adorait cuisiner pour les autres, et que son établissement était une extension de cela.

Nous rîmes, nous bûmes du café agrémenté de cacao, et mangeâmes nos flans saupoudrés de cannelle. Et elle nous offrit un tiramisu aux flocons de piment qui était tout aussi incroyable. C'était à la fois doux et piquant, et entre le sourire de Blanca, moi lui offrant une bouchée de ma cuillère, et les serveurs entrant et sortant, nous parlant et s'emparant tour à tour de nos assiettes, je sus que Hayes passait un excellent moment.

— Est-ce que c'est toujours comme ça ? me demanda-t-il.

— Quoi ?

— Être avec vous ? Est-ce que c'est toujours comme être au cirque ?

— Qu'est-ce que vous voulez dire ?

— Comme si vous travailliez sans filet ?

J'étais pratiquement certain que ce n'était pas un compliment.

76

VII

Je fus surpris quand mon téléphone sonna tôt le lendemain matin, et encore davantage en découvrant qu'il s'agissait de Shane McGill, le petit ami de Fallon Strauss, et qu'il m'invitait à déjeuner.

— Je voudrais m'excuser de la façon dont je me suis comporté l'autre soir, Jory, alors… Est-ce que tu accepterais de te joindre à moi ?

— J'adorerais.

Et nous n'allions pas devenir meilleurs amis, mais il voulait me connaître parce qu'il savait que Fallon allait passer beaucoup de temps avec moi et il savait également qu'empêcher son petit ami de mêler sa vie professionnelle et privée était dangereux pour leur relation.

— Je veux tout partager avec Fallon.

Je soupirai longuement.

— Il ne sait pas à quel point il est chanceux.

— Comment ça ?

Quand j'eus fini de lui expliquer que j'étais le mari d'un inspecteur de police infiltré, les yeux de Shane étaient écarquillés et il ne s'y trouvait plus aucune jalousie, seulement de la compassion. Plus tard cet après-midi-là, Fallon m'appela. Il me dit qu'il était vraiment reconnaissant que je me sois montré si réceptif à l'offre de Shane.

— Pas de problème, répondis-je. Je veux que nous soyons partenaires et cela inclut Shane également.

— Je me sens tellement mieux.

Et c'était aussi mon cas. Quand je raccrochai en lui promettant de venir dîner le samedi soir, je me sentais plus léger. C'était agréable que Shane ait fait cet effort pour l'homme qu'il aimait ; c'était rafraîchissant. Je fus surpris en rejoignant mon pâté de maisons de voir la même voiture que la nuit précédente. Quand je m'approchai, Hayes Fisher en sortit.

— Salut.

Je souris et trottai vers la voiture.

— Tu dois dîner avec moi ce soir, me dit-il presque frénétiquement.

— Pourquoi ?

— Parce que c'est l'anniversaire de ma mère et que si je ne vais pas chez mon frère Dave pour célébrer avec eux, mon frère et les autres ne me le pardonneront jamais, et il faut qu'un copain vienne avec moi, pas quelqu'un que je fréquente, alors il faut que tu viennes, finit-il enfin précipitamment.

J'étais confus.

— Quoi ? demanda-t-il.

— Pourquoi tu n'emmènes pas quelqu'un que tu fréquentes ?

— Je n'ai personne, et emmener quelqu'un à la fête d'anniversaire de ma mère pour un premier rendez-vous, ce serait vraiment bizarre.

— Alors demande à un ami.

— Je ne veux pas. Il me faut quelqu'un qu'ils n'ont jamais rencontré pour qu'ils puissent se focaliser sur lui pour faire sa connaissance et qu'ils ne me posent pas de questions.

Je plissai les yeux.

— Pourquoi tu ne veux pas répondre aux questions ?

— Viens, c'est tout. Grimpe en voiture.

— Dis-moi pourquoi.

— Je… il y a des choses que tu ne connais pas au sujet de mon divorce.

— Comme quoi ?

— Qu'est-ce que ça peut te faire ?

— Pourquoi c'est moi qui dois venir ?

Il me dévisagea.

J'attendis.

— Je ne sais pas, tu n'as pas peur de me marcher sur les pieds et tu dis ce que tu penses, et personne ne m'en a autant fait voir de toutes les couleurs depuis des années.

— En quoi est-ce une bonne chose ?

— C'est différent.

— Donc tu veux un ami qui t'en fasse voir de toutes les couleurs ?

Il soupira.

— Je veux un ami qui soit un ami, pas quelqu'un qui veuille être mon ami parce que je suis Hayes Fisher, l'héritier de *Fisher Ryson*.

— Je n'ai jamais entendu parler de *Fisher Ryson*.

— C'est la société mère, Jory. Les compagnies dont tu as entendu parler sont trop nombreuses pour en faire la liste.

— Alors tu es riche.

— Ouais.

— Genre, très riche ?

— Genre, *très* riche.

— Pourquoi as-tu cette maison merdique, alors ? Pourquoi ne pas acheter un manoir à Highland Park ?

— Ce n'est pas une maison merdique et il se trouve que j'adore Oak Park !

— Pourquoi me cries-tu dessus ?

— Je ne sais pas, dit-il en soupirant brusquement. Je crois que c'est parce que je veux que tu aimes la maison d'Oak Park.

— En quoi est-ce important ?

— Je n'en ai aucune idée.

— Tu vas bien ?

Il avait l'air hystérique.

— Tu veux bien monter en voiture ?

— Il n'est que quatorze heures.

— Oui, et mon frère habite à Lake Forest, et il faut encore que je trouve un cadeau pour ma mère.

Il était exaspéré.

— Alors, pouvons-nous y aller ?

— Je ne suis pas habillé pour aller à une fête.

— Tu es magnifique. Un pantalon en velours, un pull et une veste en cuir, c'est bon. Allons-y.

— Tu n'as pas une maison à rénover ?

— Vas-tu m'aider, oui ou non ?

Bien sûr que j'allais l'aider.

— D'accord.

— D'accord, quoi ?

— D'accord, allons à la fête d'anniversaire de ta mère.

Une fois en voiture, il se tourna pour me regarder.

Je lui souris.

— Crache le morceau.

— Personne ne m'a jamais parlé comme tu l'as fait ce jour-là, à la maison, Jory. Quand j'étais plus jeune, personne n'en avait le droit et désormais, personne ne veut rompre le lien avec mon portefeuille.

Je digérai cette information.

— Alors, qu'achetons-nous à ta mère, un château ?

Son sourire illumina ses yeux bleu pâle.

— Non, elle aime les choses spéciales, pas extravagantes. Elle aime quand les gens pensent vraiment à elle.

79

— Je vois.

— Tu as une idée ?

— En effet.

LA MAISON de Lake Forest était énorme, avec une allée pavée circulaire et un gazon parfaitement entretenu. Il y avait des cours de tennis et des écuries, et un garage d'au moins dix voitures, chauffé. Incroyable. Il fallut prendre un hélicoptère jusque là-bas, ce qui fut très amusant. Je profitai des turbulences pendant qu'Hayes devenait verdâtre, et une fois éloignés des pales de l'hélicoptère, je me retournai pour saluer Charles avant de suivre Hayes vers la maison.

— C'est vraiment cool que ton chauffeur puisse conduire n'importe quoi, non ? Est-ce qu'il pourrait aussi conduire un tank ?

— Pourquoi est-ce que tu penses immédiatement à un tank ? demanda-t-il.

— Je me dis simplement que, comme tu es riche, tu as probablement une armée privée quelque part dans le monde.

Il secoua la tête en m'entraînant vers la maison. Une fois à l'intérieur, je me rendis compte que l'endroit était un vrai zoo. La fête de sa mère accueillait facilement quarante convives. Mais c'était une fête pour adultes, donc quand Hayes s'éloigna de moi en me disant de l'attendre, je retournai vers l'endroit où j'avais aperçu des enfants en passant. Ils se trouvaient de l'autre côté d'une grande pièce, un garçon sur un canapé et une petite fille sur l'autre. C'était une grande pièce, donc j'avais l'impression qu'ils se trouvaient dans une zone complètement différente de celle où les adultes étaient rassemblés.

— Salut, me dit le petit garçon, tout en bravade.

Visiblement, il était en train de modeler son attitude sarcastique sur celle de quelqu'un d'autre.

— Salut, le saluai-je en entrant dans la salle où ils se trouvaient, attiré par le jeu auquel il jouait sur une PlayStation 3, par le lait et les biscuits, et par les journaux.

— Qu'est-ce que vous faites ?

Il leva les yeux au ciel comme seul peut le faire un petit garçon, incapable de supporter des idiots même à cet âge.

— Ma mère est en retard et mon père n'a pas trouvé de baby-sitter, donc nous avons dû venir à cette stupide fête pour Tante Chloé. Et maintenant, Papa doit parler à tout le monde et il n'arrête pas de vérifier comment on va... et le monsieur avec Papa a grondé Becca et elle est triste. Mais on s'en fiche, non ?

Lui ne s'en fichait pas, visiblement.

— C'est juste que Becca est triste.

C'était la deuxième fois qu'il le disait, donc je compris que cela le gênait le plus.

Je me tournai pour regarder la petite fille et vis qu'elle avait les plus grands yeux bruns que j'avais vus de toute ma vie. Ses boucles châtain étaient coupées très court, donc on ne voyait plus que son minuscule visage affichant une infinie tristesse.

— Qu'est-ce qu'il s'est passé, mon lapin ? demandai-je en m'agenouillant près d'elle.

Elle me dévora des yeux.

— Le monsieur a dit qu'il allait faire un chapeau, mais quand Papa est revenu, il ne voulait plus rester et il est parti avec lui parce qu'il le préfère, et j'ai demandé à Papa de faire le chapeau, mais il a dit de parler à Mamie et Papi et aux autres, et Scotty ne sait pas comment.

Scott était visiblement son frère, la petite chose assise près d'elle en train de grogner.

— Personne ne peut m'aider et Maman est en retard

J'acquiesçai en m'asseyant près de la table.

— Eh bien, je peux clairement faire des chapeaux, mais je peux aussi faire des grenouilles et des cygnes, dis-je en étirant le dernier mot. Vous voulez voir ?

Elle devait avoir cinq ans tout au plus et se retrouva donc à côté de moi plus vite que si j'avais été recouvert de glaçage ou quelque chose du genre. Dix minutes plus tard, le garçon était par terre avec sa sœur Rebecca et moi, et ils portaient tous deux des chapeaux en papier journal.

— Tu peux faire des avions aussi ou quoi ?

— Bah ouais, dis-je en imitant son ton sarcastique. Mieux que tout ce que tu pourrais faire.

— J'en doute.

— Tu veux parier ? répondis-je du même ton insolent.

— Je te parie un million de dollars.

Je levai un sourcil et, miracle des miracles, il afficha un gigantesque sourire. Il avait les mêmes boucles brunes que sa sœur, mais ses yeux étaient noisette, pas marron. Ils étaient tous les deux beaux, et même si le petit

81

garçon essayait de ne pas m'aimer, il avait du mal. Quand j'arrivai à faire parcourir la pièce d'un bout à l'autre à l'avion, il fut impressionné.

— La vache, dit-il, les yeux écarquillés. C'était génial.

— Tu vois, lui dis-je en mangeant un Oreo. Je te l'avais dit.

— Moi, c'est Scott, dit-il en souriant et se rapprochant de moi. Et c'est ma sœur, Becca.

Je l'avais déjà compris auparavant, mais c'était agréable qu'il me le dise réellement cette fois. C'était un progrès.

— Moi, c'est Jory.

— Jory, c'est un super nom, dit-il en hochant la tête. C'est un prénom de cow-boy.

— Merci, répondis-je en souriant à mon tour.

Becca était sur mes genoux et releva donc la tête pour embrasser mon menton. J'avais toujours la côte avec les femmes, peu importe leur âge. Elle se mit plus à son aise, se blottissant contre moi tandis que Scott me demandait de le regarder pendant qu'il faisait voler l'avion vers la baie vitrée. Quand je relevai les yeux, je remarquai l'homme en train de me surplomber.

— Papa, regarde ça !

Il regardait fixement la petite fille sur mes genoux, et même s'il essayait d'en arracher son regard, il n'y arrivait pas.

— Papa !

Il arriva enfin à détourner les yeux et regarda l'avion flotter à travers la pièce sur une brise invisible pendant quelques secondes avant qu'ils se posent de nouveau sur sa fille.

— Salut, Papa.

Elle lui sourit, ses doigts se posant pour la centième fois sur mon visage.

Il déglutit difficilement, le souffle court.

— Salut, bébé.

Au lieu de rejoindre son père, elle se pelotonna davantage contre moi et je sentis ses doigts tripoter le col de mon pull avant qu'elle se retourne sur mes genoux pour me faire face.

— Jory.

Je lui souris malicieusement.

— Oui, m'dame.

Ses doigts tripotaient désormais le col de la chemise que je portais sous mon pull.

— J'ai faim.

Je relevai les yeux vers son père.

— Elle a faim.

Il hocha rapidement la tête et s'agenouilla près de moi, la main sur mon épaule tandis qu'il me regardait dans les yeux.

— Je m'appelle David, David Fisher, qui êtes-vous ?

— Jory Harcourt. Je suis venu avec Hayes.

Il acquiesça et ses yeux se rivèrent aux miens, tandis que la main qu'il n'avait pas retirée glissait plus haut sur mon épaule, ses doigts frôlant mon cou.

— J'espère que mes enfants n'ont pas…

— Oh, non. Tout va bien. J'ai apprécié de passer du temps avec eux. Peut-être que nous pourrions leur trouver quelque chose à manger ? Je ne sais pas à quelle heure ils sont censés aller au lit…

— La nuit va être longue, me dit-il en regardant de nouveau sa fille. Ils sont coincés là, de toute façon, et je ne veux pas les mettre au lit pour les réveiller quand leur mère arrivera enfin.

J'attendis, parce que je devinai qu'il voulait m'en dire davantage.

— En général, Rebecca est très timide et…

Il s'éclaircit la gorge avant de reprendre la parole.

— Elle est généralement timide.

— Bébé ?

Nous nous tournâmes pour regarder l'homme magnifique aux cheveux blonds comme ceux d'un mannequin et aux yeux bleus qui se tenait non loin, en train de nous observer.

— Chéri, Tim et Monica sont là, viens leur dire bonjour.

David regarda par-dessus son épaule.

— J'arrive.

— Mais, dit-il en essayant de sourire, ils viennent tout juste d'arriver et ils ne connaissent…

— Qu'est-ce que je viens de dire ? demanda brusquement David d'une voix glaciale.

L'homme acquiesça, ses yeux se tournant quelques secondes vers moi.

— D'accord, je vais aller les chercher, puis je pourrais faire le chapeau que j'ai promis à Becca…

— Jory m'a fait un cygne.

Elle le leva pour que l'homme puisse le voir avant de tourner ses grands yeux vers son père.

— Tu peux aller parler à Tata Monica et Oncle Tim, Papa. Jory va rester avec nous.

Les yeux de David Fisher quittèrent un instant sa fille pour me regarder, puis son fils, et moi de nouveau. Je quittai son regard intense quand on tapota mon épaule. Je découvris Scott en train de m'observer.

— Jory, est-ce que tu sais jouer à Tekken ?

— Oui, Monsieur.

Scott me tendit la manette sans fil.

— Est-ce que tu peux faire ce combat ? Je n'arrive pas à battre ce gars.

— Bien sûr, laisse-moi juste…

— Est-ce que tu peux t'asseoir ici ?

À côté de lui. Il voulait que je me m'asseye juste à côté de lui. C'était très mignon.

— Que je vienne ici, près de toi ? le taquinai-je. Tu es sûr ?

Il sourit et hocha la tête.

— D'accord.

Becca se leva et j'en fis de même pour contourner la table basse. Quand je m'assis, elle grimpa de nouveau sur mes genoux. Scott se rapprocha, la main sur ma cuisse tandis qu'il regardait l'écran.

— Tu veux voir Jamie ? me demanda-t-elle.

— Ooh, allons, Bec, grommela Scott. Jory ne veut pas voir ta poupée moisie.

— Bien sûr que si, répondis-je en embrassant sa tête.

— Je l'ai couchée dans le lit de Mamie.

— Alors va la réveiller, suggérai-je.

Son visage et le sourire radieux qu'elle me lança étaient un sacré spectacle. Elle sauta de mes genoux et disparut en quelques secondes.

— Tu sais que la poupée n'est pas vraiment vivante, m'assura Scott.

— Ouais, mon pote, je sais, dis-je tout aussi sérieusement

Il s'illumina soudain.

— Est-ce que tu veux voir l'un de mes trophées de karaté ? J'en ai donné un à Mamie pour qu'elle le garde ici.

— Absolument, lui dis-je alors que je me servais de Nina, l'une des filles, pour détruire le gros type qu'il essayait de tuer depuis une heure.

— C'est allé super vite.

Il était époustouflé ; ses yeux en étaient écarquillés.

J'agitai les sourcils à son intention.

— Tu connais toutes les attaques de Nina ?

— Ouais, le taquinai-je.

Après une seconde, il haussa les épaules, le geste le plus proche d'une marque de respect pour lui, même s'il l'esquissait à contrecœur.

— Je reviens, d'accord ? Ne pars pas, me dit-il avant de disparaître à son tour.

Je relevai les yeux vers David Fisher.

— Je peux leur préparer quelque chose à manger ? Cela ne vous dérangerait pas ?

Il plissa les lèvres et s'avança d'un pas.

— Vous avez une piètre opinion de moi, mais je vous assure que je ne suis pas le père que vous pensez. Mon ex-femme était censée arriver il y a trois heures. Elle n'est pas en retard, d'habitude. Et je n'ai pas pour habitude non plus d'avoir mes enfants pendant la semaine, mais c'est l'anniversaire de ma mère et Derek n'est pas...

— Je ne pense rien du tout, répondis-je en lui souriant. Je le jure. Je veux simplement nourrir les enfants, si c'est cool avec vous.

Son soupir couplé à son sourire résigné était attachant.

— Pas de problème, mais je veux que vous sachiez qu'il y a au moins cinq ou dix circonstances étranges qui ont créé la situation que vous voyez ce soir.

— D'accord.

— J'ai juste...

Il inspira profondément.

— Je n'aime pas que mes enfants passent du temps avec les gens avec qui je sors avant...

— Que cela soit sérieux, pour qu'ils ne s'attachent pas.

— Oui.

— J'ai fréquenté des hommes avec des enfants le passé. Je comprends.

Nous étions en train de nous dévisager quand les enfants débarquèrent dans la pièce.

— Jory, regarde Jamie !

C'était l'une de ces poupées effrayantes avec les yeux qui s'ouvrent et se ferment. Elle aurait eu sa place dans un film d'Hitchcock. Il était plus facile de m'extasier sur le trophée de karaté et je me rendis compte que s'ils avaient mis du temps, c'était parce que Scott avait enfilé son *gi* et arborait fièrement sa ceinture jaune.

Je l'observai me faire une démonstration et applaudis vivement quand il termina en esquissant la révérence spéciale que lui avait montrée son *sensei*. Je sifflai même.

— Tu emmènes ce truc partout avec toi ? demandai-je en indiquant son *gi*. Pour pouvoir te changer comme Spiderman ?

— J'avais un entraînement aujourd'hui, après l'école.

Je haussai les épaules.

— Ça aurait été plus cool si tu avais dit oui.

Il hocha calmement la tête.

— J'ai faim, dit de nouveau Becca.

Je regardai David.

— Donc, vous disiez que ça vous va si je les nourris ?

— Oh non, vous n'êtes pas obligés de...

— Cela ne me dérange pas, lui assurai-je. Si ça vous va.

— Ça me va, mais nous avons tout un buffet là-bas pour...

— C'est dégueu.

Scott fit semblant de vomir au cas où je n'avais pas remarqué le dégoût dans sa voix.

Becca prit ma main et m'entraîna à sa suite, me racontant que Jamie et elle étaient allées faire du cheval la veille. Scott nous suivit en faisant des feintes, soufflant vivement et poussant des « *hai* » pendant tout le trajet.

La cuisine était presque plus grande que mon appartement. On aurait pu y jouer à la balle au prisonnier.

— Je veux des œufs, pleurnicha Becca. S'il te plaît, Jory.

— Je veux des macaronis, me dit Scott en frappant l'air de ses poings.

Je préparai les deux, parce que c'était facile. Becca eut droit à des œufs brouillés avec du fromage râpé et quelques quartiers de pommes épluchés, et je préparai des macaronis au fromage pour Scott. Il n'avait pas la moindre idée que les macaronis au fromage pouvaient être préparés sur une cuisinière et non dans un micro-ondes.

— Ma grand-mère les faisait comme ça, lui dis-je.

Il se montra méfiant, mais ça sentait bon alors il goûta. Pendant que je faisais la vaisselle, Becca me dit que son papa les laissait faire la course dans le long couloir. Je n'avais pas la moindre idée de ce qu'elle voulait dire, jusqu'à ce que Scott m'explique.

Cela me rappela les histoires sur Versailles que j'avais entendu au lycée en cours de français, selon lesquelles les couloirs du palais étaient si gigantesques que Louis XIV y chassait parfois le renard. Je compris pourquoi David pouvait permettre à ses enfants de faire la course à travers la maison. Becca prit un tricycle, Scott prit une patinette et je récupérai son skateboard. Faire du vélo vous revient dès l'instant où vous grimpez dessus, et heureusement pour moi, il en allait de même pour le skateboard.

Les cris de joie de Becca étaient ce que j'avais entendu de plus adorable depuis des semaines. Le rire de Scott était bruyant, et quand je tournai sur moi-même sur les roues arrière du skateboard pour lui montrer comment on faisait, il me regarda, les yeux écarquillés et brillants, comme si j'étais Tony Hawk et cela me fit sourire. Alors qu'il s'était montré méfiant au début, il était désormais amical. Il m'appréciait. Je l'appréciais en retour, et il s'en rendait probablement compte.

Nous étions en train de faire une pause pour finir de nettoyer la cuisine quand Becca poussa un cri de joie.

— Maman !

Je me retournai juste à temps pour voir une femme très élégante enveloppée dans un long manteau de vison traverser la pièce.

— Je vois que vous avez des assistants.

Elle me sourit quand David apparut à la porte.

— Oui, madame, et je peux même vous dire qu'ils sont très doués.

Elle acquiesça, observant son fils à ma droite en train d'essuyer la vaisselle, sa fille à ma gauche assise sur le comptoir, séchant les casseroles.

— Qu'est-ce qu'ils ont mangé ?

Avant que je puisse lui expliquer, Scott fit la liste de mes compétences culinaires pour elle, racontant l'épiphanie de cuisiner les pâtes au lieu de les atomiser, et lui disant que Becca avait mangé des pommes.

— Tu détestes les pommes, rappela-t-elle à sa fille.

— Mais Jory a retiré la peau et m'a laissé les mettre dans du beurre de cacahouète.

Elle me parcourut du regard en se dirigeant vers moi, la main tendue. Je rinçai le savon, m'essuyai les mains sur un torchon et lui offris la mienne.

— Elsa Fisher, dit-elle en me souriant.

Je lui souris en retour.

— Jory Harcourt.

Ses yeux se rivèrent aux miens.

Je levai un sourcil en l'observant.

— Comment connaissez-vous David ?

— Je ne le connais pas. Je connais Hayes.

Elle poussa un long soupir en décidant en cet instant qu'elle m'appréciait.

— J'ai hâte de vous revoir, Jory.

Mais je doutais que cela arrive.

— Attendez... Harcourt ?

— Ouais, répondis-je en souriant. Dane Harcourt est mon frère.

Ses yeux s'arrondirent.

— Je l'ai rencontré à un gala de charité il y a deux semaines. Il s'est montré très généreux envers notre cause.

— Et quelle cause est-ce donc ?

— Je suis chargée de cours au musée d'art pour enfants.

J'acquiesçai.

— Eh bien, Dane adore les enfants.

— En a-t-il lui-même ?

— Sa femme doit accoucher en juin.

— Oh, répondit-elle, son visage s'affaissant. Comme c'est merveilleux pour eux.

— Avez-vous rencontré sa femme, Aja ? lui demandai-je

— Non, il était seul.

Et elle avait donc cru, comme c'était sans doute le cas pour beaucoup de femmes, que le fait qu'il soit seul voulait dire quelque chose, alors qu'en réalité cela ne signifiait rien. Aja n'aimait pas laisser Dane se rendre à ce genre d'événements seul, et l'inverse était aussi vrai, mais c'était parfois nécessaire.

— Vous ne vous ressemblez en rien.

Et c'était parce que Dane Harcourt et moi n'avions aucun lien de sang. J'avais travaillé pour cet homme pendant cinq ans, et au cours de ce temps j'étais passé d'assistant à ami, à la personne qu'il voulait comme frère. Il était orphelin, moi également, et quand il avait dit qu'il ne voulait plus que je travaille pour lui, mais qu'il voulait que je reste dans sa vie pour toujours, j'avais abandonné mon ancien nom de famille et pris le sien, Harcourt. Et désormais, après six ans, presque sept, j'avais l'impression d'être né avec ce nom.

— Sauf que vous êtes tous les deux magnifiques.

— Merci, soupirai-je en revenant à la conversation, tendant la main pour serrer son bras pour qu'elle ne sache jamais que mon esprit avait divagué au milieu de la discussion, puis courût pour se rattraper.

Elle tapota ma main puis se tourna pour dire à ses enfants qu'il était l'heure de partir. Je soulevai Becca du comptoir et m'agenouillai pour qu'elle puisse enrouler ses bras autour de moi, m'embrasser et me serrer contre elle pour me dire au revoir. Sa tête enfouie contre mon cou me fit comprendre que nous étions amis désormais. Scott me serra à son tour fermement dans ses bras, une chose à laquelle je ne m'étais pas attendu, serrant fermement mon cou, puis ils suivirent tous deux leur mère hors de la cuisine. J'étais en train de pendre les torchons quand j'entendis quelqu'un s'éclaircir la gorge derrière moi. Je me retrouvais seul avec David Fisher.

— Venez rejoindre les adultes. Ma mère va ouvrir ses cadeaux.

— Bien sûr.

Il me garda la porte ouverte, puis je le suivis jusqu'à l'énorme salon. Tout le monde était rassemblé autour d'une belle femme qui trônait au milieu de l'assemblée. Elle ouvrait des paquets, mais ses sourcils étaient froncés. Je traversai la salle jusqu'à elle, et elle dut relever la tête pour me voir, puisqu'elle était assise.

— Si vous me dites où trouver un crayon et du papier, Madame, je serai votre secrétaire et je pourrais faire une liste de vos présents pour vous.

— Comment avez-vous su ? Je n'ai même pas…

— J'ai été assistant personnel pendant cinq ans, et mon patron était aussi friand des signaux non verbaux.

Ses yeux s'adoucirent quand elle me regarda.

— Eh bien merci, mon cher, dans le tiroir du bureau de l'entrée, il devrait y avoir un calepin et vous pourrez aussi y choisir un stylo.

J'allai récupérer ce dont elle avait besoin, et quand je revins, elle me fit signe de m'asseoir près d'elle.

— Qui êtes-vous ?

Elle me sourit, ses adorables les yeux bleu pâle brillant sous la lumière.

— Je suis Jory. Je suis venu avec Hayes.

J'inclinai la tête vers l'homme stupéfait assis de l'autre côté de la salle.

— Et pourquoi ne m'a-t-on pas présenté ? demanda-t-elle en se tournant vers Hayes.

— Il cuisinait et divertissait tes petits-enfants, dit David.

— Vraiment ? demanda-t-elle, le regard chaleureux. Eh bien, je suis Libby Fisher.

— C'est un plaisir de vous rencontrer, dis-je en souriant. Alors, qu'avez-vous eu ?

— Eh bien, jusqu'à présent… dit-elle en indiquant chaque chose et en les citant pour que je puisse les écrire et récupérer les cartes qu'elle me passait.

Quand nous atteignîmes le paquet d'Hayes, elle fut sincèrement touchée par le foulard qui se trouvait à l'intérieur.

— Mon Dieu, Hayes, et c'est ma couleur préférée, en plus, dit-elle en observant son fils d'un air émerveillé. Je l'adore.

Elle reçut également le dernier iPad, des bijoux et des billets pour une croisière, ainsi que tant d'autres choses que j'en avais la tête qui tournait, mais elle passa le foulard et le tapota encore et encore. Quand je revins de la cuisine où se trouvaient les sacs-poubelle, afin d'aider à la débarrasser des papiers cadeaux, Libby s'empara de ma main et m'arrêta dans mon élan.

— Madame ?

— Libby.

Je lui souris.

— Libby.

— Hayes m'a dit que le foulard était votre idée. Comment saviez-vous que je l'adorerais ?

— Il commence à faire un peu plus froid, mais pas assez pour une écharpe. Mais Chanel, avec des couleurs d'automne…

Je relevai un sourcil.

— Allons. Je me suis dit que si vous aviez le même teint que lui… Aurions-nous fait le bon choix ?

Elle fut enchantée de ma réponse. Cela arrivait parfois.

— Avez-vous mangé ?

— Pas encore.

— Venez avec moi.

J'étais en train de remplir une assiette au buffet, sous la supervision de Libby, lorsqu'on sonna à la porte et que d'autres personnes arrivèrent. Quand elle me quitta, David apparut.

— Je voulais vous remercier d'avoir été si gentil avec mes enfants, Jory.

— Pas besoin de me remercier pour ça. Ils sont géniaux. Leur mère est assez cool, également.

Il acquiesça.

— Les raisons de notre divorce sont sans doute évidentes… vous avez rencontré Derek. Je n'avais pas la moindre idée que Hayes et moi étions pareils.

— Tous les deux gays, vous voulez dire ?

— Je…

— Dites-le, « gay », lui ordonnai-je en imitant un photographe de mode en train de diriger ses mannequins. Crachez le morceau. Pas besoin d'être embarrassé. Soyez fier.

Il me regarda fixement.

Je ricanai malicieusement.

— Ce n'est pas…

— Je n'ai pas rencontré votre père, mais votre mère s'en fiche.

— Ça n'a pas toujours été le cas.

— Qui se soucie d'avant ? soulignai-je.

Il me dévisageait quand Hayes nous rejoignit.

— Tu m'as abandonné, dit-il d'un ton plat.

— Parce que ses enfants étaient plus amusants, lui dis-je en riant, contournant les deux frères pour aller m'asseoir dans la salle à manger.

Je me présentai aux autres convives à table, la sœur d'Hayes, Jane, son mari Marc, et divers cousins, époux et enfin, le patriarche de la famille. Je me levai pour serrer la main de William Fisher qui s'empara de la mienne des deux siennes en souriant sincèrement.

— C'est un plaisir. Jory… ?

— Harcourt.

— Harcourt ?

Je soupirai et souris.

— Oui, le frère de Dane Harcourt.

Et il fut impressionné, parce qu'en reflétant la lumière de la gloire de Dane, j'apparaissais tout aussi doré.

William me fit visiter la maison après le dîner et je le fis parler. Il me montra sa collection de revolvers antiques, j'écoutai l'histoire de la famille et finis par regarder les photos dans l'escalier.

Il me laissa dans une salle de jeux avec les filles, des adolescentes et des pré-adolescentes. Elles étaient cinq en tout, et je leur montrai à quelle vitesse il fallait vraiment véritablement jouer au jeu de danse sur la Wii. Quand deux de leurs mères passèrent la tête dans la pièce une heure plus tard, les gamines étaient en train de pousser des cris de ravissement. Je les convainquis toutes les deux d'essayer, et peu importe quel âge ils ont, quand les parents se joignent à leurs enfants, ils adorent ça. C'était amusant de se moquer de leurs mamans, et le rire des femmes était agréable.

— Oh, Jory, gazouilla Jillian Fisher en me serrant dans ses bras. Quand reviendrez-vous ?

La deuxième fois que j'atteignis le buffet, les cinq filles me suivaient. Nous parlâmes de garçons, je regardai les photos sur leurs téléphones, et quand Libby et William commencèrent à danser sur la terrasse près de la piscine, je demandai à l'une des filles, Andrea, si elle aimerait se joindre à moi.

— Oh Jory, je ne sais pas danser, me dit-elle.

Mais je l'entraînai dehors près de ses grands-parents, lui fit poser une main sur mon épaule, en posai une sur sa taille et lui montrai les pas simples avant de lui demander de suivre mon exemple. En vingt minutes, nous bougions assez bien. Rien de fantastique, mais elle était ravie. Quand je la fis plonger, il y eut des applaudissements. Elle devint rouge vif, mais je pouvais voir à quel point elle était heureuse également.

Alors que j'allais chercher de l'eau ensuite, Hayes apparut près de moi.

— Salut, lui dis-je en lui souriant.

— Bon, maintenant que tu as complètement séduit ma famille, qu'est-ce que tu prévois ?

— Pardon ?

— David vient juste de me demander à quel point c'était sérieux entre nous parce qu'il aimerait vraiment te demander de sortir avec lui.

— Mais, et Derek ?

— Pourquoi est-ce que tu me demandes ça ?

Je bâillai.

— Je ne sais pas, ça me semblait poli.

— Eh bien, dit-il en baissant la voix et se rapprochant de moi, les yeux rivés à mon visage. Apparemment, l'attrait de Derek a diminué depuis qu'il t'a rencontré.

— Ah.

— Je lui ai dit que si quelqu'un dans cette famille allait sortir avec toi, ce serait moi.

— Que s'est-il passé avec ton divorce ?

— Est-ce que tu as entendu ce que je viens de te dire ?

— Oui. Parle-moi du divorce.

— Très bien, qu'est-ce que tu veux savoir ?

— Tu as divorcé parce que tu t'es rendu compte que tu n'étais pas bi, euh, tu étais simplement gay.

Il me dévisagea un moment avant de relever la main pour la poser contre mon cou.

— Et tu avais peur de faire ton *coming out* parce que David l'avait déjà fait et que tu t'inquiétais que deux fils gays fassent paniquer tes parents, puisqu'il a eu pas mal de difficultés avec eux aussi.

— Comment as-tu…

— Mais maintenant que ça va, ils veulent simplement que tu sois heureux, et ils ont vu que David allait bien et que tu iras donc bien aussi.

— Jory…

— Alors c'est ça ? Ou y a-t-il autre chose de plus dramatique dans ce divorce ?

— Jory, dit-il après un long silence. Comment as-tu trouvé… qui t'as dit ce que… simplement en étant ici ce soir ?

— Je pose beaucoup de questions, lui dis-je. Donc tous tes secrets sont peut-être des choses que tu veux éviter de voir à la une des journaux à sensation, mais c'est plutôt léger dans mon monde.

— Ah oui ? Tu es un *bad boy*, alors ?

Il avait posé la question d'une façon railleuse, mais son ton était loin de l'être. En fait, sa voix était plus basse et plus profonde et son pouce glissa sous mon menton.

Je reculai d'un pas pour lui échapper. C'était un homme agréable, son frère était tout aussi agréable, mais les hommes doux, gentils et simples, ce n'était pas mon truc. Seuls les mâles alpha et grondant me convenaient. J'avais plus de chance de coucher avec Cristo Liron que…

— Merde, m'exclamai-je soudain en me rendant compte que mes fantasmes commençaient à s'affirmer.

— Jory ?

— Je dois y aller, lui dis-je en me détournant pour traverser le salon au pas de course vers le placard à manteaux dans l'entrée.

Tandis que j'enfilais ma veste, Hayes se planta devant moi, me bloquant le passage.

— Qu'est-ce que tu fais ?

— Ça m'arrive parfois, lui dis-je en prenant une inspiration. Je donne une mauvaise impression aux gens.

— Qu'est-ce que tu veux dire ?

— Je veux dire que je ne peux pas sortir avec ton frère ou avec toi. Et ton frère cherche simplement quelqu'un qui trouve que ses enfants sont géniaux, pas moi spécialement. Et toi, tu cherches le bon, et ce n'est pas moi non plus. Toutefois, tu ferais mieux de mentionner aux gens de *Synergy* que tu es gay, parce que pour autant que je sache, ils te cherchent une femme.

— Quoi ?

Il essayait de digérer tout ce que je venais de dire à la fois.

— *Synergy*, répétai-je en parlant lentement, ne trouve que des femmes.

— Jory.

Hayes sortit à ma suite. Mais mon esprit était déjà submergé par la logistique à mettre en place pour rentrer chez moi tandis que je remontais l'allée.

— Jory !

J'attendis. Il me contourna rapidement, me barrant le chemin.

— Tu vas vraiment partir comme ça, sans dire au revoir à ma famille et juste…

— Dis-leur que j'ai eu une urgence familiale, mais Hayes…

Je soupirai longuement.

— Ce ne serait pas juste si je passais une seule seconde de plus ici. À quoi bon s'assurer qu'ils m'apprécient ? Nous n'allons pas être amis. Si j'étais célibataire, nous pourrions sortir ensemble, mais…

— Tu n'es pas célibataire ?

Je relevai ma main gauche pour la lui montrer.

— Marié.

— À qui ?

Il était atterré.

— Sam Kage, il est flic.

— Où est-il ?

— Il travaille sous couverture.

— Je…

— À la prochaine, dis-je en me détournant pour remonter rapidement l'allée.

Dans la rue, je me rendis compte que je n'avais pas la moindre idée de l'endroit où je me trouvais, ou de la façon dont rentrer chez moi. Je remontai une rue, puis une autre, avant d'en atteindre enfin une où je découvris de la circulation et quelques restaurants. En la traversant, j'atteignis le hall d'un hôtel et demandai à la concierge de garde où je pouvais trouver un taxi pour rentrer à Chicago.

— Vous savez que ça va vous coûter, genre, un million de dollars ?

Je méritais de tirer une leçon de ma propre bêtise. Dane me disait toujours les choses que je devrais et ne devrais pas faire en l'absence de Sam, et je comprenais enfin ce qu'il voulait dire. Je n'étais pas un trophée, mais j'avais de bonnes qualités et peut-être que quelqu'un d'autre que Sam Kage voudrait bien me garder si je le proposais. Le truc, c'était que je ne le proposais pas, alors ce n'était pas juste d'en donner l'impression.

— Oui, je sais, répondis-je en souriant à la gentille dame. Ce n'est pas grave.

Elle haussa les épaules et m'appela un taxi.

VIII

DANE M'AVAIT invité à déjeuner, et après mon trajet en taxi qui m'avait coûté 200 dollars, j'avais besoin de manger un peu gratuitement. Et puis c'était drôle de me retrouver dans son bureau. Il était tout neuf, étant donné que l'endroit où j'avais bossé pour lui auparavant avait disparu depuis longtemps. Il fallait prendre l'ascenseur en bas du bâtiment, en centre-ville, et lorsqu'on atteignait son étage, les portes s'ouvraient sur l'entrée du bureau qu'il partageait avec Sherman Cogan et Miles Brown. Avant, lorsqu'on sortait de l'ascenseur, il fallait choisir où aller, mais désormais, il possédait tout un étage, tout en bois poli et en verre, et on avait en gros l'impression de se trouver dans une maison plutôt que dans un bureau. Les tuyauteries exposées au plafond, les ventilateurs, les couleurs sombres et les grandes fenêtres donnaient tous une sensation de chaleur et d'élégance.

J'avais travaillé cinq ans pour Dane dans le bureau qu'il partageait avec Miles Brown et Sherman Cogan, et je connaissais donc les deux autres assistantes, Celia et Jill. Mon amie Pepper était auparavant la réceptionniste, mais elle avait quitté ses fonctions après la naissance de son deuxième enfant. Désormais, il y avait une nouvelle réceptionniste à l'accueil, et Dane avait également un nouvel assistant – il en changeait plutôt souvent – et une secrétaire qui s'occupait de sa correspondance, et servait également de liaison sur le terrain. Avant, j'étais le seul à travailler pour lui en dehors d'une dactylo, puisque dans les bons jours, je pouvais taper à peu près trente mots par minute.

J'étais donc entré, j'avais donné mon nom à la réceptionniste en n'indiquant que « Jory », et je m'étais assis pour patienter.

— Jory quoi, avec qui ? m'avait-elle demandé.

— Juste Jory, avais-je dit en m'asseyant.

Je me rendais bien compte qu'elle n'approuvait pas ma personne.

L'assistante de Dane, Brooke Jessup, vint voir de quoi j'avais besoin. Elle travaillait pour lui depuis six semaines.

— Bonjour, dit-elle d'un ton indulgent en se forçant à sourire. Puis-je vous aider ?

— Oui, je suis là pour déjeuner avec votre patron.

— Oh, répondit-elle en fronçant les sourcils, est-ce qu'il sait qu'il...

— Oui, il sait. C'est lui qui m'a appelé.

Je lui souris.

— Je vois, et vous êtes ?

— Jory, répondis-je en ricanant. Harcourt.

Ses yeux s'écarquillèrent.

— Oh mon Dieu, je suis tellement désolée. Vous êtes son cousin ?

— Son frère.

Je souris en la contournant.

— Est-ce qu'il est dans son bureau ?

— Oui, mais il est avec Adam, son autre assistant.

— Ce n'est rien, répondis-je en remontant le couloir vers sa porte.

— Je crois vraiment que...

Et je m'arrêtai en entendant le cri.

— Oh mon Dieu, gémit-elle, vous voyez ?

J'attendis avec Brooke, et après une minute de silence, j'ouvris la porte.

— Brooke ! dit brusquement Dane. Combien de fois t'ai-je dit... Oh, salut.

J'entrai, et un type que je n'avais jamais vu auparavant était en train de poser des trucs sur le bureau de Dane : un iPhone, des clés, un badge et une carte de crédit. Je compris immédiatement.

— Dane, je...

— Merci, monsieur Taylor, ce sera tout.

Il tremblait.

— J'avais juste besoin de...

— Merci, monsieur Taylor.

Il prit une inspiration, se retourna, me regarda pour la toute première fois, puis se dirigea vers Brooke.

— Si tu pouvais faire envoyer mes affaires à...

— Il t'a renvoyé ?

Elle était atterrée.

— Pour un dîner ? Il t'a viré pour un dîner ?

— Arrêtez, la mis-je en garde rapidement.

Ses yeux se rivèrent aux miens.

— Ne dites absolument rien.

— Mademoiselle Jessup.

Je grimaçai, parce qu'elle avait été « Brooke » jusque quelques instants plus tôt, tout comme j'étais certain qu'il avait été « Adam » encore hier. Dane ajoutait toujours le titre devant votre nom quand vous n'étiez plus à son service.

— Je ne vous retiens pas non plus. Veuillez laisser toutes les possessions de Harcourt, Brown, et Cogan sur votre bureau et vous présenter avec monsieur Taylor au bureau de Melody Bruce sur LaSalle, chez *Watts et Gardner*. Je vais appeler et m'assurer qu'elle vous reçoive rapidement. Monsieur Taylor a l'adresse.

— Quoi ?

— Merci, mademoiselle Jessup.

— Oh, non, Dane, je...

— Merci.

Il leur avait tourné le dos à tous les deux ; on ne pouvait plus voir que la façon dont son costume luxueux avait l'air d'avoir été taillé sur mesure pour pouvoir convenir à ses larges épaules, son dos puissant et sa taille étroite. On pouvait remarquer sa taille, la façon dont ses cheveux d'un noir de jais s'arrêtaient juste au-dessus de son col et à quel point ils étaient brillants quand ils captaient la lumière. Il était parfait et froid, projetant des vagues de colère.

— Viens là.

Elle s'avança.

Je l'arrêtai en traversant la pièce.

— Il veut dire moi.

Dès que j'arrivai à ses côtés, je l'entendis respirer. Le téléphone sonna sur son bureau et je répondis.

— Bureau de Dane Harcourt.

Je regardai Brooke en parlant, tout en répondant aux questions concernant un vendeur, des questions auxquelles je connaissais les réponses étant donné que j'y avais répondu un million de fois, puis je remerciai la personne à l'autre bout du fil et raccrochai. Je m'assis au bureau de Dane, récupérai son emploi du temps sur son ordinateur et pris le téléphone.

— Vous êtes son frère qui était autrefois son assistant, déclara Brooke.

— Je n'ai qu'un seul frère, dit-il derrière moi.

Mais ce n'était pas vraiment le cas. Il avait deux frères biologiques ainsi qu'une sœur, et j'étais le seul qui ne lui était pas vraiment apparenté, mais pour Dane, j'étais le seul et l'unique. Il m'avait choisi... les autres lui avaient été imposés.

— J'étais son assistant, oui, dis-je en lui souriant. Veuillez tout laisser sur votre bureau, Brooke. Ne verrouillez pas vos fichiers, et est-ce que votre ordinateur portable est ici, au bureau ?

— Oui, il est…

— J'en aurais besoin immédiatement, s'il vous plaît.

— Mais j'ai des choses personnelles…

— Il ne devrait y avoir aucun dossier personnel sur l'ordinateur portable de l'entreprise. C'est pour cela que l'on vous a donné un disque dur amovible lorsque vous avez débuté ici. Mais avec votre dernier chèque, demain, vous recevrez sur un CD tous les fichiers personnels qui se trouvent actuellement sur l'ordinateur.

J'avais tenu ce discours à tant de reprises au cours des années que je le connaissais presque par cœur.

— Tous les mots de passe et les codes sont changés dès l'instant que quelqu'un part, alors n'essayez pas de revenir en espérant obtenir l'accès au bâtiment. L'accès à ce site vous sera restreint pendant une période de deux mois, et si vous avez d'autres activités dans ce bâtiment, il faudra fournir aux gardes de la sécurité en bas un document écrit pour pouvoir obtenir un accès.

— Je…

— Que vous a-t-on demandé quand vous avez commencé à travailler ici, Brooke ?

— Pardon ?

Elle était stupéfaite, et il fallait simplement que je l'aide à comprendre ce qui se passait afin qu'elle puisse le digérer.

— On vous a posé la même question qu'à moi, est-ce que votre loyauté irait à l'homme ou à l'entreprise ? Quelle a été votre réponse ?

— À l'homme.

— Tout comme moi, dis-je en lui souriant. Mais qu'avez-vous fait aujourd'hui ?

— Je ne…

— Vous avez fait passer les besoins d'Adam avant ceux de Dane. Bonne journée, Mademoiselle Jessup.

Elle regarda le dos de Dane. Avec lui, vous n'aviez le droit qu'à une seule chance, et c'était dur et pieux et rigide, mais il fallait qu'il puisse compter sur vous et croie sincèrement que vous ne pourriez jamais le laisser tomber. Dane dirigeait avec son cœur, et quand cette foi était mise à l'épreuve et que vous échouiez, il prenait immédiatement du recul. Il s'éloignait si vite que vous aviez l'impression de partir en vrille. Comment pouvait-il être là, tel un roc dans votre vie, cette force inébranlable, puis simplement disparaître ? Mais ce qu'elle ne savait pas, c'est qu'elle avait eu d'autres occasions de ne pas le décevoir. Et six semaines semblaient minuscules, et elles l'étaient, minuscules, mais pour Dane… c'était tout ou rien. Il était comme ça dans tous les domaines, amour ou haine, noir ou blanc ; il n'y avait pas de gris pour cet homme, sauf dans ses yeux.

Elle partit rapidement à la suite d'Adam Taylor.

Je pris une inspiration.

— Je suis en congé pendant un mois, enfin, trois semaines maintenant, mais je m'occuperai de toi pendant ce temps. Je serai là demain, et tu devrais me laisser embaucher les deux prochaines personnes.

— Je n'avais pas besoin de quelqu'un d'autre que toi et d'une dactylo quand tu étais là, grommela-t-il derrière moi.

— Ta liste de clients était plus réduite.

— J'en doute.

— Tu n'étais pas marié et sur le point d'être père. Ta vie privée est plus précieuse désormais, et donc ton emploi du temps est plus serré, pour t'assurer que tu puisses rentrer voir ta femme et que tu puisses assister aux cours d'accouchement sans douleur.

Il grogna.

— Est-ce que monsieur Taylor a invité des clients à dîner en se servant de la carte de crédit de l'entreprise ?

— Des clients potentiels.

— Si je traduis : des gens qu'il voulait impressionner ou baiser.

— Ça manque de tact, mais oui.

Il se retourna sur sa chaise.

— Allons manger, ta glycémie commence à chuter, tu te comportes comme un connard.

— Moi ? Tu l'as entendue, elle ?

— Oui, je l'ai entendue, dis-je en souriant. Elle n'a pas la moindre idée de l'argent et des récompenses qui sont en jeu pour l'assistant qui peut supporter toutes ces conneries.

— Tu as été le seul assistant dont j'avais vraiment besoin.

— Oui, eh bien c'est parce que tu es chiant, mais je t'apprécie plutôt.

Il soupira longuement.

— Ça te dit, un Japonais ? Je t'emmène manger des sushis et une soupe *miso*.

— D'accord, laisse-moi juste récupérer mon manteau.

— Mais c'est toi qui paies.

Je bâillai tout en envoyant son emploi du temps par e-mail sur mon téléphone.

— Qu'est-ce que c'est que ça ? Pourquoi est-ce que tu as un rendez-vous à 15h30 et un autre à 16h00 ?

— Quoi ? grommela-t-il.

— Je m'en occupe, répondis-je en téléchargeant tous les numéros de ses contacts dans mon téléphone également.

— Pourquoi est-ce moi qui paie ? demanda-t-il en enfilant son manteau de laine et de cachemire et ajustant ses manches. Tu pourrais payer.

— Non, pas après avoir payé un trajet en taxi depuis Lake Forest.

— Pardon ?

Je regardai son emploi du temps.

— Bon, alors, un long déjeuner, et tout un tas de conneries à te raconter.

— Parfait, souffla-t-il. Je veux tout entendre.

Nous marchâmes comme nous le faisions toujours, sa main posée contre ma nuque, me dirigeant doucement, s'assurant que je sache où j'allais, puisque j'étais un idiot après tout.

Il détestait virer des gens. Cela lui demandait beaucoup d'efforts, mais c'était toujours nécessaire pour lui parce que ses attentes étaient trop élevées. Et les gens ne pouvaient jamais lui dire : « *Tu en attends trop pour ce que tu paies* », parce que cet homme payait ses assistants une petite fortune. C'était donc une bonne chose qu'il déjeune avec moi, parce qu'il avait besoin de décompresser et de manger sans s'inquiéter une seule seconde de ce qu'il disait ou de crier.

Je lui parlai d'Hayes Fisher, de son frère David, de Cristo Liron, et d'à quel point j'étais désolé de ne pas l'avoir écouté, mais quand l'avais-je jamais fait ? Pourquoi diable pensait-il que j'allais commencer maintenant ?

— Jory…

— Bois ta soupe.

Il m'obéit alors qu'il ne le faisait jamais et sirota sa soupe tout en me donnant des instructions.

— Quand tu viendras au bureau demain, il faut que tu te comportes comme si tu étais à ta place.

Ce qui voulait dire que je devais avoir l'air mignon.

— Je sais

— Vas-tu mettre une annonce dans les journaux ?

— Non, je vais passer quelques coups de fil d'abord et voir qui connaîtrait quelqu'un. Et tu n'as pas besoin de deux personnes. Tu as besoin d'une personne, plus ta secrétaire.

— J'ai viré ma secrétaire la semaine dernière.

— Bordel, Dane.

— Elle a dit qu'elle en voulait davantage.

— Davantage de quoi ?

— Davantage de *moi*. Elle a dit qu'elle pourrait me rendre heureux.

— Hm-hm, répondis-je en hochant la tête. Donc, ce dont elle avait vraiment besoin, c'était de neuroleptiques et d'une thérapie.

— Effectivement.

— Je vois.

Il se racla la gorge.

— C'est parce que tu es si mystérieux.

Il leva les yeux au ciel.

— Ma femme a besoin de savoir que je suis entouré des bonnes personnes, pas de gens qui veulent prendre sa place dans ma vie.

— Tu as toujours voulu m'empêcher d'embaucher qui que ce soit. Tu me laissais trier les candidatures avec toi, mais tu ne m'as jamais laissé assister aux entretiens.

— Eh bien maintenant, je vais essayer de te laisser trouver la bonne personne.

— Bien. En attendant, je rentre avec toi ce soir et je vais dire à Aja que je serai là jusqu'à ce que tu trouves quelqu'un.

Il m'offrit un sourire auquel personne n'avait jamais droit, hormis Aja et moi, et quelques amis proches. C'était le vrai Dane, dépouillé, vulnérable. Savoir qu'il vous faisait assez confiance pour montrer ces yeux doux et la courbe de ses lèvres aurait pu vous serrer le cœur.

— Ne t'inquiète pas.

— Je ne m'inquiéterais plus, désormais. Ma seule préoccupation, c'est toi.

— Pourquoi ?

— Parlons de Cristo Liron.

Je ne pouvais même pas dire que ce n'était pas ses affaires, parce que j'en avais fait ses affaires en me confiant à lui un peu plus tôt.

Je rentrai chez moi bien après vingt et une heures, après avoir passé le reste de ma journée avec Dane à trier les dossiers et organiser ses rendez-vous pour reprendre la main sur la gestion de son emploi du temps. J'avais dû trouver la salle des photocopieuses et télécharger son emploi du temps dans Outlook, et une myriade d'autres tâches qui allaient avec le poste d'assistant. Je l'avais poussé à rentrer avant moi, refusant un dîner avec Aja et lui, et lui laissant la tache de lui annoncer la nouvelle de mon intervention.

Comme je me dirigeais vers mon appartement, je remarquai la Town Car de la veille. Charles se trouvait au volant et quand je le saluai, il leva la main en retour, alors qu'Hayes Fisher sortait de la voiture.

— Bonsoir, le saluai-je.

— Jory, je t'ai appelé toute la journée.

Et je le savais, mais je l'avais ignoré.

— Qu'est-ce qu'il s'est passé, hier soir ?

— Je suis désolé, répondis-je en me rapprochant, les mains dans les poches de mon caban. C'est juste que... quand je comprends quelque chose, ça me frappe tout à coup, tu vois ? Je me laisse aveugler et quand ça arrive, je m'échappe. C'est une mauvaise habitude, mais tu vois, je n'avais pas la moindre idée que je t'intéressais jusqu'à hier soir. Je pensais sincèrement que tu voulais juste que nous passions du temps ensemble.

— C'est le cas.

Je secouai la tête.

— Non. Tu veux monter à l'étage et te glisser dans mon lit. Je suis lent, mais pas stupide.

Il poussa un long soupir.

— Viens juste boire un verre avec moi.

— Pourquoi ?

— Parce que je veux discuter avec toi et que je sais que tu ne vas pas me laisser monter.

— Nous n'avons rien à discuter, lui assurai-je. Coucher ensemble est hors de question.

— Alors viens passer du temps avec mes amis et moi. Nous avions prévu d'aller dans un club, ce soit. Ça ne te dirait pas de danser un peu ?

— Tu danses ?

— Pourquoi est-ce que tu me regardes comme ça ? répondit-il, indigné. Je sais danser.

Mais il n'avait pas de bonne musique dans sa maison pourrie.

— Jory... Allons, reprenons du début. J'ai besoin d'amis, d'accord ? Je te jure.

— Tu pourrais t'en acheter.

103

— C'est vraiment une remarque merdique.

Et c'était le cas.

— Pardon.

— Monte dans la voiture.

Je montai dans la voiture.

LE CLUB était un monde merveilleux de techno et de lumière. La piste de danse était gigantesque, mais la foule s'y amassait malgré tout dans une chaleur étouffante et affamée, et je pouvais sentir les pulsations de la musique jusque sous ma peau. Il était impossible de parler ; c'était trop fort. Donc je rencontrai les amis d'Hayes en quelques poignées de main et accolades, avant qu'il m'attire à sa suite au milieu de cet amas de corps. Même sans avoir la chance de pouvoir me toucher, il était sans cesse poussé contre moi tandis que nous nous balancions l'un à côté de l'autre au milieu de la foule. Quand il posa ses mains sur mes hanches, je secouai la tête et traversai la piste vers la table. Je ne m'attendais pas à me faire rattraper.

— Qu'est-ce que tu fais ? me hurla Hayes en me faisant faire volte-face.

— Je dois y aller, lui dis-je.

C'était une autre décision stupide de ma part.

— Tout ça ne me va pas. Ce n'est pas ça, être amis.

— Jory…

Je me retournai pour me retrouver soudain face à face avec Cristo Liron.

— Je croyais que tu ne voulais sortir avec personne ? dit-il, et même s'il avait besoin de hurler son accusation, j'entendis malgré tout à quel point son ton était glacial.

Je lui présentai mon majeur, le contournai et essayai de me diriger vers les vestiaires, mais il saisit mon bras et me tira durement vers l'arrière.

— Personne ne me repousse.

Je dus faire preuve de force pour pouvoir me libérer de son emprise, et quand je réussis à le faire, je me précipitai à travers les danseurs jusqu'à me retrouver au bord de la piste. Rapidement, j'atteignis les vestiaires. La fille à qui j'avais laissé ma veste un peu plus tôt était encore en train d'accrocher des vêtements. Mon caban n'avait même pas encore été pendu, je lui épargnai donc la peine de trouver un cintre.

Au lieu de sortir par l'avant, je me dirigeai vers l'arrière pour partir. Je dus passer quelques pièces tamisées, à peine éclairées. L'odeur et les bruits m'auraient rapidement fait comprendre ce qui s'y passait si les positions n'avaient pas suffi. Il y avait beaucoup de types à genoux, de nombreux autres en train d'être baisés contre les murs, le tout bruyant, désordonné, assourdissant. Je me déplaçai rapidement, de plus en plus frénétique, et quand je compris que quelqu'un me suivait, j'accélérai.

Mais c'était trop tard.

On m'agrippa vivement, me fit passer une porte jusqu'à une minuscule pièce, et on me fit faire volte-face avant de me jeter contre un mur. J'étais prêt à me défendre.

— Je vais te tuer, putain, dit-il d'une voix rocailleuse.

Les mots chuchotés furent semblables à un rugissement à mes oreilles.

Je me figeai. Mon souffle s'accéléra quand son visage jaillit à moitié de l'obscurité, ses yeux d'un bleu brumeux brillant à la faible lumière, emplis d'une fureur ardente.

— Qu'est-ce que tu crois foutre dans un endroit pareil, bordel…

— Sam, soufflai-je en me jetant sur lui, les bras autour de son cou, me pressant aussi fort que possible contre son corps, le mien s'enflammant instantanément à ce contact.

Il était imposant, couvert de muscles durs, et j'avais envie de les toucher tous, aussi vite que possible.

Ses grandes mains fortes se glissèrent sous mes fesses pour me soulever et j'enroulai mes jambes autour de sa taille, me tortillant et ondulant contre lui en pressant mon aine contre son abdomen.

— Dis-le-moi, m'ordonna-t-il d'une voix dure et colérique en tiraillant ma ceinture.

Je gémis alors qu'il me malmenait. La boucle de ma ceinture tinta, le bouton céda, puis la fermeture éclair, et je sentis l'air contre mon sexe humide.

— Dis-le-moi, putain !

— Tu me connais, répondis-je, à bout de souffle. Pose-moi contre le mur. S'il te plaît.

— Hors de question, bordel, aboya-t-il avant de relever mon menton et de sceller ma bouche brûlante de la sienne.

Oh bon sang, les baisers de Sam Kage. Est-ce que quelque chose m'avait jamais manqué autant ? Dévorer sa bouche, sucer, lécher, mordiller.

105

Malgré ma propre frénésie, je me rendis compte qu'il m'embrassait en retour avec la même passion, le même besoin.

J'entendis le faible bruit d'un emballage, puis ses doigts humides glissèrent entre mes fesses, les écartant alors qu'une sensation fraîche s'immisçait en moi. Du lubrifiant. Il avait du lubrifiant pour moi et mon cœur s'arrêta alors que je gémissais de bonheur. Un peu de salive m'aurait convenu, cela n'avait que peu d'importance, mais pour une raison inconnue, Sam Kage se promenait avec du lubrifiant. Sam se...

Je me raidis soudain, involontairement, tandis que mon esprit commençait à en tirer certaines conclusions.

— Espèce d'idiot, je l'avais pour toi... qui d'autre, bordel ? grogna-t-il.

Le plus appréciable, quand on est en couple, c'est que votre partenaire peut lire vos pensées. Je me liquéfiai entre ses bras et quand il m'arracha brusquement mon jean et mes sous-vêtements, me laissant nu depuis la taille, je le suppliai de se dépêcher.

Il me souleva, me poussa brusquement contre le mur et me maintint en place alors que je sentais son sexe engorgé presser contre mon orifice.

— Sam, criai-je en essayant de pousser à sa rencontre et de m'empaler sur ce membre épais et velouté que je connaissais si bien.

— Je veux t'entendre.

C'était donc ça, la raison de cette embuscade. Sam Kage était en général maître de lui-même. Il ne doutait jamais, il n'hésitait pas, mais me voir une première fois avec Cristo, puis une seconde alors que je semblais être venu dans ce club – ce qui était le cas, mais pas comme il le pensait... Je l'avais probablement fait flipper. Et jamais il ne ferait sauter sa couverture ou se comporterait autrement que de manière éthique et morale, mais il m'avait suivi cette fois parce que s'il ne l'avait pas fait, cela l'aurait consumé. Sam avait besoin de savoir que tout tenait encore à la maison, afin qu'il puisse retourner dans le monde avec son armure bien en place.

J'avais oublié ça. J'avais oublié que c'était moi, le « foyer » de cet homme. Je le rendais indestructible.

— Jory !

Comme je réfléchissais à tout ça, il mourait lentement à l'intérieur, je le vis dans son regard.

— Il n'y aura jamais personne d'autre que toi, Sam, tu le sais. Comment une telle chose pourrait-elle être possible ?

Un grognement masculin et très satisfait jaillit de son torse quand il s'enfonça en moi en même temps que je m'empalais sur lui. Et il était énorme, et j'étais serré, et j'aurais hurlé à en faire tomber les murs s'il n'en avait pas étouffé le bruit d'un baiser.

J'avais l'impression que ma chair s'enflammait, la brûlure était incroyable, mes muscles cédaient sans avertissement ni préliminaires. Quand il s'extirpa, je sifflai de douleur et il s'enfonça plus profondément encore.

Je n'arrivais plus à respirer. Le monde n'était plus qu'une chaleur vive, piquante, perçante. Puis il prit mon membre dans son poing, allant et venant de haut en bas en se libérant de nouveau. Mon corps se détendit pendant un battement de cils, avant que ses hanches s'avancent de nouveau et qu'il plonge encore en moi.

Quand son sexe énorme me remplit, effleurant ma peau sensible, pressant contre ma prostate, je frémis.

— Jory, haleta-t-il en me maintenant contre le mur alors qu'il me pilonnait, suivant un rythme sauvage.

Mon corps, qui avait voulu qu'il sorte, l'accueillit de nouveau, s'ouvrit, s'accrocha à lui, mes muscles se serrant alors qu'il me baisait fort.

— C'est si bon, haleta-t-il en s'enfonçant entre mes reins.

Grâce à lui, je me souvins à quoi servait mon corps. Le contact de sa peau contre la mienne, son souffle contre mon visage, son odeur, j'avais si désespérément besoin de tout cela.

Il ne fallut que quelques secondes et j'étais si proche, si endolori, sur le point de basculer, submergé de ce désir réprimé, dans l'attente de lui, et désormais déchaîné.

— Sam, je vais jouir, gémis-je d'une voix brisée.

Il agrippa durement mon sexe, me masturbant, et sa main sur ma bouche étouffa les sons que je faisais tandis que mon corps s'abandonnait à l'homme que j'aimais. J'éjaculai sur sa main, son poignet et sa chemise. Je jouis fort, longuement, alors qu'il s'enfonçait encore et encore en moi, ne s'arrêtant pas, ne ralentissant jamais, à travers les répercussions de mon orgasme qui provoquèrent le sien. Il se répandit en moi, m'emplissant, débordant, et je sentis le liquide chaud et épais rouler le long de mes cuisses. Mais il continua ses plongeons en moi et je sentis à quel point il s'enfonçait loin, mon orifice détendu pour recevoir sa longueur et sa dureté.

— Tu es à moi, me dit-il en envahissant ma bouche, s'assurant que je sache à qui j'appartenais.

107

Je tremblai de tout mon long, mes bras et mes jambes enroulées autour de lui quand il s'immobilisa enfin, n'esquissant aucun geste pour se retirer, son baiser ne me punissant plus, s'adoucissant plutôt, ralentissant enfin pour devenir plus sensuel tandis qu'il suçait ma langue.

— Jory, haleta-t-il enfin, ses lèvres contre les miennes.

— Rentre à la maison et parle-moi.

— Oui.

— Ce soir, plaidai-je en passant ma langue le long de sa lèvre inférieure.

Il gémit tout bas.

Ce son, le simple fait que je puisse le soutirer à un homme si grand et si fort, c'était tellement sexy.

— S'il te plaît.

— Je te le jure.

— Sam ?

Il me souleva et se retira rapidement, me faisant gémir à la perte de cette plénitude, sous la rapidité et la férocité de ce mouvement.

— Rentre à la maison, bordel, m'ordonna-t-il sans bouger.

L'effort qu'il lui fallait pour rester l'homme qu'il était censé être et non pas simplement Sam, *mon* Sam, était peint sur son visage. Il voulait me retenir, enrouler ses bras autour de moi et m'écraser contre lui sans plus jamais me relâcher. La façon dont il se penchait, comme s'il voulait m'embrasser sans toutefois terminer son geste, m'attrista pour lui. C'était le problème lorsqu'on brisait les règles, lorsqu'on prenait contact avec les gens qu'on aimait alors qu'on était censé être sous couverture – on brisait la façade.

Ses yeux, ce bleu brumeux que j'aimais, se rivèrent aux miens, y restant en moment, puis il disparut, me laissant seul, sa semence gouttant de moi, à moitié nu et tremblant.

Il fallait que je parte, mais je devais d'abord me reprendre. Quand j'arrivai enfin à tenir debout, j'enfilai mes sous-vêtements et mon jean, puis récupérai ma botte sous une table que je n'avais pas remarquée auparavant. Alors que je me dirigeais vers la sortie, Cristo apparut soudain dans l'encadrement.

Ses yeux étaient durs.

Je n'étais pas d'humeur. Sam ne me laissait jamais après l'amour. Il me gardait tout contre lui et s'endormait contre moi. Être abandonné ainsi était nouveau, et c'était douloureux.

108

— Alors tu n'es pas l'homme que je pensais. Tu me dis que tu ne baises pas dans le dos de ton mec, et pourtant te voilà, et tu empestes le sexe et la sueur, et nous savons tous les deux que tu viens de baiser un inconnu là-dedans.

— Et alors ?

— Alors si tu dois baiser quelqu'un, ça devrait être moi, hurla-t-il en agrippant mon pull et me tirant vers l'avant, son souffle chaud contre mon visage.

Je me libérai de son emprise et le repoussai, avant de me précipiter dans le couloir. Heureusement, il n'avait pas la moindre idée que je m'étais trouvé avec Sam, mais cela me donnait vraiment des airs de traînée. La vérité et les apparences me hantèrent pendant tout le trajet du retour.

IX

Je me douchai et me calmai peu à peu sous l'eau chaude et apaisante, puis j'enfilai un pantalon de pyjama. Je me tenais dans la cuisine, en train de regarder par la fenêtre, lorsque la porte d'entrée s'ouvrit à la volée et que Sam Kage apparut. Je le parcourus du regard, son jean, le tee-shirt en coton étiré sur son torse musclé, et ses yeux bleus brumeux, désormais assombris par la colère.

Il grogna, claqua la porte, et jeta ses clés à travers la pièce vers moi.

— Qu'est-ce que tu faisais dans ce club, bordel ?

Je restai planté là à le dévisager. Je connaissais cet homme depuis plus de dix ans, et pourtant, il arrivait encore à me couper le souffle.

— Est-ce que tu m'as entendu, putain ?

Oui, je l'avais entendu, et oui, il était époustouflant. Je lui souris.

— Jory.

Sa voix se brisa en prononçant mon prénom.

Je courus vers lui. Il me rejoignit près du canapé, m'agrippa et nous tombâmes ensemble dans un enchevêtrement de bras et de jambes. Dès que j'eus une certaine marge de manœuvre, je libérai mes mains et les glissai sous sa chemise pour la lui retirer.

— Qui c'était cette femme l'autre soir ? Dis-le-moi !

— Bordel de merde, Jory, elle est sous couverture, c'est un agent fédéral, c'était tout, dit-il, ses mains partout sur moi. Tu me connais. Il n'y a personne d'autre que toi.

Je le connaissais.

— Mets ta jambe sur…

— Tu m'as manqué, dis-je en me cambrant, voulant me rapprocher de lui davantage.

— Regarde-moi.

Mes yeux se rivèrent aux siens.

— Chaque partie de la vie de Cristo Liron est sur écoute : son téléphone, sa voiture. Tout le monde t'a entendu dire que tu m'aimais l'autre soir, et même si j'aime ton honnêteté, tu m'as plus ou moins effacé de ma propre affaire.

Je m'immobilisai sous lui.

— Tu sais que toute notre enquête a manqué dérailler l'autre soir, quand Zack Ducal a failli pousser Cristo à mettre fin à son accord avec Adrian Miller, mais tu as remis cette affaire sur les rails à toi tout seul. Crosby Holt, l'agent responsable de notre groupe d'intervention, a dû dire au moins un million de fois que mon mec nous a remis sur les rails.

J'effleurai le visage de Sam.

— Je croyais que tu ne voulais pas rentrer à la maison.

Il tourna la tête contre ma main, embrassant ma paume, et émit un gémissement du fond de la gorge.

— Sam ?

— Je veux toujours rentrer à la maison, et tu devrais le savoir, plutôt que de t'effondrer comme ça.

Je m'étais rendu misérable tout seul ; il n'avait pas changé du tout. C'était moi, moi tout seul.

— J'avais tellement peur.

— Honte à toi, dit-il en m'écartant de lui.

— Sam ?

— Tu ne devrais jamais douter de moi. Je ne le mérite pas, dit-il en s'asseyant près de moi.

L'absence avait vicié mes pensées. Je n'avais personne d'autre à blâmer que moi.

— Si ?

Méritait-il que je doute de lui ?

— Non, répondis-je sincèrement.

— Tout va bien entre nous, J.

Et c'était le cas. J'avais juste besoin d'être rassuré, et cela me rendait probablement faible, mais cela me rendait également humain.

— Tu pourrais arrêter de me regarder comme si tu avais le cœur brisé et venir ici ?

Je me levai rapidement, retirai mon pantalon de pyjama et le jetai plus loin d'un coup de pied avant de m'effondrer, nu, sur ses genoux. Ses mains se posèrent sur mes hanches, m'attirant vers lui. Quand je pressai mon sexe dur contre son ventre, il gémit tout bas, d'une façon très sexy.

— Sam, dis-je d'une voix brisée, tu m'as tellement manqué.

Ses mains encadrèrent mon visage et je lus l'amour dans son regard, la joie qu'il ressentait à toucher ma peau, l'émerveillement de me revoir.

— Parle-moi.

— Je… je suis tellement désolé. Ce que j'ai fait dans ce club, ce n'était pas bien. J'ai juste…

— Oh non, l'apaisai-je en me penchant vers lui, le goûtant, approfondissant le baiser. Sam.

J'effleurai sa langue de la mienne, ondulant sur ses genoux et enroulant mes bras autour de son cou.

— J'en avais envie, j'avais envie de toi, et c'est toujours le cas. Allons au lit. Je veux être sous toi, te sentir en moi, j'ai besoin de… Je vais jouir rien qu'en y pensant.

Il se leva facilement, mon poids ne le dérangeant aucunement, jeta sa veste en cuir sur le dos du canapé, retira ses bottes en les laissant tomber au hasard, puis m'emporta jusqu'à notre chambre.

Il m'écrasa sur le lit, sous lui, et son poids me fit frissonner.

— Je t'ai manqué ?

— Tu n'as pas idée, murmurai-je tandis que mes mains s'enfonçaient dans son dos, sentant les muscles durs, adorant sa chaleur, sa force.

— Tu es si beau, putain.

J'entendis son souffle changer quand il laissa mes mots l'atteindre.

— Je suis un idiot.

J'embrassai ses paupières sans le contredire.

— Pas de réponse ?

Il rit tout bas.

— Sam, dis-je en ondulant sous lui. Déshabille-toi.

— Attends, m'ordonna-t-il en me regardant. Je suis désolé, pardonne-moi.

— Pourquoi ?

— C'était stupide.

— Qu'est-ce qui était stupide ?

— Partir loin de toi, dit-il en embrassant mon front. Je pensais avoir besoin de le faire pour m'assurer une place auprès des marshals, mais ce n'était pas le cas, et j'ai juste… Je ne te quitterai plus jamais, *jamais*. Cela ne nous convient pas, ni à toi ni à moi.

— Mais ta carrière est…

— Je vais quitter les forces de police, J. Faire ce que j'ai toujours voulu faire et devenir marshal. J'ai rempli toute la paperasse, elle a été acceptée, et nous pourrons rester ici à Chicago, et même si ce n'est pas un boulot où je bosserai huit heures par jour, au moins je n'aurais pas besoin de m'absenter trois mois non plus. Je protégerai les gens et je suis doué pour ça. Tu sais que je suis doué pour ça.

Je hochai la tête, si heureux, si soulagé. Ma vie resterait telle qu'elle était.

— Moi aussi, j'ai un nouveau boulot.

— Ah oui ?

Il me sourit puis gémit quand je bougeai, pressant mon sexe dur contre son aine.

— Inspecteur, dis-je doucement d'une voix basse, profonde et sensuelle. S'il vous plaît, déshabillez-vous.

Il quitta le lit précipitamment, ce qui me fit rire, et je l'observai se dénuder aussi vite que possible. J'aimais voir toute cette peau lisse, ses muscles onduler, ce corps qui accueillait l'homme que j'aimais, tout en puissance et en force.

Quand il fut nu, il plongea sur le lit et je ris quand il m'agrippa pour m'écraser contre lui, recouvert de cette peau chaude et soyeuse.

— Prends le lubrifiant. Je te veux en moi jusqu'à la garde, *maintenant*, bordel. Dépêche-toi.

Il bougea si vite qu'il lubrifia son membre long, dur et épais, en quelques secondes à peine. Je relevai mes jambes et il s'avança afin que je puisse poser mes genoux sur ses épaules, avant de se glisser sans préparation dans mon orifice palpitant et affamé.

Je ne me raidis pas. Je me contentai plutôt de laisser mes muscles se détendre, parce que c'était la deuxième fois ce soir-là et que j'espérais que ce ne serait pas la dernière.

Sa tête retomba vers l'arrière quand il m'emplit, ondulant, s'enfonçant, son rythme semblable à un peu plus tôt, me martelant durement. Il était encore frénétique et affamé, tremblant de désir, et j'aimais à quel point je lui paraissais nécessaire. Je m'emparai de mon sexe dur qui gouttait déjà et me caressai, me sentant à nouveau si proche. D'habitude, nous ne couchions pas ensemble de façon aussi affamée. Nous privilégions l'amour plutôt que la passion, mais je me souvins d'une époque où tout n'avait été que frénésie et voracité, et je répondis à ce besoin. Nous reviendrions à l'affection qui nous était habituelle avant qu'il parte, mais pour le moment, je me contentai de cette étreinte animale et primitive. J'acceptais toujours ce que me donnait Sam Kage.

— Tu es à moi, grogna-t-il d'une voix profonde et rauque.

Et même si je le savais déjà, c'était toujours si bon de l'entendre.

113

Il était épuisé.

L'homme que j'aimais gisait sur notre lit et j'étais si heureux que j'aurais pu faire les pieds au mur si j'avais su comment. Quand mon téléphone sonna, je quittai la pièce pour répondre parce que je ne voulais pas qu'il se réveille et s'en aille.

— Allô ?

— Je suis en bas et je veux te voir, dit Cristo Liron.

Merde.

— Je suis sur le point de me coucher.

— Je veux te voir, dit-il en énonçant chaque mot.

Mais je ne pouvais pas. S'il me voyait en cet instant, les lèvres enflées et rouges, les cheveux ébouriffés, couverts de sueur, il saurait que je n'avais pas simplement tiré un coup au fond d'un club. Sam laissait des marques, il l'avait toujours fait, et j'espérais qu'il le ferait toujours, et puisqu'elles étaient fraîches, elles ressortaient sur ma peau dorée. J'avais l'air débauché, et s'il montait…

— Tu m'as déjà jugé une fois, ce soir. Je pense que ça suffit.

— Peu importe ce dont tu as besoin, j'aurais pu te le donner. Nous sommes amis, n'est-ce pas ?

— Je ne suis pas ce genre d'amis, je ne l'ai jamais été et je ne le serai jamais.

— Je veux monter.

— Pas à une heure du matin, répondis-je. Et pas après la façon dont tu t'es comporté au club.

— J'étais en colère.

— Très bien, sois en colère, mais cela ne me donne pas plus envie de te laisser monter.

— Putain, je déteste ça, Jory. Est-ce que tu as la moindre idée d'à quel point c'est frustrant ?

— Pourquoi, parce que je ne veux pas coucher avec toi ? Lâche-moi un peu la grappe. Va donc trouver un minet sexy qui veuille bien être ton jouet, installe-le dans un appartement et couvre-le d'argent.

— Jory…

— Ne joue pas les connards avec moi simplement parce que tu as besoin de tirer un coup.

— Je te l'assure, je peux tirer un coup quand je veux.

114

— Alors fais-le et arrête d'essayer de me faire culpabiliser parce que ce n'est pas moi, aboyai-je.

— Pour qui est-ce que tu te prends, bordel ?

— Au revoir, dis-je en raccrochant.

— Tu te fous de moi ?

J'eus tout juste le temps de me retourner avant d'être agrippé.

— Jory, qu'est-ce que c'est que ce bordel ? aboya Sam en enfonçant ses doigts dans mes bras.

— Cristo Liron est vraiment un connard, lui dis-je.

Il se contenta de me dévisager.

— Quoi ? C'est vrai.

— Jor...

— Quoi ?

— Jory, tu ne dois pas t'approcher de Cristo Liron, putain !

— Oh, ne t'inquiète pas, je n'en ferai rien, lui promis-je.

Mais vu comme il me regardait, il y avait autre chose.

— Crache le morceau, Kage.

— La seule raison pour laquelle tu ne l'approches pas, c'est parce que tu penses que c'est un connard !

— *C'est* un connard.

— Ce n'est pas pour ça que tu ne dois pas l'approcher !

— Ne t'énerve pas, l'apaisai-je.

— Jory !

— Pas si fort, Kage, il est tard.

Il passa ses mains dans ses épais cheveux noirs, les écartant de son visage.

— Tu te rends compte qu'il va te falloir, genre, des semaines pour les refaire pousser.

— Bébé...

— Et cette couleur ne va vraiment pas avec ton teint, lui assurai-je. Noir, Sam ? Sérieusement ?

— Jor...

— À moins de tout raser, dis-je pensivement en me rappelant à quoi avait ressemblé Sam des années plus tôt, quand il n'était encore qu'une jeune recrue chez les Marines.

J'avais vu des photos. Il avait été si jeune, si sexy et si arrogant.

— Jory !

— Quoi ?

115

— Putain, grogna-t-il en m'agrippant de nouveau pour me secouer. Cristo Liron est en colère parce qu'il sait que tu as baisé quelqu'un, mais que ce n'était pas lui, exact ?

— Je n'ai baisé personne, lui dis-je en lui souriant. Je t'avais dans mon lit, inspecteur, et c'est toujours plus que de la baise.

Il abandonna et me serra contre lui, m'écrasant contre son corps puissant. Je passai les bras autour de son cou et comme il se penchait pour me serrer plus fort, je soupirai longuement.

— Tu me rends dingue.

J'avais cet effet sur tout le monde.

— Je veux que tu remettes ton alliance.

— Je sais, je savais que ça allait venir.

— Quand tu seras Marshal…

— Je ne la retirerai plus jamais, je le jure.

Je soupirai brusquement.

— Quand reviendras-tu vraiment ?

— Bientôt, bébé, très bientôt.

Mais il me manquait déjà.

X

MILES BROWN avait embauché un intérimaire. Quand cet intérimaire et moi arrivâmes en même temps dans la salle des photocopieuses, le lendemain matin, il me demanda quelle machine j'allais utiliser, Arnold ou Bob.

— Pardon ? lui demandai-je.

— Je me fiche de laquelle j'utilise, dit-il en haussant les épaules.

— Non, je veux dire, Arnold ? Bob ?

— Oh, répondit-il en me souriant. Eh bien celle de gauche, là-bas, chaque fois que j'envoie un fichier par le réseau plutôt que de venir photocopier directement ici, elle détruit le fichier.

Elle détruisait, comme le Terminator. Compris.

— Et celle-ci est beaucoup plus détendue.

Comme Bob Marley.

Oh, je l'aimais bien, lui. Je lui offris ma main.

— Jory Harcourt.

— Comme Dane Harcourt ?

Il sourit en me serrant la main.

— Nous sommes frères, oui.

— Je suis Pedro, Pedro Blue.

— Blue ?

— Mon père vient du Texas et ma mère du Salvador.

Il était clairement mignon, alors je trouvais ce mélange de gènes plutôt cool.

— Content de te rencontrer, Pedro.

— Alors, qu'est-ce que tu fais ici, frangin ? me demanda-t-il avec un grand sourire séduisant qui révélait ses fossettes tout en relâchant la main.

Son teint était magnifique, un moka sombre, délicieux.

— Je suis son assistant jusqu'à ce que Dane me trouve un remplaçant.

— Ah oui, j'ai entendu dire que Brooke et l'autre se sont fait virer, dit-il en haussant les épaules. Mais il faut s'y attendre quand on embauche quelqu'un à cause de son CV plutôt que son expérience.

117

— Je suis d'accord, acquiesçai-je. Tu veux venir au bureau de Dane après le déjeuner aujourd'hui et passer un entretien pour devenir son assistant ?

Ses yeux s'écarquillèrent.

— Alors ? insistai-je après qu'il m'a regardé fixement presque une minute.

— Tu es sérieux ?

— Ouais.

— Tu n'es pas en train de déconner ?

— Non.

— Juré ?

— Pas du tout, je te le promets.

— J'aimerais vraiment, j'aimerais passer un entretien et travailler pour cet homme.

Cet homme.

— Il est effrayant, hein, mon frère ?

— Oui, vraiment.

— Ça te va ?

— Ça me va clairement. Travailler pour le big boss, ce serait vraiment cool !

— Je l'espère.

— Merci, dit-il avec sincérité. Merci de m'inviter à le rencontrer.

— Mais de rien.

Et c'était agréable de ne pas avoir à chercher loin. Quand Pedro arriva après le déjeuner, attendant nerveusement, son CV à la main, j'étais ravi. Quand il s'installa sur la chaise devant le bureau de Dane pour répondre à ses questions et qu'il dit à mon frère que s'il ne savait pas comment faire quelque chose il poserait des questions plutôt que d'essayer de l'arnaquer, je fus encore plus ravi. C'était la bonne réponse à la situation que Dane avait proposée.

Quand Dane lui posa sa question sur la loyauté, Pedro répondit que, bien sûr, il serait loyal envers Dane et que le bien-être des autres ne passerait jamais avant le sien, sauf celui de sa mère. Les mères venaient avant les patrons.

— Bien sûr, répondit Dane en souriant pour la première fois.

— Et je ne crois pas que vous ayez besoin d'un agent de liaison, continua Pedro. Je pense que c'est ce que le dernier type n'avait pas compris. Il pensait qu'il avait besoin de s'occuper des clients, de papoter avec eux, leur offrir à dîner et à boire, et ce n'est pas le cas. Vous avez déjà des gens qui attendent depuis des mois pour vous voir.

— En effet, répondit Dane en bâillant presque.

Et je savais pourquoi. Dane savait qu'on le voulait ; il aurait dû être en mort cérébrale pour ne pas le remarquer.

— Et quel besoin aurait un agent de liaison d'inviter qui que ce soit ?

Je l'aimais de plus en plus à chaque seconde et je devinai que c'était aussi le cas de Dane.

— Alors pourquoi auriez-vous besoin d'une telle personne ?

— Je n'en ai pas besoin, dit Dane.

— Vous n'en avez pas besoin, acquiesça Pedro. Il vous faut une dactylo, peut-être, mais c'est tout.

Et parce qu'il pensait exactement comme moi, Dane se leva et lui offrit sa main, et le boulot.

Pedro se leva à son tour, acceptant ce nouveau salaire de 45 000 $ par an tout en promettant à Dane qu'il serait le meilleur assistant qu'il ait jamais eu, ainsi que le dernier.

C'est ce que j'espérais autant que lui.

Il y avait encore quelques étapes pour qu'il puisse informer son agence d'intérim qu'il ne travaillerait plus avec eux désormais, avant de pouvoir commencer à travailler pour Dane. Il avait hâte de me revoir le lendemain pour que je lui explique tous les détails de ce travail. Quand il partit, Dane souriait.

— Il s'en sortira bien, Dane.

— Oui, je me sens comme quand je t'ai embauché.

— Tu vois, je te l'avais dit, tu aurais dû me mettre en charge des embauches il y a bien longtemps.

— Oui, j'aurais dû.

C'était agréable d'entendre qu'il était d'accord.

J'avais décliné l'invitation à dîner de Dane et Aja, avec quelques-uns de leurs amis, parce que je n'avais pas envie de compagnie.

— Nous passons trop de temps ensemble, dis-je en riant avant de sourire à mon frère.

— Bon sang, je ne peux qu'être d'accord.

Il m'offrit l'ombre d'un sourire avant de tapoter mon bras et de se diriger vers le parking.

J'étais donc rentré, j'avais dîné, regardé la télévision, puis Sam m'avait manqué quand je m'étais rappelé que je serais seul dans mon lit ce soir-là. Je m'étais changé et j'étais prêt à sortir courir quand j'avais ouvert la porte pour découvrir Eddie Liron sur le seuil.

Et il n'était pas seul.

— Salut, le saluai-je, habillé de ma tenue de sport et de mes chaussures de course. Que se passe-t-il ?

Il se racla la gorge et je sus immédiatement qu'il était nerveux.

— Jory, dit-il en soupirant, j'ai besoin que tu viennes avec moi.

— Pourquoi ?

— Cristo doit te parler de certaines choses.

— Quelles choses ?

— Viens juste… dit-il avant de se passer ses doigts dans les cheveux. Viens juste lui parler. C'est rapide, il te posera quelques questions et tu en auras terminé.

— Rien de ce que tu viens de me dire ne m'a l'air très amusant, encore moins la façon dont tu les as dites.

— Jory, tu m'as sauvé la vie. Je te suis redevable. Je ne le laisserai jamais te faire du mal.

— Si je dis non, tu vas me forcer ?

— Ouais, dit-il, mais il avait l'air peiné.

— D'accord, acquiesçai-je. Laisse-moi juste récupérer mes clés, mon portefeuille et mon téléphone.

Il soupira brusquement et je compris qu'il était soulagé de ne pas avoir à me « forcer ».

Je restai silencieux pendant le trajet jusqu'au centre-ville, vérifiant où nous allions, les ruelles que nous empruntions, les bâtiments que nous passions, jusqu'à ce que nous atteignions un pub. Je fus vraiment surpris. Je m'étais attendu à un garage abandonné, une jetée, ou quelque chose d'infiniment plus sinistre, plus *Scarface* ou *Le Parrain*.

L'intérieur du pub sentait l'humidité et le vernis à bois. Je suivis Eddie alors qu'il dépassait quelques personnes en train de manger aux tables ou assises au bar, jouant aux fléchettes ou au billard. L'endroit était bondé et je m'en sentis un peu soulagé. J'avais l'air déplacé dans mes vêtements de sport, mais personne ne me regarda trop longtemps. Je commençai à me calmer… jusqu'à ce que j'atteigne la table.

Sam était assis à une table ronde avec l'agent Calhoun, deux autres hommes que je ne connaissais pas, et Cristo Liron. J'aurais pu faire semblant de rien, essayer difficilement d'ignorer la lèvre fendue et les marques rouges qui deviendraient des ecchymoses sur le visage de Sam, mais ses yeux se relevèrent, trouvèrent les miens, et s'enflammèrent. Il était impossible de ne pas voir, pour n'importe qui d'un peu perceptif, qu'il regardait celui qui lui appartenait. Mais heureusement, personne ne prêtait la moindre attention à Sam – tous les yeux étaient braqués sur moi.

— Rejoins-le, me taquina Cristo en inclinant la tête vers mon copain.

— Qui ?

— Ton homme.

— De quoi est-ce que tu parles ?

Il ricana.

— C'est ton inspecteur, non ?

— Qui ?

J'espérais avoir assez l'air irrité. J'essayais, même si mon cœur tambourinait dans ma poitrine.

Ses sourcils se froncèrent des premiers signes de son incertitude.

— Lui, dit Cristo en indiquant Sam.

— Je crois que je ne comprends pas ce qui se passe.

— Alors je vais t'aider à comprendre, dit-il en levant la voix. Est-ce que c'est ton inspecteur ou non ?

— Non.

— Non ?

— Non, dis-je en plissant les yeux. Tu n'as pas essayé de trouver une photo de Sam Kage ? Je pensais que tu le ferais, vu ton intérêt envers moi.

— Je n'ai jamais dit que j'étais in…

— D'accord, attends, dis-je en passant les mains dans mes cheveux. Donc, tu es planté là à me dire que tu n'as pas la moindre idée d'à quoi ressemble Sam Kage ?

Les secondes s'écoulèrent et je vis le doute envahir de nouveau son visage.

— Sérieusement ?

— Jor…

— Je me suis dit que tu le ferais, avec toutes tes connexions. Que tu arriverais certainement à accéder aux fichiers de la police. Les méchants font toujours ce genre de choses dans les films.

— Donc maintenant, je suis un méchant ?

J'indiquai Sam.

— Eh bien, visiblement, tu n'es pas le gentil.

121

Il me lança un regard noir.

— Qu'est-ce que tu lui as fait ? demandai-je en contournant la table jusqu'à me retrouver près de Sam.

Il me fallut toute ma volonté pour ne pas toucher son visage.

— Je lui ai dit, dit Sam en gardant les yeux sur moi, que je ne te connaissais pas.

— Mais ce n'est pas vrai, dis-je en lui souriant. Parce que nous nous sommes rencontrés sur le yacht l'autre soir.

Je regardai de nouveau Cristo.

— Tu étais là aussi, tu te souviens ?

Et ses yeux s'écarquillèrent, comme si peut-être il avait oublié. Quand je tournai de nouveau les yeux vers le visage meurtri de Sam, il prit une rapide inspiration.

— Je m'en souviens, dit Cristo doucement.

— Bien, répondis-je alors que mon cœur me semblait essayer de sortir de mon torse pour aller vivre dans celui de Sam, où était sa place. Tu es blessé ?

— Je vais bien.

Il grimaça en s'adossant à sa chaise.

Je m'accroupis à côté de celle-ci, le regardant de plus près, et je vis que sa chemise était déchirée et qu'il y avait des marques sur sa gorge. Il semblait également y avoir une empreinte de chaussure sur le tee-shirt blanc qui était visible sous la chemise déchirée.

— Des côtes cassées ?

— Juste des ecchymoses, je pense, me dit-il en m'offrant un semblant de sourire alors qu'il tremblait légèrement.

Même s'il était difficile pour moi de ne pas toucher Sam, cela devait être tout aussi difficile pour lui. Il était blessé et plus que tout il voulait que je le réconforte, que je l'embrasse, que je pose les mains sur lui.

— Je suis vraiment désolé de t'avoir entraîné là-dedans.

— Tu ne m'as entraîné dans rien, dis-je en le dévisageant.

On l'avait frappé durement, très longtemps, et il me fallut toute mon énergie pour ne pas hurler. Cet homme avait besoin d'aller à l'hôpital et rester ici à le regarder sans avoir le droit de faire quoi que ce soit me soulevait l'estomac.

— Comme je l'ai dit, nous nous sommes rencontrés sur le bateau, et c'était tout.

— Oui.

— Tu étais avec une très belle femme.

— Merci, je lui dirai que tu as dit ça si je sors d'ici en un seul morceau.

— Elle va être furieuse que tu aies été blessé.

— Oh, tu n'as pas idée.

J'acquiesçai et détournai les yeux vers Cristo.

Tout le bien que j'avais pensé de cet homme avait désormais disparu, et à cause de ça, sa beauté aussi. C'était incroyable de voir à quelle vitesse cela pouvait arriver. Parfois, les gens qui n'avaient pas été bénis en matière d'apparence devenaient de plus en plus magnifique à mesure que vous les connaissiez, parce qu'après un moment, vous arrêtiez de voir l'extérieur et ne voyiez plus que leur cœur. Mais l'opposé était également vrai. Un homme vraiment séduisant, comme Cristo Liron, perdait soudain toute poésie et toute lumière parce que malgré le nombre de fois où j'avais vanté ses mérites, cet homme n'avait rien qui vaille. Je détestais quand Dane avait raison.

— Jory.

Je me contentai de le dévisager

— Quelque chose m'a dérangé toute la nuit, dit-il en se penchant vers l'avant, les coudes sur la table. Il semblerait que l'inspecteur Kage et toi soyez ensemble depuis un bon moment.

— Ce que je t'ai dit depuis le départ, lui rappelai-je.

— Et j'apprécie, rétorqua-t-il. Mais là n'est pas le problème. Je connais les gens, je ne fais jamais d'erreur. Les gens autour de moi en font peut-être, mais pas moi, jamais moi.

— Est-ce que tu peux en venir au but ?

— Bien sûr.

Il hocha la tête, à l'attention d'Adan, son garde du corps.

L'homme gigantesque contourna la table pour venir se poster derrière Sam. Puis il agrippa les cheveux de Sam et tira sa tête vers l'arrière fermement tout en posant une arme contre sa tempe.

— Je possède toutes les personnes que tu vois ici, Jory, ne te méprends pas. Tu pourrais même crier « au feu » ici, et personne ne bougerait. C'est ma famille. Ce sont les gens que je connais. Bon sang, c'est même mon frère qui t'a amené ici.

Je digérai tout cela tout en résistant à l'envie d'agripper le bras de Sam.

Ses yeux se tournèrent vers moi.

— Tout va bien, tu vas t'en sortir.

Une arme était posée contre la tempe de Sam, et pourtant il essayait de me réconforter, moi.

— Hé !

Cristo Liron fit claquer ses doigts comme si j'étais un chien.

— Ici.

Je tournai lentement la tête.

— C'est mieux. Je veux toute ton attention.

Et il l'avait.

— Quand je pensais à toi hier soir, j'en suis enfin venu à la conclusion qu'il n'y avait pas moyen. Un type comme toi, Jory... il n'y avait pas moyen que tu baises un inconnu au fond d'un club. Et il n'y avait pas moyen que tu ne m'envoies pas chier quand je t'ai appelé hier soir. Tu aurais dû me rabrouer d'avoir insulté ton intégrité, mais tu ne l'as pas fait. Tu t'es contenté de me raccrocher au nez pour pouvoir rester avec la personne avec qui tu étais. Mais je te connais et tu es un battant quand cela en vaut la peine, si tu tiens assez à quelque chose, donc je suis obligé de me poser une question... Qui laisserais-tu te baiser contre le mur d'un club et qui était avec toi hier soir ?

Je ne pouvais pas m'empêcher de ressentir une certaine admiration envers cet homme. Pendant le peu de temps où nous avions été amis, il avait réellement fait attention à moi et deviné le genre d'homme que j'étais. Dommage que cela ne lui serve désormais à rien.

— Je n'ai baisé personne dans le club, lui dis-je honnêtement.

Parce que c'était mon homme que j'avais laissé me prendre contre le mur, et ce n'était pas de la « baise ».

— Tu m'as dit que tu avais couché avec quelqu'un.

— J'ai menti.

— Tu as menti ce soir-là ou tu mens maintenant ?

— Ce soir-là, répondis-je d'une voix morne. Et si tu veux me faire passer au détecteur de mensonges, pas de problème.

Il plissa les yeux en m'observant.

— Tu sentais le sperme au club.

— Parce que je m'étais branlé, et je peux me masturber quand je veux, bordel, monsieur Liron, lui dis-je en regardant autour de la table et m'assurant que j'avais mis tout le monde parfaitement mal à l'aise. Je suis seul depuis très longtemps, alors quand je sors enfin dans un club, je vais clairement me branler, putain. J'ai le droit de rester dans l'une des backrooms pour regarder deux mecs sexy en train de baiser et de jouir partout sur le mur si j'en ai envie… et *bordel*, j'en avais envie.

Il me regarda en plissant les yeux, Eddie s'agita sur sa chaise, et le type de l'autre côté de Cristo détourna le regard, embarrassé. Mais le plus important, toutefois, c'est qu'Adan relâcha Sam.

— Est-ce que je dois t'appeler aussi quand j'arrose le mur de ma douche ?

L'agent Calhoun semblait sur le point de sauter au plafond ; les autres regardaient partout, sauf dans ma direction. Adan replaça son flingue dans son étui et jeta un coup d'œil vers le pub, sans croiser mon regard. J'avais l'impression de regarder la télévision sans pouvoir me lever et quitter la pièce quand je me retrouvais face à un moment embarrassant.

— Tu mens, dit Cristo d'une voix morne. Tu as baisé quelqu'un dans ce club et il y avait quelqu'un avec toi la nuit dernière quand j'ai appelé, et puisque tu ne baises pas à tout-va, ou du moins c'est ce que tu dis, je pense que c'était ton inspecteur.

Je restai planté là.

— Et si ton inspecteur se trouve dans le même club que moi, alors nous avons un problème

Je désignai Sam.

— Eh bien je peux t'assurer que ce n'est pas lui. J'ai une photo sur mon téléphone, si tu veux voir à quoi ressemble le vrai Sam Kage.

Le provoquer était dangereux, mais c'était la seule carte que j'avais à jouer.

— Ou comme je l'ai dit, allons donc hacker les dossiers du commissariat et voir sa fiche. C'est une belle photo en uniforme, avec le chapeau et tout.

S'il me demandait mon téléphone, il aurait l'air faible. S'il vérifiait la base de données de la police, il se dévoilerait en admettant que quelqu'un pouvait le faire pour lui. Dans tous les cas, il n'avait pas réfléchi jusqu'au bout à cette inquisition. Il avait agi sur une impulsion est désormais, il perdait pied. Et bien sûr, il pouvait m'abattre et m'envoyer à Dane en petits morceaux, mais s'il faisait ça, il y aurait des répercussions et il le savait également. Je n'étais personne de spécial, mais je n'étais pas non plus un anonyme sans domicile fixe. Et Sam était une tout autre histoire. Tuer des agents de police, c'était du mauvais karma. Cet homme ne voulait pas ce genre d'attention.

Alors maintenant, il était coincé.

Cristo avait été assez perceptif à mon sujet pour savoir que j'étais fidèle, alors il en avait déduit que l'histoire selon laquelle j'avais baisé un inconnu au club était un mensonge. Et il avait raison. Le problème, c'était que quand il m'avait coincé, il ne s'était pas préparé. Donc j'avais admis lui avoir dit un mensonge, puis je lui en avais offert un autre, plus plausible encore que le premier. Et désormais, il était baisé, parce que c'était sa parole contre la mienne et qu'en l'état des choses, après ma confession brutale sur mes habitudes de masturbation et sa bévue, j'avais l'air d'être le type qui disait la vérité. J'avais l'air crédible et il avait simplement l'air jaloux.

— Je peux te poser une question ?

— Certainement, dit-il d'une voix tendue et je devinai, sous son calme apparent, qu'il était furieux de la façon dont les choses se déroulaient.

— Pourquoi lui ? demandai-je en indiquant Sam. Pourquoi pas lui ? J'indiquai l'agent Calhoun.

— Ou n'importe qui d'autre, d'ailleurs ?

— Jason, dit-il en indiquant Sam, était au club hier soir.

— Mais c'était le cas pour beaucoup de monde. Combien d'autre types as-tu tabassés ?

— Je…

— Et puisque nous avons conclu que ce n'est pas l'inspecteur Kage, est-ce que je peux partir maintenant ? demandai-je aussi péremptoirement que possible. Parce que mon frère m'attend à son bureau demain matin.

— Va te faire foutre, Jory ! Tu m'as dit que tu avais baisé quelqu'un dans ce…

— C'était ce que je voulais que tu croies, parce que je ne voulais simplement pas coucher avec toi ! hurlai-je en retour, ma voix si forte que famille ou non, amis ou non, payés pour être ici ou pas, les gens se tournèrent tous pour me regarder. Tu veux tellement me baiser que tu me sors que j'ai un beau cul, alors va te faire foutre ! Je n'écarte les cuisses pour personne d'autre que mon homme, et comme tu n'es qu'une petite merde paranoïaque, voilà que tu te mets à tabasser des gens au hasard ? Est-ce que les gens avec qui tu fais des affaires savent que tu n'es qu'un putain de psychopathe ?

Il se leva si vite que sa chaise se renversa et tomba au sol.

— Tu l'as baisé, dit-il en indiquant Sam. Je le sais, ou pourquoi aurais-tu menti ?

— Je n'ai baisé personne, mais j'ai menti parce que même si tu as du mal à faire entrer ça dans ta petite cervelle, je ne veux pas coucher avec toi !

J'avais crié fort, *très* fort, et très aigu, de la façon la plus grandiloquente possible, et bon Dieu, j'avais envie de me glisser sous les couvertures dans mon lit, et ce n'était même pas moi qui m'étais trouvé de l'autre côté de ce hurlement. J'allais lui faire passer un mauvais quart d'heure, parce que c'était la seule façon de sauver Sam. Rien d'autre n'avait d'importance.

L'ego de Cristo avait pris le dessus, et il se tenait là à me hurler dessus, devant tous ses collègues et tout le pub. Comme Sam et Dane le disaient toujours, j'aurais été capable de mettre à l'épreuve la patience d'un saint, et Cristo Liron étant loin d'en être un, je le fis facilement sortir de ses gonds. D'habitude, je ne le faisais pas exprès, mais je l'avais appâté à dessein et il venait de mordre à l'hameçon. Et il ne me connaissait pas assez pour savoir que quand j'étais dans le pétrin, en général, mon cerveau prenait le dessus. C'était pour cela que je n'avais jamais, *jamais*, fait sauter la couverture de Sam. Même en le voyant blessé, je ne l'avais pas fait sauter.

— Jor…

— Est-ce que tu as fini de m'interroger sur mes habitudes en matière de branlette, maintenant ? Ou est-ce que vous voudriez m'humilier encore davantage, monsieur Liron ?

J'avais parlé d'une voix aussi revêche et péremptoire que possible.

— T'es son pote, non ? demandai-je à Calhoun.

— Oui.

— Tu ferais mieux de le traîner à l'hôpital.

Je regardai de nouveau Cristo.

— À moins, bien sûr, que tu prévois de nous emmener tous les deux dans une réserve et de nous mettre une balle dans la tête.

Son regard était lointain, froid et dur.

— Tu pourrais m'envoyer en petits morceaux à mon frère.

— Va te faire foutre !

— Non, *toi* vas te faire foutre !

C'était un échange puéril qui dissipa la dernière once de peur autour de la table.

— Je vais t'emmener à l'hôpital, proposa Eddie à Sam en se levant et contournant la table.

Le regard de Sam croisa le mien.

— Nous allons attendre que monsieur Harcourt parte également.

— Déguerpissons tous d'ici, annonçai-je en me dirigeant vers la porte d'entrée.

— Jory !

Mais je ne m'arrêtai pas. Je ne m'arrêterai plus jamais pour Cristo Liron. Une fois sur le trottoir, je frissonnai à cause de l'air froid de la nuit.

— Jory.

Je me retournai et découvris Eddie en train d'escorter Sam avec l'aide de l'agent Calhoun, vers la voiture dans laquelle j'étais venu.

— Je peux te ramener chez toi, Jory.

— Non, répondis-je en secouant la tête. Je ne vais pas rentrer chez moi. Je vais rendre visite à mon ami Joe.

Il eut l'air confus.

— D'accord.

— Prends soin de toi et merci, dis-je en me détournant puisque je ne me faisais pas confiance pour ne pas regarder Sam.

— Jory !

Je me tournai de nouveau vers Eddie.

— Je suis vraiment désolé pour tout.

J'acquiesçai.

— Je sais.

— Tu ferais mieux de ne pas traîner dans le coin pendant un moment, Jory. Quitte la ville jusqu'à ce qu'il se calme un peu.

— Il a pété un plomb, répondis-je. Il lui faut combien de temps pour se calmer de ce genre de choses ?

Il se contenta de me regarder et je me détournai.

— Attrapez-le !

— Ooh putain, Jory, cours !

L'ordre provenait, étonnamment, d'Adan, donc je m'enfuis en courant.

— Arrête-toi, connard, on sait où tu vis !

Ce n'était pas réconfortant, mais ce qui l'était, c'était que Sam était en sécurité. Il fallait que je le sois aussi.

J'inspirai vivement et sprintai. Ça ne servait à rien de regarder par-dessus mon épaule. J'étais pratiquement certain que si les gens dans les films le faisaient moins, ils vivraient davantage.

— Non !

Le cri d'Eddie était presque une plainte, sa voix se brisa.

J'entendis des pneus crisser, puis le rugissement d'un moteur près de moi en même temps que des chaussures sur le trottoir. Peut-être que lorsque mon partenaire ne serait plus inspecteur de police, je pourrai, enfin, arrêter de courir pour sauver ma peau. Même si, pour sa défense, la première fois dans le parc avait été ma faute.

Si je m'étais trouvé dans une rue toute droite, je me serais inquiété, mais nous étions en centre-ville avant vingt-deux heures, il y avait encore des voitures, les bars et les restaurants étaient ouverts, il y avait de la circulation et la rue était bondée. Il m'était facile de me glisser à travers la foule, mais pas pour les types derrière moi. Il fallait qu'ils poussent les badauds, et cela les ralentissait. La voiture qui me suivait se retrouva coincée dans la circulation et ce fut tout. Je pris à gauche pour rentrer dans le hall d'un hôtel, parce que j'approchais de la plate-forme du métro et qu'il fallait que je les sème avant d'arriver là-bas.

Ils se rapprochèrent parce que je m'arrêtai pour tenter de comprendre où je devais aller, mais quand ils commencèrent à traverser la foule, je passai par-dessus les tables. La sécurité de l'hôtel me fut très utile puisqu'ils mirent à hurler et quelqu'un dit d'appeler la police. Je fus vaguement conscient de quelqu'un criant mon nom, mais je continuai à courir, remontant un couloir, les lumières changeant autour de moi, passant de tamisées et élégantes à vives et brutales. Je traversai la cuisine. Je pris un virage, sautai pour éviter des casseroles et des poêles en train de tomber, mais les hommes derrière moi ne ralentissaient pas, l'espace entre nous s'atténuait à chaque mouvement. Je voulais voir qui me poursuivait, mais cela me ferait perdre de précieuses secondes, alors je résistai à cette envie et continuai à courir. Je rebondis contre un mur, et quelqu'un réussit à m'attraper quelques instants avant que je détale de nouveau pour me retrouver dans le hall d'entrée. Des marches menaient vers la rue et je me jetai dans la circulation. J'entendis des froissements de tôle, le crissement des pneus, mais je continuai à courir, tout comme mes poursuivants. Il faisait sombre dans l'allée que j'empruntai, mais je savais qu'ils étaient toujours là parce que je pouvais les entendre haleter, puis enfin un grognement de frustration.

Je jaillis de l'autre côté et traversai une autre rue. Une voiture faillit me percuter et je dus m'arrêter, la contourner, perdant encore de précieuses secondes. La bruine qui m'avait mouillé les cheveux et mon jogging se transforma soudain en averse et je courus sous la pluie. Je poussai encore davantage et faillis tomber avant que mes foulées se stabilisent et que je prenne enfin de l'allure.

Les chaises et les tables installées pour un bistrot en plein air, tout récemment abandonnées, s'avérèrent trop difficiles à franchir. Je tombai et quelqu'un se jeta sur moi. Nous nous effondrâmes contre le bois et le

129

métal, et une main m'agrippa la gorge, l'autre s'emparant de ma veste. Je m'écartai et me tortillai, mais il était plus grand, plus fort. On me souleva puis je retombai durement, rapidement. Je m'écrasai contre une table, mais elle ne se brisa pas et je roulai dessus pour m'effondrer contre le béton. Je posai les mains sous moi pour me relever, mais le sol s'inclina et je n'arrivai pas à garder l'équilibre. Je vis mon assaillant en kaléidoscope, s'éloigner, chanceler, visiblement blessé, oscillant en me regardant.

Il n'y avait plus que nous deux, tous les autres avaient abandonné, et j'en fus heureux. Mes jambes me soutenaient de nouveau et je me levai, mais ma tête me faisait mal, comme si quelqu'un avait enfoncé un pic à glace dans mon œil droit, la douleur instantanée et insupportable. Elle diminua assez vite pour que je retrouve l'équilibre et me remette à courir. Il fallait que je me mette en sécurité sur le quai. Il fallait que je voie Sam. Il fallait que je m'assure qu'il allait bien.

— Jory !

Pas un rugissement, un appel.

— Jory !

Je me retournai et vis un auvent de l'autre côté de la rue, et dessous, Fallon et Shane. Je me précipitai vers eux, manquant de me faire renverser par une voiture, mais je les atteignis et me jetai sur eux. Sur Shane.

— Qu'est-ce que c'est que ce bordel ? hurla-t-il en m'agrippant fermement.

Je glissai le long de son corps et m'effondrai contre le sol froid et humide.

— Jory, qu'est-ce qu'il se passe ?

J'indiquai l'autre côté de la rue et il vit les quatre hommes plantés là, en train d'attendre.

— Ils pensent que je sais quelque chose sur une affaire sur laquelle Sam travaille.

— Ton copain le flic ? me demanda Shane en me tenant toujours fermement.

J'acquiesçai.

— Appelle la police, ordonna-t-il à Fallon.

— C'est déjà fait, répondit son amant, le téléphone contre son oreille.

— Il appelle la police ! hurla Shane de l'autre côté de la rue, s'agenouillant près de moi et posant la main sur son torse. Tout va bien, Jory, nous sommes là, tu es en sécurité.

Et quand je relevai la tête pour le regarder, je souris.

— Merci, Shane.

Fallon posa la main sur l'épaule de son petit ami et quand je le regardai, son sourire était gigantesque. Apparemment, en choisissant de foncer sur Shane, j'avais marqué plein de points. Comme je le disais souvent aux gens, mon cerveau fonctionnait vraiment, et je faisais des choix conscients. Seulement personne ne me croyait jamais.

XI

— Tu as de la chance que je te parle, Jory ! s'emporta Sam. Putain !

Quand j'avais dit un peu plus tôt devant Eddie Liron que j'allais voir mon ami Joe, c'était un code pour que Sam me rejoigne à l'hôpital Saint-Joseph. Et il l'avait compris, donc je ne comprenais pas pourquoi il était en colère. Même si Eddie s'était porté volontaire pour emmener Sam à l'hôpital, l'agent Calhoun avait insisté pour l'amener seul.

— Mais comment avez-vous réussi à vous débarrasser de lui ?

— Tout le monde te poursuivait, me dit l'agent Calhoun. Du coup, plus personne ne faisait attention à nous.

— Donc j'ai fait diversion, dis-je en souriant joyeusement. Parfait.

— Ce n'est pas parfait ! hurla Sam. Viens là que je puisse te voir !

Quand je m'approchai du lit, il m'agrippa et posa les mains sur mon visage.

— Qu'est-ce que tu croyais que tu faisais, bordel ?

— Arrête de crier, l'apaisai-je en observant les ecchymoses sur son visage qui tourneraient bientôt au noir et au bleu. Je vais bien. Dis-moi ce qu'a dit le docteur.

— Est-ce que quelqu'un t'a fait du mal ?

— Sam, dis-je d'une voix plus dure. Parle-moi.

À la façon dont il me regarda en relevant mon menton et glissant une main contre ma gorge, je sus qu'il ne cracherait pas le morceau.

Mais il s'avéra que je n'eus pas besoin d'attendre que Sam me donne des détails, et tant mieux, parce que même dans les bons jours, il n'était pas doué pour ça. Le docteur arriva et après lui avoir expliqué qui j'étais – notre union civile, mon alliance, et le fait que soit le contact d'urgence sur le dossier de la police de Chicago – je pris connaissance de l'état de Sam.

Ce n'était pas aussi terrible que je l'avais pensé. Ses côtes n'étaient pas fissurées, ses reins, même s'ils avaient pris quelques coups, n'étaient pas abîmés, donc il ne pisserait pas du sang. C'était arrivé par le passé et cela m'avait terrifié. Sa commotion cérébrale était légère, mais il resterait malgré tout à l'hôpital pour la nuit puisqu'il n'y avait personne à la maison pour s'occuper de lui.

— Pourquoi ne rentres-tu pas ? demandai-je en m'entendant hausser la voix et détestant ça, mais incapable de m'en empêcher.

— Je suis toujours sous couverture, me dit-il.

— Quoi ?

— Ma couverture n'a pas sauté. Tu as été formidable.

Et ce n'est qu'alors que je me rendis compte que j'aurais peut-être mieux fait de dire la vérité.

— Tu as fait exactement ce qu'il fallait faire.

Mais cela ne me semblait pas juste. Je voulais être à la maison, à le regarder dormir, à m'assurer que tout allait bien, et pendant juste une seconde, l'envie de retrouver mon ancienne vie me submergea, et je me sentis mal.

— Donne-moi ta main, me dit-il.

Mes doigts entrelacés à ceux de Sam, pressés contre son cœur, me réconfortèrent.

— Bientôt. Tout reviendra bientôt à la normale.

Mais bientôt, c'était une éternité.

— Je vais bien, me dit-il.

Il avait besoin de se reposer, de boire beaucoup, et essentiellement de rester loin des gens qui voulaient se servir de lui comme d'un punching-ball.

— Il ira bien, me promit le Docteur Allen Maruya.

— Merci, répondis-je en lui souriant.

— Jory !

Je me retournai et découvris l'agent Calhoun et un autre homme que je ne connaissais pas, mais il portait tous deux un badge autour du cou.

— Est-ce que c'est lui ?

— Oui, Monsieur.

L'homme que je ne connaissais pas me tendit la main.

— Jory Harcourt, Crosby Holt, FBI, c'est un plaisir de vous rencontrer.

— Vous aussi, Monsieur.

Je lui souris en serrant sa main offerte, alors qu'un autre homme se joignait à nous.

— Monsieur Har…

— Juste Jory.

— Jory.

Il me sourit en se tournant pour me présenter l'autre homme.

133

— Voici le Lieutenant Ramon Diaz, de la police fédérale de Mexico. Nous travaillons sur cette affaire avec eux.

Je relevai la tête et croisai des yeux très chaleureux, d'un brun foncé.

— Bonjour, Monsieur, dis-je en lui tendant la main.

Il la prit dans les deux siennes, la serrant fermement.

— Vous avez été une bénédiction, monsieur Harcourt, pour garder cette opération à flot, mais il est temps désormais pour nous de mettre fin à cette enquête sur Señor Liron.

J'acquiesçai.

— Donc vous êtes un *federale*, Monsieur ?

— Ce n'est pas un terme que nous utilisons, Jory. C'est de l'argot américain dans les films.

— Oh.

Il sourit et les rides aux coins de ses yeux se plissèrent.

— Vous avez l'air déçu.

— En effet, juste un peu.

— Hollywood crée de nombreux mythes, dit-il en me tapotant l'épaule. Désormais, nous devons parler à l'inspecteur Kage. Je dois vous dire, monsieur Harcourt, que nous n'arrivions plus à le localiser hier soir, donc quand Cristo Liron l'a kidnappé aujourd'hui et que nous avons découvert pourquoi il avait été passé à tabac, nous étions tous très inquiets des choix qu'il avait peut-être faits en mettant cette enquête, ainsi que sa propre vie, en danger.

Mes yeux se tournèrent vers Sam.

— Aller vous voir alors qu'il savait que Cristo Liron vous avait à l'œil a été une décision très idiote pour un simple rendez-vous galant.

Il n'y avait rien eu de « simple » à ce sujet. Sam savait que je perdais la tête. Le temps et la distance ne m'étaient jamais bénéfiques. Je ne les supportais pas. Tous ces gens qui attendaient le retour d'un soldat, je les trouvais admirables. Je me serais effondré. Et ce n'était pas vraiment le temps lui-même qui était meurtrier, c'était l'incertitude. Si j'avais su où était Sam, ce qu'il faisait, cela m'aurait aidé. Mais savoir simplement qu'il pouvait être en danger mortel – c'était ce qui m'atteignait le plus.

— Mais comme vous avez offert un compte rendu si honnête de vos activités la nuit précédente, personne ne peut en remettre en doute la véracité, même Cristo Liron.

Je regardai le lieutenant.

— Grâce à vous, la couverture de l'inspecteur Kage et de l'agent Calhoun, ainsi que de nombreux autres, est restée intacte et, encore une fois, nous vous en remercions.

J'inspirai.

— Alors vous avez laissé Sam se faire passer à tabac, hein ?

— Nous ne pouvions rien faire d'autre, ou la couverture aurait sauté. Le sauver aurait révélé nos cartes.

J'acquiesçai et me dirigeai vers la fenêtre. Hurler ne servirait à rien, mais j'étais en colère.

— Il vaudrait mieux, monsieur Har… Jory, que vous quittiez la ville quelques jours. Cela donnerait le temps à Cristo Liron de se calmer et de retourner à ses affaires et…

— Agent Holt.

Nous nous tournâmes vers l'homme qui venait de passer la porte.

— Cristo Liron est aux urgences et il cherche l'inspecteur Kage – ou du moins, Jason Bradley — donc tout le monde doit sortir d'ici.

Je restai où j'étais.

— Jory ?

L'agent Calhoun parut inquiet.

— Tu vas prendre soin de Sam, n'est-ce pas ? Je veux dire, parce qu'il est vraiment blessé.

— Oui, me promit à la place l'agent en charge, Crosby Holt. Je suis vraiment satisfait de la façon dont il s'est comporté et il va bientôt être nommé marshal adjoint, Jory, alors oui, nous allons prendre très bon soin de lui. Vous avez ma parole.

Je traversai la pièce rapidement, me penchai, embrassai Sam, et frottai mon nez contre le sien.

— S'il te plaît, fais attention à toi, s'il te plaît.

— Je t'aime, dit-il tout bas en s'agrippant à mon tee-shirt. Je suis désolé pour tout, mais je ne suis pas désolé pour hier. C'était stupide, mais je ne suis pas désolé.

— Tant mieux.

Ma gorge se serra et je l'embrassai.

— Ne reviens pas.

J'acquiesçai et sans le regarder davantage, je quittai la pièce en courant. Je fis ce que je faisais toujours ; je pris les marches quatre à quatre, jusqu'à l'étage supérieur, puis l'ascenseur pour redescendre. Je sortis par la grande porte et quelques minutes plus tard, j'étais dans un taxi.

JE HANTAI ma propre maison, et enfin, après deux heures du matin, mon téléphone sonna.

— Allô, soupirai-je profondément. Comment te sens-tu ?

— J'ai l'impression de m'être fait passer dessus par un camion, mais je vais bien. J'ai déjà reçu de pires raclées.

— Je préférerais que nous tu n'en reçoives plus désormais.

— Eh bien, ça ne risque pas d'arriver étant donné que je suis agent de police, mais je te promets d'y travailler.

— Fais un effort.

— Oui, bébé.

Je pris une inspiration.

— Je vais bien, J., vraiment.

C'était tellement agréable d'écouter simplement sa voix.

— Et je n'ai aucun regret, comme je l'ai dit. J'étais stupide. Tout ça, c'était stupide, mais inévitable.

Il parlait en généralité, au cas où quelqu'un l'écoute, j'en étais certain. Non pas qu'il soit vraiment doué avec les détails, comme je m'en étais souvenu. Je pouvais lui demander : « Comment s'est passé le mariage ? » et il me répondait « qu'ils », quelles que soient ces personnes, s'étaient mariés. La belle affaire. Je pouvais lui demander : « Comment s'est passé ta journée » et recevoir un haussement de ses larges épaules avant d'être écrasé sur le canapé ou attiré sur ses genoux.

— Je veux que tu quittes la ville un moment. Peux-tu faire ça pour moi ?

— Pour aller où ?

— J'ai appelé Dane, il m'a dit qu'il avait un appartement à Waikiki.

— Tu veux que j'aille à Hawaï sans toi ?

— Pas vraiment, mais c'est le plus loin que tu puisses aller sans quitter les États-Unis.

— Non, répondis-je. Je préfère rester ici à t'attendre.

— J., j'en ai fini avec le terrain. Je suis coincé à l'hôpital, puis ensuite je resterai derrière un bureau pour le restant de cette enquête.

— Pourquoi est-ce que je ne te crois pas ?

— Tu devrais. C'est la vérité. T'ai-je déjà menti ?

Il ne l'avait jamais fait. Cet homme ne mentait pas.

— Que voulait Cristo quand il est venu dans ta chambre ?

136

— Il s'est excusé d'avoir laissé les choses déraper autant et m'a dit que nous pourrions toujours faire affaire si je le voulais.

— Qu'a dit l'agent Calhoun ?

— Il a bien joué son rôle, il a dit à Cristo que c'était un psychopathe et l'a insulté un peu.

— Puis Cristo s'est excusé davantage.

— Ouais, il fallait qu'il arrange les choses, ou il aurait perdu la face devant tous les autres.

— Alors après cette humiliation, vous avez laissé l'eau couler sous les ponts et vous vous êtes réconciliés.

— C'était loin d'être une humiliation, mais oui, nous avons mis les points sur les i.

— Est-ce qu'il a dit quelque chose sur moi ?

— Rien de flatteur.

— Laisse-moi deviner, je suis une traînée et une ordure et toutes ces jolies choses.

— Hm-hm, dit-il d'une voix tendue.

Je m'éclaircis la gorge, parce que je savais que c'était difficile pour lui. Sam ne laissait personne me rabaisser, alors devoir rester assis là à écouter Cristo Liron pester contre moi avait dû lui être difficile.

— Ce n'est pas grave si tu n'as pas défendu mon honneur. Je comprends, tu sais.

— Je déteste ça, putain, et je pense que m'éloigner de tout ça est une bonne chose. Je ne pense pas que je pourrais encore regarder Liron en face sans avoir envie de lui arracher la tête.

— Et comment vas-tu éviter de le voir ?

— L'agent Calhoun lui a dit qu'il me renvoyait à Colombia.

— Colombia, répondis-je en ricanant. Cool.

— Tais-toi.

Je me moquai de lui.

— Jory.

Oh-oh, la voix sérieuse.

— Ouais ?

— S'il te plaît, va à Hawaï. Toute cette merde prendra fin dans une semaine, une semaine et demie, et ensuite je prendrai le premier vol pour te rejoindre.

— Ah oui ?

— Je le jure.

— Vraiment ?

— Vraiment.

— Et tu resteras au moins une semaine.

— Deux jours.

— Quatre.

— Trois.

— Trois, soupirai-je longuement. Marché conclu. Trois jours seul avec toi sur une île tropicale... J'accepte, Kage.

Il ricana et j'entendis ce grondement profond que j'aimais tant.

— Est-ce que Dane était en colère ?

— Pas contre moi, dit-il et je pouvais l'entendre sourire. C'est toi qui passes ton temps à sauver les frères des trafiquants de drogue et à ne pas l'écouter.

— Il t'a dit ça, hein ?

— Oui, Monsieur.

— Merde, tu te rends compte, bien sûr, qu'il sera là à l'aube pour me jeter dans un avion ?

— Ouais, dit-il en ricanant.

— Bon sang.

— Hé, souffla-t-il. Prends des vêtements pour moi aussi, d'accord ?

Soudain, il n'y eut plus d'air dans la pièce.

— D'accord ?

— D'accord, arrivai-je enfin à répondre.

— Je t'aime, bébé. Respire.

Et c'est ce que je fis.

XII

Q<small>UAND</small> <small>JE</small> descendis de l'avion à l'aéroport international d'Honolulu, je traversai la zone d'embarquement puis dus sortir immédiatement pour atteindre le terminal principal. Je fus instantanément frappé par l'air doux, parfumé par les fleurs, l'humidité me collant à la peau, et une vision du monde entier baigné des rayons magnifiques du soleil. C'était un véritable tableau : le ciel turquoise, le blanc aveuglant des nuages et le vert luxuriant des palmiers. Et ce n'était que l'aéroport !

À l'intérieur, c'était le même désordre que dans tous les aéroports, et ajouté à cela des vendeurs de *lei*, des hommes en chemises hawaïennes et des femmes en *muumuu*. Après avoir récupéré mon bagage, je sortis pour faire la queue et prendre un taxi. Le trajet depuis l'aéroport jusqu'à Waikiki fut rapide à quatorze heures et, heureusement, le chauffeur n'avait pas vraiment envie de discuter, parce que j'étais monté dans l'avion à 5h30 du matin à Chicago.

L'appartement en multipropriété de Dane était déjà utilisé, alors il avait réservé une chambre pour moi à l'hôtel Waikiki. Et puisque c'était mon frère et qu'il ne voyait jamais petit, la suite était bien trop grande pour une seule personne. Je pouvais voir le front de mer depuis ma terrasse et Kalakaua Avenue, nommée d'après le roi qui avait ramené le *hula*. Si je regardais vers la mer, j'avais une vue magnifique du coucher de soleil, qui était vraiment à couper le souffle. Les nuances que prenait le ciel suffisaient à m'époustoufler à elles seules. Me tenir là, sur ce balcon à vingt-trois étages au-dessus du sol, enfermé dans ma gigantesque suite somptueuse, je me sentais presque autant en sécurité qu'entre les bras de Sam Kage.

Quand il fit nuit, je sortis comme un vampire.

Le mois de mars à Hawaï n'était pas semblable à celui de Chicago, froid et humide, donc je sortis en jean, chemisette à manches courtes et tennis, sans m'inquiéter de prendre une veste. Les trottoirs étaient bondés et entre l'odeur de l'océan et celle de ce que je pensais être des magnolias, avant d'être corrigé par le concierge – c'était du gingembre blanc ou *pikake* – portées par la brise, je n'arrêtais pas de m'arrêter pour inspirer profondément. Quand je passai devant un restaurant en plein air, l'odeur d'ail et d'oignons fit gargouiller mon estomac. À l'intérieur, on me dit que l'attente pour une table pouvait avoisiner une heure et j'étais sur le point d'essayer un autre endroit quand je sentis une main sur mon épaule. Je me retournai, puis souris.

J'étais devant mon ex, Aaron Sutter.

— Salut, dis-je en riant. Comment vas-tu ?

Il me dévisagea de ses yeux bleus clairs toujours aussi adorables. Cet homme était d'une beauté classique, avec des traits ciselés, des épaules larges et un physique mince et musclé. En cet instant, avec un pantalon et une chemise hawaïenne pastel, il avait l'air incroyable.

— Qu'est-ce que tu fais là ? lui demandai-je.

— Moi ? Je passe deux semaines ici en mars chaque année, à Hawaï, avec quelques amis de ma fraternité de Yale. Nous venons pêcher, faire de la voile, en gros nous désintoxiquer et rattraper le temps perdu. C'est toi, la surprise.

— Je ne me souviens pas de t'avoir vu faire ce voyage quand nous étions ensemble.

Il haussa les épaules.

— J'ai annulé cette année-là parce que je savais que tu ne viendrais pas avec moi.

— Je l'aurais fait si j'avais pu me le permettre.

— Ouais, je sais, mais vivre sur ton budget n'était pas amusant pour moi.

J'étais certain que c'était la raison numéro vingt-sept ou quarante-deux sur la liste des raisons pour lesquelles nous nous étions séparés. Nous n'étions pas compatibles, à de nombreux niveaux.

— Qu'est-ce que tu fais là ? insista-t-il.

— Je suis juste en vacances.

— Seul ?

J'acquiesçai.

— Ouais. Pourquoi pas ?

Il m'observa en plissant les yeux.

— Ça ne te ressemble pas. Tu n'aimes même pas manger seul.

Ce qui était vrai, mais cela faisait des années qu'il ne savait plus rien de ma vie, ou de moi.

— Ouais, eh bien, Dane me l'a proposé alors je suis venu.

— Je vois.

— Tu pars ?

— Non, en réalité nous venons juste d'arriver et...

Il tendit la main pour arranger le col de ma chemise.

— Pourquoi ne dînerais-tu pas avec moi ? J'aimerais vraiment que tu rencontres mon partenaire.

Je m'enthousiasmai immédiatement.

— Tu as un partenaire ?

— Oui, ronchonna-t-il. Et n'aie pas l'air si surpris.

Une vague d'émotion me submergea, parce que j'avais toujours voulu qu'Aaron trouve son prince charmant. Il y a longtemps, et bien trop tard, il avait eu une épiphanie et s'était rendu compte qu'il m'aimait, mais j'avais su, comme toujours, qu'un seul homme me conviendrait pour le restant de mes jours.

— Je ne suis pas surpris, répondis-je en secouant la tête. Je suis juste heureux.

Il tripota ma manche.

— J'ai quelques qualités, tu sais.

Oh oui, il en avait, bon sang.

— Ouais, mais tu peux vraiment être un connard.

Il haussa les épaules et pencha légèrement la tête, l'air de dire : *ouais, ouais, et alors ?* Je ne pus m'en empêcher, je me jetai sur lui.

Tout en me serrant contre lui alors que je l'écrasais entre mes bras, il ricana.

Je le suivis jusqu'à la meilleure table du restaurant, parce qu'honnêtement, peu importait à quel point Hayes Fisher était riche, ou même Cristo Liron avec son argent de la drogue, ils pâlissaient en comparaison de la fortune dont Aaron Sutter avait hérité, puis qu'il avait fait prospérer grâce à son incroyable cerveau. Il avait l'habitude d'investir sagement et de savoir quand descendre des montagnes russes avant que tout s'effondre. Il n'avait jamais été accusé de quoi que ce soit qui ne soit pas éthique, mais était quand même méprisé par de nombreux milieux financiers. Partout où il allait, il était l'alpha, le chef de meute, et il avait l'habitude que les gens s'en remettent tout le temps à lui à cause de ce qu'il représentait – le pouvoir et le dollar tout-puissant.

Quand nous atteignîmes la table, tous les regards se tournèrent vers nous, et il s'avança rapidement pour se poster derrière un homme qui me sembla familier.

— Jory, j'aimerais te présenter Jaden Cobb. Jaden, voici Jory Harcourt.

Ses yeux, qui étaient vraiment étranges, trop sombres comparés à son visage, s'écarquillèrent quand il me vit. Ses cils étaient trop longs, et je me rendis compte après un instant qu'il portait du mascara. Les hommes portant du maquillage ne me posaient aucun problème, beaucoup de mes amis le faisaient. Mon pote Evan ne sortait jamais de chez lui sans fond de teint et eye-liner – juste assez pour faire ressortir ses yeux, pas assez pour que cela se remarque vraiment –, mais cela paraissait vraiment excessif chez Jaden. Il était parfait, vraiment parfait, et c'était délibéré. Ses cheveux blonds avaient des reflets dorés, et ils étaient plus courts que les miens puisque ceux-ci atteignaient désormais mes épaules. Il était bronzé, sans doute après avoir cuit sous le soleil hawaïen, et ses lèvres étaient pulpeuses et pleines, peut-être à cause du collagène. L'ensemble donnait l'impression d'un trophée, mais peut-être que je lisais trop entre les lignes. Cela m'arrivait, à l'occasion.

— Salut.

Je lui souris en suivant Aaron, le rejoignant près de Jaden quand il se leva.

— Jory, dit-il rapidement avant de me serrer dans ses bras.

Ce n'était pas une étreinte chaleureuse. Elle était tendue, mais au moins il faisait de son mieux, pour Aaron. C'était gentil et je le serrai en retour, le retenant quand il essaya de se libérer pour le serrer une dernière fois. Je sentis un peu de sa tension le quitter.

On me présenta les quatre autres hommes à table, trois avec leurs épouses, et le dernier avec un partenaire, comme Aaron. Ils étaient tous très gentils et je fus vraiment satisfait de voir que les amis d'Aaron n'incluaient plus ceux qui ne m'avaient jamais apprécié. J'avais toujours été considéré comme le type avec qui Aaron Sutter s'encanaillait. C'était agréable de ne pas avoir ce genre de casseroles quand on rencontrait de nouvelles personnes.

La nourriture fut servie de façon familiale, donc je n'eus pas à m'inquiéter d'être arrivé en retard. Ils étaient arrivés une demi-heure plus tôt environ, donc il me suffit de commander un verre pour me rattraper, avant d'entamer les entrées. Il y avait du *poke*, ces cubes frais d'Ahi, une espèce de thon, avec des oignons, et du *limu*, une sorte d'algue avec du sel de mer. C'était délicieux, plongé dans le wasabi et de la sauce soja, mais Aaron le mangeait sans rien d'autre. Des pois gourmands et des germes de soja étaient mélangés à de l'ail, du gingembre, et du piment. C'était délicieux. Sucer les haricots hors de leur gousse était encore plus drôle, et la bière pour les faire passer était rafraîchissante.

J'écoutai leurs anecdotes et Jaden divertit tout le monde en racontant par le menu leur dernier voyage à Hong Kong. Ils avaient trouvé les meilleurs endroits où manger et des trésors dans de petits trous inattendus dans les murs. J'appréciais de l'écouter, imaginant ce que cela faisait de voyager à travers le monde pendant qu'il parlait.

— Est-ce que tu as voyagé, Jory ? me demanda Jaden en me mettant sous le feu des projecteurs.

— Oh, non, répondis-je en lui souriant. J'aimerais.

Il parut confus.

— Je suis désolé, je pensais… j'avais cru comprendre qu'Aaron et toi étiez ensemble pendant un temps.

Je hochai la tête.

— Oui, environ un an et demi.

— Et tu n'as pas voyagé avec lui ?

— Non, répondis-je en sirotant ma bière. Je ne pouvais pas me le permettre financièrement. Il a joué les globe-trotters sans moi.

— Je suis certain qu'il était donc très heureux de rentrer chez lui, déclara son ami Ted.

— Je ne sais pas, répondis-je en haussant les épaules. Peut-être.

— Absolument, dit Aaron en passant une main dans mes cheveux et enroulant une mèche derrière mon oreille.

— Oooh.

L'une des épouses me sourit, je crois qu'elle s'appelait Miranda.

— C'est agréable de rester ami avec ses ex.

— Oui, ça l'est, acquiesçai-je en donnant un petit coup d'épaule à Aaron.

Sa main se posa sur mon épaule et y resta.

Le porc Kalua, qu'on cuisait dans un *imu*, sorte de four enterré, était salé et juteux. Je ne pouvais plus m'arrêter d'en manger. Il y avait également du saumon *lomi*, découpé en cubes avec des oignons, des tomates et du piment, et du *poï*, que je goûtai, mais n'appréciai pas, malgré une jolie couleur pourpre, ainsi que des patates douces, que j'adorais. J'aimai aussi le steak à l'ail et le *mahi-mahi* grillé.

— Quand as-tu mangé pour la dernière fois ? me taquina Aaron en cognant mon genou du sien, riant tout bas en me commandant une autre bière.

143

— Dans l'avion, répondis-je en riant.

Il secoua la tête.

— Tu devrais être au lit.

Je haussai les épaules.

— Il faut bien que je mange.

La compagnie était agréable, la discussion amicale, les anecdotes nouvelles, et tout fut chaleureux et jovial. Rien de blessant, de méchant ou raconté pour une autre raison que divertir. Quand il fut l'heure de régler, Aaron s'occupa de l'addition et nous le remerciâmes tous. Dans la rue, marchant au milieu des autres, il suggéra d'aller prendre un verre et tout le monde accepta.

— Je dois aller dormir, lui dis-je en m'arrêtant et me rendant compte que je tenais à peine sur mes pieds.

— Alors à demain, me dit-il en posant une main contre mon cou. Nous allons conduire jusqu'à Haleiwa pour rejoindre les cinq autres types de notre fraternité, ainsi que leurs épouses et leurs partenaires. Nous logeons dans un Bed & Breakfast.

— Oh, acquiesçai-je. D'accord.

— Non, idiot, dit-il en me souriant et m'attirant contre lui. Viens avec nous. Je te prendrai une chambre.

Je secouai la tête.

— Aaron, je ne peux pas…

— Tu ne t'incrustes pas, J. Ce sera très décontracté, intimiste. La ville est pittoresque et il y a beaucoup de choses à faire, tu pourras sortir avec nous.

— Je ne devrais pas…

— Tu devrais, insista-t-il.

Et tous ses amis renchérirent que je devrais venir, et Jaden en particulier se montra catégorique.

— Quitte ton hôtel demain et viens avec moi.

Ne pas rester seul à Hawaï était bien trop tentant pour dire non.

J'AVAIS APPELÉ et laissé un message à Sam, pour qu'il sache où j'étais, et j'appelai Dane pour lui dire où j'allais et que je serais avec Aaron Sutter. Je fus franchement surpris de voir que cela ne lui posait aucun problème.

— Je croyais que tu t'inquiétais que je fréquente d'autres hommes en l'absence de Sam, le taquinai-je.

— Mais Aaron Sutter n'est pas un étranger, m'assura Dane. Je sais tout de lui.

La logique m'échappait, mais ce n'était pas grave.

Aaron arriva le lendemain matin pour m'emmener petit-déjeuner, juste lui et moi, et Jaden. Après cela, nous nous promenâmes dans le centre commercial *Ala Moana*, le plus grand des îles, quatre étages d'amusement en plein air. Et c'était intéressant de s'y balader, d'entrer dans des magasins comme Chanel et Armani en shorts et en tongs, et de voir les vendeurs s'occuper de nous malgré tout. J'étais avec Aaron, et ils voyaient sa montre Patek, ils voyaient l'alliance Cartier en diamants de Jaden, et se pâmaient devant eux. Je faisais partie de leur entourage, donc on ne me vira pas et on m'autorisa à les suivre.

J'adorais les centres commerciaux, peu importe lesquels, parce qu'observer les gens était l'une de mes activités préférées au monde. Voir Aaron et Jaden au microscope était fascinant. Le reste de la foule, ce n'était que du bonus.

Jaden acceptait avec élégance tous les cadeaux que je n'avais jamais laissé cet homme m'offrir. Les boutons de manchette en argent chez Tiffany & Co furent reçus avec un baiser, les vêtements chez Lacoste furent récompensés en lui serrant tendrement la main, et au comptoir des parfums chez Prada, l'adorable vendeuse me demanda si je cherchais également une nouvelle eau de Cologne.

— Oh, non, dis-je en lui souriant. Mais merci.

Quand nous partîmes, Jaden s'empara de mon bras.

— Je suis tellement désolé, Jory, dit-il, surpris un instant de me voir glisser mon bras au sien pour que nous puissions marcher l'un à côté de l'autre. Tu dois t'ennuyer à mourir.

— Non, lui assurai-je. J'aime passer du temps avec vous deux.

Jaden ne semblait pas enclin à me croire, mais quand Aaron lui expliqua mon penchant pour la condition humaine, il laissa tomber.

Alors que nous nous dirigions vers la Côte Nord, nous nous arrêtâmes en chemin pour déjeuner dans un camion-crevette de Kahuku. C'était vraiment délicieux et Aaron apprécia de me regarder manger.

— C'est bon, dit-il en riant alors que Jaden picorait son plat.

— Oh mon Dieu, c'est le paradis, lui assurai-je en me léchant les doigts.

Jaden n'avait pas l'air convaincu.

145

— Pourquoi nous ne sommes pas allés à Turtle Bay plutôt qu'à Haleiwa ? demanda-t-il à Aaron.

— Parce que…

Il sourit largement en secouant la tête tout en m'observant manger.

— Je voulais qu'il n'y ait que mes amis et moi pour la semaine, personne d'autre. Nous pourrons y aller en voiture un soir, si tu veux.

Il resta silencieux.

— Tu veux ?

Il secoua la tête négativement.

— Oh, tu sais ce qui serait cool ? dis-je d'un ton excité.

Aaron posa sa joue contre son poing en me regardant.

— Quoi donc ?

— On pourrait aller voir la lave ?

— Mauvaise île.

— Oh. Et les plages de sable noir ?

— Non plus.

— Merde.

— Tu veux que je t'emmène voir Big Island ?

— C'est là que se trouve tout ça ?

Il acquiesça.

J'y réfléchis.

— Non, je ne pense pas.

— Je peux le faire, si tu veux.

Mais il y avait tant à faire sur l'île sur laquelle je me trouvais déjà. J'indiquai son assiette.

— Tu vas manger ça ?

Il me passa le reste de ses crevettes.

Le trajet était magnifique, les montagnes, toute cette verdure, l'odeur incroyable de l'air, si frais, mais toujours parfumé par les fleurs. À l'arrière du cabriolet Mustang, je fermai les yeux et laissai le vent fouetter mon visage et le soleil réchauffer ma peau.

J'avais dû m'assoupir, parce qu'Aaron dut me secouer pour me réveiller quand nous arrivâmes au Bed & Breakfast. Il y avait une maison principale, de style colonial, et une série de chalets en bord de mer, de cabanes, de bungalows, peu importe comment on voulait les appeler. Aaron expliqua au propriétaire que j'étais un ajout et celui-ci fut ravi de m'accueillir.

Mon cottage donnait sur la plage et depuis mon minuscule salon, je pouvais traverser le porche, puis le sable, et rejoindre les flaques de marée. Je pouvais m'asseoir sur une balancelle en bois et poser mes pieds sur la balustrade. Une brise me parvenait de l'océan. Je me prélassais en me disant que je ne me souvenais pas m'être jamais trouvé dans un endroit aussi pittoresque et apaisant. Seule la présence de Sam à mes côtés aurait pu améliorer cet instant.

— Jory.

Je relevai les yeux de ma contemplation de l'océan et trouvai Jaden sur mon porche.

— Salut.

Il s'éclaircit la gorge.

— Est-ce que je peux m'asseoir avec toi ?

— Bien sûr

Quand il s'installa à côté de moi, je croisai ses yeux d'un vert pâle.

— Oh, dis-je en lui souriant. Tu portes des lentilles.

— Oui.

— Tu ne devrais pas, lui dis-je. Ce vert est magnifique.

Il fronça les sourcils.

— Désolé, elles craignent. C'est mieux ?

Il se leva et commença à faire les cent pas.

— Putain, tu n'y comprends vraiment rien, ou tu n'es qu'un connard sadique ?

Je croisai les bras en l'observant.

— Je suppose que je n'y comprends rien, puisque je suis complètement perdu, là.

Il hocha la tête avant de se passer la main dans les cheveux.

— D'accord, alors est-ce que tu passes deux heures par jour dans un salon de bronzage ?

— Non.

— Tu as un lit de bronzage chez toi ?

Je ricanai.

— Non.

Il inspira vivement.

— Est-ce que tu te teintes les cheveux en blond ou est-ce que c'est naturel ?

— On appelle ça « châtain », lui dis-je en riant toujours. Et je suis né comme ça.

147

Il plissa les lèvres.

— Et est-ce que tu t'es déjà fait refaire le visage ?

Je plissai les yeux.

— Où est-ce que tu veux en venir ?

Il recula d'un pas et se désigna d'un geste.

— Je travaille pour obtenir tout ça. Toi, tu es naturellement beau, mais j'ai...

— Allons, dis-je en riant. Tu as...

— J'ai vingt-trois ans. Quel âge as-tu ?

— Quoi ?

— Tu m'as entendu. Quel âge as-tu ?

— J'aurais trente et un ans en janvier, dis-je en bâillant.

— Vraiment ? Tu as déjà trente ans ?

— Ouais. Pourquoi ?

— On ne dirait pas.

J'étais complètement perdu.

— Est-ce que tu pourrais juste...

— Jory, tu plaisantes, putain ? Regarde-moi.

— Je te regarde.

— Mais tu ne me vois pas.

— Si, répondis-je en me redressant et en me concentrant. Et je peux te dire que j'ai la sensation vraiment étrange que nous nous sommes déjà rencontrés quelque part, avant.

— Non, nous ne nous sommes pas rencontrés, mais je te rappelle quelqu'un, n'est-ce pas ?

— Ouais. Qui ?

— Toi, connard !

J'en restai bouche bée.

— Pardon ?

— Jory, bon sang, hurla-t-il. Aaron Sutter m'a transformé en toi. Je n'en avais pas la moindre idée, mais hier soir je t'ai rencontré, et les pièces du puzzle se sont mises en place.

— Qu'est-ce que tu...

— Il m'a acheté toutes ces lentilles de couleur, tu vois ? dit-il en m'ignorant. Mais j'ai commencé à remarquer que si je voulais quelque chose et que je portais les marrons, je pouvais tout lui demander. Si je voulais le séduire, il me suffisait de porter les marrons et pour être honnête, les autres types m'ont toujours dit à quel point mes yeux étaient magnifiques, mais Aaron… ce sont les marrons qui lui plaisent, à mort.

Mon estomac se souleva.

— Et je me suis fait opérer du menton, du nez, pour qu'ils aient l'air plus délicats, et maintenant je comprends pourquoi.

— Jaden…

Il m'interrompit brusquement.

— Non. Aaron m'a acheté un lit de bronzage pour mon anniversaire l'année dernière.

Je me levai et me dirigeai vers ma chambre pour récupérer mon sac.

— Qu'est-ce que tu fais ?

— Je pars, lui dis-je en me rendant compte à quel point j'avais simplement envie de m'effondrer sur le lit, avec la brise traversant la chambre

— Tu plaisantes ? hurla-t-il presque en s'avançant rapidement pour me barrer le chemin. Si tu pars, je suis mort.

Je me tournai vers lui et me rendis compte que nous étions pratiquement de la même taille. Je faisais peut-être quelque millimètre de plus que lui.

— Après tout ça, tu ne peux pas t'attendre à ce que je reste.

— Jory, tu ne te rends pas compte que c'est fini pour moi ? Je dois montrer à Aaron que le type avec qui il est maintenant est fait pour lui, et que le type avec qui il était avant, toi, ne l'est pas.

— D'accord.

— Donc si tu pouvais m'aider en te comportant comme un vrai connard, j'apprécierais vraiment.

Je le dévisageai.

— Quoi ?

— Tu veux que je me comporte comme un connard avec Aaron.

— Oui, s'il te plaît.

Je secouai la tête.

— Tu réalises qu'Aaron et moi nous sommes séparés il y a une éternité, n'est-ce pas ?

— Oui.

— Depuis combien de temps es-tu avec lui ?

— Deux ans.

— C'est six mois de plus que lui et moi.

— Où veux-tu en venir ?

— Ce que je veux dire, c'est que tu aimes être son jouet, n'est-ce pas ?

149

Il fronça les sourcils.

— De quoi est-ce que tu...

— Oh, arrête. J'étais là, aujourd'hui. Il t'achète des vêtements, des bijoux, des trucs... Tu vis avec lui, il t'emmène partout avec lui, tu es entretenu. Tu ne fais pas de vagues. Tu fais tout ce qu'il veut, quand il le veut, n'est-ce pas ?

— Je...

— Ce n'était pas comme ça avec moi. Sa relation avec moi, c'était beaucoup de travail. Je lui en faisais voir de toutes les couleurs. Nous n'allions jamais ensemble où que ce soit tant que je ne pouvais pas me permettre d'acheter mon billet moi-même, à moins que je puisse payer à ma façon. Tout ça..., dis-je en indiquant la chambre autour de nous, Dieu sait combien tout ça coûte par nuit, mais je vais aller à la réception dans un instant et payer avec ma carte de crédit, puis je vais passer un an, un an et demi, à tout rembourser parce qu'Aaron Sutter ne me paiera jamais quoi que ce soit.

— Aaron a dit que tu laissais un type du nom de Dane Harcourt payer la note pour ton hôtel Waikiki.

Je plissai les yeux en l'observant.

— Quoi ?

— Est-ce que tu te souviens de mon nom de famille ?

Je vis le moment où il comprit.

— Oh, Jory Harcourt... Dane Harcourt... C'est ton frère.

— Ouais.

— Donc en dehors de ta famille, personne ne prend soin de toi.

— C'est ça.

Tout à coup, il se mit en colère.

— Tu penses que je suis une pute.

— Pas du tout, pas vraiment, mais ne viens pas me dire que vous êtes égaux non plus. Il paie, tu profites, et il est heureux. Il a l'air heureux, donc quoi qu'il se passe entre vous, ce n'est pas à moi d'en juger. Si les choses vous vont ainsi, laisse tomber, mais ne me blâme pas, et ne le blâme pas, lui. Si tu veux que ta vie reste comme elle est, comporte-toi comme il veut et ressemble à ce qu'il veut.

Il eut un silence.

— Oui, c'est bizarre que nous nous ressemblions autant. Et si cela te dérange, dis-le. Mais ne me blâme pas pour ce qu'il te fait subir, parce que c'est moi qui ai quitté tout ça, et qui l'aie largué, et j'aimerais être son ami s'il le veut bien, mais rien de plus.

Il me dévisagea et je sortis mon téléphone de ma poche. Je touchai l'écran, pour le déverrouiller, et le lui passer.

— Oh, dit-il en regardant la photo de Sam et moi.

J'y embrassais sa joue, pelotonné contre lui, les yeux clos, pressé contre cet homme de la tête aux pieds, et il me tenait tout aussi serré mais avec sa tête tournée, souriant à l'appareil.

— C'est ton inspecteur ?

— Comment savais-tu que…

— Aaron a dit que tu vivais avec un inspecteur de police.

— Je fais plus que vivre avec lui, Jaden, dis-je en levant ma main gauche pour qu'il puisse voir mon alliance. Sérieusement, je suis la dernière personne au monde dont tu devrais t'inquiéter. J'aime Sam depuis si longtemps qu'il est difficile de me souvenir d'un temps où ce n'était pas le cas.

Il étudia mon visage.

— Alors pourquoi es-tu seul, ici ?

— Tu veux vraiment le savoir ?

— Ouais.

— Assieds-toi.

Et il s'exécuta.

À mesure que je parlais, ses yeux s'écarquillèrent de plus en plus. Je lui expliquai comment les choses avaient commencé avec Eddie Aaron et conduit à la colère de Cristo. Je lui racontai ce que Dane avait dit et comment j'avais été viré, puis combien Fallon m'appréciait et combien son petit ami m'avait détesté, du moins au début. Je parlai aussi d'Hayes Fisher et de sa famille, et terminai par le fait que Sam était sous couverture et à quel point il me manquait atrocement.

— Bon sang, Jory, tu es pire que des montagnes russes.

— Tu veux dire ma vie.

— Non, je veux dire toi.

Je grognai.

— Tu sais, j'ai toujours voulu faire une école de cuisine, dit-il tout à coup.

— Alors tu devrais.

— Je devrais vraiment.

Je retombai sur le lit en étoile.

— Tu sais à quoi je pensais ?

— Non, quoi ? demanda-t-il, allongé contre moi, ses doigts entrelacés derrière sa tête.

— Que j'aimerais bien tenter de fonder ma propre entreprise, encore une fois. Je pense que ma meilleure amie et moi avons abandonné trop vite la dernière fois. Je pense que nous devrions peut-être réessayer.

L'idée m'avait taraudé dernièrement et j'avais enfin eu le temps de me laisser tenter.

— D'accord.

— Mais tu vois, j'apprécie vraiment Fallon aussi. Je dois y réfléchir, parce qu'il compte plutôt sur moi et que le laisser tomber n'est pas une option.

— Je n'ai pas la moindre idée de ce dont tu parles.

Et je le savais aussi, mais cela n'avait pas d'importance.

— Je m'inquiète de travailler à nouveau pour le compte de quelqu'un d'autre. Je ne me sens pas très bien, en général.

— Je suis surpris que tu travailles, tout court.

Je tournai la tête vers lui.

— Pourquoi ?

— Tu te rends compte que tu te disperses un peu ?

— Ouais, les gens me disent souvent ça.

Il releva les sourcils comme s'il pensait qu'on devait effectivement me le dire vraiment souvent.

— Je te ferais bien un doigt d'honneur, mais il faudrait que je bouge.

Il secoua la tête.

— Tu sais, la nuit dernière j'ai fait tant d'efforts pour que tu m'apprécies, parce que je pensais que c'est ce qu'Aaron voudrait, mais aujourd'hui...

— Pas trop envie de faire d'efforts, hein ?

— Non.

— Les crevettes étaient vraiment bonnes dans cette camionnette. Tu aurais dû les goûter.

Il me regarda et je sus qu'il prenait une décision.

— Je le ferai au retour, dit-il après une longue minute. Ça sentait vraiment bon.

Nous restâmes silencieux un long moment après ça.

— Je vais aller nager, lui dis-je.

— Je vais aller baiser Aaron si fort que je vais lui faire sauter la cervelle.

— D'accord, répondis-je.

Ensuite, il me laissa et tout me sembla soudain aller mieux. Je me changeai pour aller nager.

XIII

AU LIEU d'avoir peur de choses réelles, j'avais toujours eu peur des choses qui ne l'étaient pas. Si je rentrais chez moi et que j'entendais un bruit, je ne pensais pas un agresseur ou à un tueur en série, je pensais à un loup-garou. C'est ainsi que fonctionnait mon cerveau. Alors tandis que je nageais dans le Pacifique, je ne m'inquiétai pas parce que je n'avais jamais envisagé d'y croiser de requins, de contre-courants ou de méduses, ou quoi que ce soit d'effrayant. J'étais dans l'eau, que pouvait-il se passer ?

Alors que je flottais au gré des vagues, je me sentis tout petit dans la grande échelle de l'univers, de la terre, du ciel et de l'eau, et en me rendant compte à quel point j'étais insignifiant, je me mis soudain à réfléchir.

Depuis des mois, je pensais essayer de relancer *Harvest Design*, mon entreprise avec Dylan Greer, que j'avais aimé plus que tout hormis Sam. Depuis que je m'étais rendu compte que je haïssais vraiment mon travail et que mon patron ne m'appréciait pas vraiment, j'avais compris que c'était encore un autre signe que j'avais besoin de changement, et que je l'avais ignoré. Normalement, je cherchais des conseils partout, même dans les choses les plus banales, mais dernièrement rien ne m'atteignait, et je savais pourquoi.

J'étais terrifié, depuis si longtemps, de réessayer. Après avoir échoué une fois, je ne voulais plus recommencer, subir à nouveau la douleur émotionnelle de devoir abandonner mon rêve. Mais après trois années passées à travailler pour d'autres personnes, à n'être qu'une boule de flipper, un esclave de leurs moindres caprices, à les laisser choisir ce que je devais faire et comment je devais penser, j'en avais marre. Et certaines personnes étaient obligées de le supporter, certaines personnes n'avaient pas les mêmes options que moi pour essayer de travailler d'eux-mêmes non pas une fois mais deux, et j'étais si reconnaissant que ce ne soit pas mon cas. J'avais la chance d'avoir des ressources grâce à mon frère et mes amis, qui étaient là, je savais, à attendre que je reprenne du poil de la bête. Donc dès que j'aurais rejoint le rivage… si je le rejoignais… parce que, franchement, il commençait à faire un peu sombre… si j'atteignais la plage, j'allais enfin trouver un moyen de faire avancer les choses.

Tout d'abord, je devais faire en sorte, d'une façon ou d'une autre, de combiner ce que je souhaitais faire et ce que je pensais que Dylan voulait, le tout sans laisser tomber Fallon Strauss. Que cet homme le sache ou non, je l'incluais dans cette vue d'ensemble de mes rêves, parce qu'il m'avait servi de filet de sécurité et que je n'allais pas le laisser en plan. Il fallait simplement que je trouve un moyen de tout connecter. J'étais doué pour les puzzles, je devais seulement trouver toutes les pièces.

J'étais en train de réfléchir, pesant chaque chose en esprit, quand j'eus soudain une crampe à la jambe droite. Et j'étais pratiquement certain d'avoir vu un aileron. Je me rappelai soudain que lorsque j'avais changé la facture de ma chambre afin qu'elle soit prélevée sur ma carte de crédit plutôt que sur celle d'Aaron, on m'avait dit que le Bed & Breakfast se trouvait près de la baie des requins et de Waimea Bay. Je n'avais pas la moindre idée de l'endroit où je me trouvais actuellement, mais croiser des requins-tigres et des requins mako n'était pas impossible. Quant aux grands requins blancs… peut-être pas, mais cela n'excluait pas l'idée d'une horreur préhistorique jaillissant des profondeurs. Je commençai soudain à entendre la musique des « Dents de la mer » dans ma tête.

Dévoré par les requins… Sam ne me le pardonnerait jamais. Quand je vis le bateau, je lui fis signe. L'homme qui me tira de l'eau était grand et costaud, et ses cheveux lui retombaient jusqu'au milieu du dos en une longue tresse épaisse. Sa barbe poivre et sel et sa moustache étaient soigneusement taillées, et ses yeux étaient plissés sous une casquette de base-ball de l'équipe des Pittsburgh Steelers.

— Hé ! Vous savez qu'il y a des requins dans l'eau ?

J'aimais cet accent que j'entendais depuis que j'avais rejoint les îles. C'était un dialecte chaleureux que je n'aurais jamais, jamais osé imiter, comme je le faisais parfois avec d'autres. Combien de fois avais-je fait endurer à Dylan des journées entières à parler avec un accent irlandais ou jamaïcain, avec d'horribles résultats ? Mais ce son me donna l'impression de me retrouver chez moi.

— Vous m'avez entendu ?

— Des requins ? répétai-je timidement.

Il acquiesça.

— Non, euh, je ne savais pas qu'il y avait des requins ici, dis-je en claquant des dents.

Il attrapa une serviette de plage, puis une seconde, en laissa tomber une sur ma tête et enroula l'autre autour de mes épaules.

155

— Merci.

Il grommela comme le faisaient les hommes face à une stupidité inhabituelle. C'était un bruit qui confirmait que j'étais un idiot.

— Il est fort, vous savez, le courant, il peut vous entraîner au fond et vous noyer.

J'acquiesçai.

— Vous aimez manger ?

J'acquiesçai de nouveau, parce qu'honnêtement, se faire nourrir était la meilleure façon de connaître les gens. La deuxième était de jouer à leur sport, mais je n'étais pas vraiment prêt à ça, et d'après sa casquette, j'aurais été prêt à parier que son sport à lui, c'était le football américain, et je le connaissais déjà. Tous les samedis et dimanches en automne, la télévision était allumée chez nous puisque Sam regardait un match ou un autre. Le football universitaire le premier jour du week-end, puis les professionnels le dimanche. Je n'avais pas besoin de jouer au football pour comprendre le fonctionnement interne de mon bon samaritain, tout ce qu'il me suffisait de faire, c'était de manger ce qu'il m'offrait et d'en redemander.

Il s'avéra qu'il rejoignait des gens sur la plage pour participer à un barbecue et camper, une chose pour laquelle il fallait visiblement avoir un permis, puis passer du temps ensemble à manger et à boire. Il apportait le poisson. Il s'appelait Tetsuo Nakamura, et quand je lui dis qu'il n'avait pas l'air japonais, il me sourit. Cet homme faisait facilement plus d'un mètre quatre-vingt-dix, musclé et aux épaules larges, la cinquantaine avancée, d'après moi, peut-être même la soixantaine. Au final, il avait soixante-douze ans, et je lui dis que c'était incroyable. Sa mère était à moitié *haole*, ce qui voulait dire « blanche » pour lui, mais signifiait simplement « visiteur », et à moitié hawaïenne. Son père avait été japonais.

— Vous m'avez l'air complètement hawaïen, lui dis-je.

— Il n'y a plus d'Hawaïen « complet », me dit-il. Et venir d'Hawaï ne suffit pas à faire de vous un Hawaïen.

— Oui, monsieur.

— Je t'aime bien, tu fais preuve de respect. Viens.

C'était bruyant et le barbecue sentait si bon que je salivai. Rien ne me fatiguait plus et ne m'affamait plus que la nage. Les enfants sortent de l'eau transformés en animaux affamés, et je ne faisais pas exception à la règle.

— Tetsuo, qui est ton ami ?

Il expliqua à quel point j'avais été stupide, où j'étais allé nagé, et à quelle distance. L'une des femmes, Ku-uipo, surnommée « Ipo », indiqua l'endroit où se trouvait la douche de la plage, à cinquante mètres de là environ, et me dit qu'il fallait que je me débarrasse de l'eau salée, et qu'elle me prêterait des vêtements à ma taille.

J'essayai de lui expliquer où je logeais, mais elle me fit taire comme le faisaient la plupart des femmes et pointa la douche.

J'allai me doucher.

Quand je revins, la serviette enroulée autour de ma taille et les pieds couverts de sable, une fois rincé, elle m'offrit un bermuda sec et un tee-shirt pour que je puisse me changer. Il sentait tous deux la lessive.

Elle me fit prendre place sur ces chaises dont on se servait en général pour observer les petits-enfants jouer au football, ou tout autre événement sportif, et me donna une canette de jus de fruits *Hawaiian Sun* à l'orange et au fruit de la passion, tout en m'apportant une assiette pleine de nourriture. Les hommes qui l'observaient tournèrent les yeux vers moi quand elle partit.

— Oh, frangin, elle t'aime bien, me dit l'homme le plus proche.

— Non, lui dis-je en lui souriant. Elle veut juste me nourrir parce que j'ai failli me noyer, c'est tout.

— Tu étais où ?

Je n'en avais pas la moindre idée et appelai Tetsuo. Il ne m'entendit pas.

— Oncle, il était où, l'*haole* ?

— Il s'appelle Jory, corrigea Tetsuo.

— D'accord, alors, il était où ?

Puis il leur expliqua où j'étais, au-delà du récif, et je reçus des regards de respect et d'autres plus hésitants, comme si j'avais séché l'école. Apparemment, c'était un peu dangereux là-bas.

— Il y a des requins, tu sais.

Je le savais, maintenant.

— Tu as déjà mangé ce genre de bons plats, avant ? me demanda un autre homme.

Je secouai la tête, mais cela n'avait pas d'importance. J'avalai le truc vert, quoique ce soit, sans rechigner.

Makana me parlait, son cousin Kimo assis à côté de lui, et Tommy de l'autre côté. Ioane nous rejoignit, et je le préférai, jusqu'à ce que Kawica arrive. Kawica était patient, il m'expliqua ce qu'était le *luau* de calamar, le truc vert, et le *lau lau*, qui était du porc et du poisson au beurre enveloppés dans des feuilles de taro et de ti, et le riz frit et la salade de macaroni et les os grillés d'Aku, qui n'étaient que l'arête centrale du poisson avec de la viande dépiautée, et le *pipikaula*, qui était comme du bœuf séché sauf que

157

c'était plus épais et plus tendre. Tout avait un goût incroyable, et quand je demandai à Kawica si je pouvais en ravoir, juste reçu un sourire à fossettes, et il pencha la tête pour que je le suive.

La nourriture mijotait dans des casseroles en aluminium et Ipo se trouvait là avec Lani et une autre fille nommée April. Je les remerciai de nouveau de m'avoir nourri et leur dit à quel point la nourriture était délicieuse.

— Oh, oncle.

Elle se tourna vers Tetsuo, qui était assis à la table des adultes avec les autres hommes et femmes de son âge.

— Tu avais raison. Il a de bonnes manières, celui-là.

— Ouais, je te l'avais dit, dit-il en souriant avant de me faire signe. Jory, viens.

Je m'approchai rapidement et il me présenta à la tablée. Ils voulaient savoir où je logeais et d'où je venais, et je fus ravi d'apprendre que l'un des hommes avait un petit-fils qui allait à l'école à l'université de Chicago.

— Eh bien, si vous souhaitez que je lui ramène quoi que ce soit quand je rentrerai, dites-le-moi.

On aurait cru que je venais d'offrir un million de dollars à cet homme, Randy Awana.

— Tu peux lui amener à manger ?

— Oui, monsieur.

— D'accord, alors, Jory, je vais te donner mon numéro et tu m'appelleras avant de partir, et je préparerai tout.

— Absolument.

Alors il me serra dans les bras, ce qui était agréable, et je reçus un baiser de la part d'Ipo, et davantage de nourriture, ce qui était encore mieux. Quand je me réinstallai avec Makana et Kawica, je vis un autre type en train de m'observer.

— Brian, lui aboya Makana. Pourquoi tu regardes Jory d'un air mauvais ?

— Hé, désolé, dit-il en penchant la tête vers moi. Je me demandai… Ipo t'aime bien, et alors ?

La fille en question était belle, avec des cheveux épais qui retombaient en vagues jusqu'au milieu de son dos, une peau brune splendide, et de grands yeux marrons. Elle était incroyable et marchait avec une grâce indéniable, avec un déhanché décadent. Sa beauté était évidente, mais les filles, ce n'était pas mon truc. Ce qui m'amusait, c'était d'être assis avec quatre hommes torses nus à la peau lisse et douce, tout en muscles. J'avais des amis qui en auraient été très jaloux.

Je le regardai.

— Hé, tu es un *mahu* ?

Je tournai les yeux vers Kawica pour qu'il me traduise.

— Il veut savoir si tu aimes les gars.

— Oh, dis-je en tournant de nouveau les yeux vers Brian. Oui.

Il haussa les épaules.

— Tant mieux, je vais le dire à Ipo. Peut-être que j'aurais une chance.

— Tu n'as aucune chance, ricana Makana. Ipo n'aime que les gars qui ont un travail.

Il présenta son majeur à Makana, puis tout le monde recommença à manger. Je venais de refaire mon *coming out*, et tout le monde s'en fichait. Je passais vraiment une bonne journée.

Il s'avéra que je n'étais pas loin du Bed & Breakfast. Le trajet 2TAIT rapide, après un long virage, par-dessus un vieux pont, pour finir par une petite route. Il n'y avait pas de rampe d'accès ou d'allée, l'entrée se trouvait juste là, au bord de la route, et si vous la manquiez, vous deviez conduire jusqu'à l'endroit où se trouvait le Foodland et le Mc Donald's, faire demi-tour et retenter.

L'autoroute n'avait que deux files, et apparemment le week-end, la circulation avançait à une allure d'escargot à cause de tous les gens qui essayaient de rejoindre Waimea Bay.

— Il pleut beaucoup à cette période de l'année, m'expliqua Tommy en naviguant sur la route ce soir-là.

Il avait une bonne raison d'aborder ce sujet. Je ne savais simplement pas laquelle, pour l'instant.

— Les vagues peuvent devenir énormes, ouais, Jory, ajouta Kawika en me mettant en garde. Tu ne peux pas aller nager comme aujourd'hui. Tu as de la chance que l'oncle t'ait vu.

Oui, j'avais eu de la chance.

— Bientôt, elles feront au moins dix mètres.

Kawika me regarda dans le rétroviseur.

— Je ne veux pas te voir aux nouvelles, d'accord ?

C'étaient tous les deux des surfeurs, tout comme tous les types que nous avions laissés sur la plage, donc quand ils disaient que les vagues pouvaient être grandes, il y avait de bonnes chances que ce soit une houle capable de me noyer facilement.

— Je ferai plus attention, les rassurai-je tous les deux.

Quand ils me déposèrent devant la maison principale, je les remerciai encore, tout comme je l'avais fait avec tous ceux avec qui j'avais passé cette magnifique soirée.

— Tu as pris le numéro d'oncle Randy pour emmener les trucs à Moïse ?

— Oui, je l'ai pris.

— D'accord, alors.

Kawika me sourit, puis me prit dans ses bras.

Il me serra vraiment fort, puis me tapota durement sur le dos comme le faisaient les hommes. Tommy en fit de même et m'offrit un large sourire. Tous deux m'offrirent une salutation de surfeurs en partant et le klaxon retentit avant qu'ils s'engagent sur l'autoroute.

J'avançai jusqu'à mon chalet et allumai les lumières. J'avais de la chance que le porche soit ouvert, sinon je me serais retrouvé bloqué dehors et... je ne savais pas qu'un cafard pouvait être aussi gros.

Bordel de merde !

Et comme je me calmais tout juste de cette surprise, il s'envola.

S'envola.

Comme une chauve-souris.

Après une bonne minute de panique à l'idée qu'il puisse atterrir sur moi, je me dis que si c'était le cas je devrais me passer le corps à la chaux, mais je me calmai, attrapai une chaussure et après l'avoir poursuivi, beaucoup sauté sur le lit, et avoir allumé toutes les lampes de la pièce, je finis par le frapper, puis l'étourdir et enfin le tuer. Bon sang. Et je me souvins soudain avoir lu quelque part que ces trucs pouvaient vivre genre une semaine sans leur tête, donc je le jetai dans les toilettes et tirai la chasse. Je me lavai les mains au moins cinq fois, puis pris une douche. Sérieusement, ce truc faisait au moins dix centimètres.

Peut-être sept.

Clairement plus de cinq.

Au moins trois.

Je fermai la baie vitrée qui menait au patio et je me préparais à me glisser dans mon lit quand on frappa. Lorsque j'ouvris, Aaron se tenait là, les bras croisés, l'air énervé.

— Quoi ?

— Quoi ? J'ai cru que tu t'étais noyé ! Tout ce qu'on a retrouvé, c'est ta serviette sur la plage !

— Oh, oui, désolé.

Je bâillai bruyamment, prêt à m'effondrer, relâchant la poignée en le laissant planté là à me lancer un regard noir et me dirigeant vers mon lit pour m'y affaler.

— Je n'ai pas vu le temps passer, mais je crois avoir eu une épiphanie pendant que je nageais un peu plus tôt.

— Jory !

Je relevai les yeux vers lui et il se trouvait soudain devant moi, s'agenouillant entre mes genoux pour que nous nous retrouvions face à face. Ses mains étaient agréables contre mon visage, et quand il écarta mes cheveux de mes yeux, je les fermai.

— Tu es tellement fatigué.

J'acquiesçai.

— Désolé, Sutter, je ne voulais pas te faire peur. C'est gentil de t'être inquiété.

Lentement, il tripota la chaîne argentée autour de mon cou.

— Qu'est-ce que c'est ?

— C'est Saint Jude

— Ce n'est pas le saint-patron des causes perdues ?

— Je ne sais pas. Je sais juste qu'il veille sur les policiers.

— Je vois.

Il attira ma tête vers l'avant, contre son épaule, tout en massant mes cheveux.

— C'est un sacré tatouage.

Je soupirai profondément.

— C'est le nom de Sam.

— Je vois ça. Est-ce qu'il t'a demandé de le faire ?

— Bien sûr que non.

Il resta silencieux quelques minutes avant de demander :

— Pourquoi gâcher ta belle peau ?

J'essayai de m'écarter, mais il augmenta la pression.

— Pardon, attends.

Et j'allais essayer de le renverser, mais il était tout chaud et ses doigts étaient agréables contre ma nuque.

— En fait, ça ressemble à une grande signature sur ton épaule.

— C'est ce que je voulais.

— Depuis combien de temps est-ce que tu l'as ?

— Trois ans, presque quatre.

161

— L'alliance ne suffisait pas ?

— C'était avant l'alliance.

— Jory…

— Tu n'es pas vraiment en train d'essayer de transformer Jaden en moi, n'est-ce pas ?

Il rit tout bas.

— Est-ce que c'est ce qu'il pense ?

— En gros, oui.

— Alors il est bien plus perspicace que je ne le pensais.

Je pris une profonde inspiration et retombai sur le lit, un bras sur mes yeux.

— Je te donne un million de dollars si tu éteins la lumière.

— Vraiment ? Tu as un million ?

Je grognai et fis un geste grossier.

La chambre devint mille fois plus fraîche dès l'instant où il éteignit la lumière. La lampe sur la table de nuit était une vieille lanterne, et baignait la pièce d'une lueur douce.

— Tu aurais dû voir la taille de ce cafard, un peu plutôt.

— De ce cafard, répéta-t-il en toussotant avant de s'asseoir près de moi.

Sa main glissa sous mon tee-shirt, sur mon ventre. Je portais également un bas de pyjama court, que j'avais enfilé en me préparant pour aller au lit.

— Arrête ça.

— Tais-toi.

— Ne m'agresse pas, dis-je en gloussant.

— Mmm-hmmm, souffla-t-il.

Je sentis sa main chaude se glisser sous le rebord du tee-shirt et parcourir ma peau nue.

— Bon sang, Jory, ta peau est toujours aussi dorée et parfaite que dans mes souvenirs.

— Enlève ta main, Aaron.

Et ses doigts, qui avaient été très agréables, disparurent.

— Merci. Maintenant, rejoins Jaden et va dormir.

— Je vais le faire, attends juste une minute.

Je sentis le matelas s'affaisser sous mon corps.

— Ça commence bien, ça commence toujours bien, dit-il en posant de nouveau sa main contre mes cheveux, ce qui me semblait tolérable.

Ses doigts effleurèrent mes sourcils, puis mes cils.

— J'apprécie un type, il m'apprécie aussi, mais en cours de route, je commence à m'ennuyer. M'ennuyer vraiment. Puis j'essale de le transformer en le seul homme qui ne m'a jamais ennuyé... toi.

Si Sam avait laissé n'importe quel homme toucher ses cheveux, hormis moi, effleurer son nez du bout des doigts, ses lèvres, j'aurais perdu la tête. Il ne me semblait pas juste d'avoir deux poids deux mesures.

— Va t'asseoir sur la chaise, lui dis-je en repoussant doucement sa main.

— Désolé, j'arrête, laisse-moi juste rester assis ici.

— Aaron...

— Que puis-je faire qui ne brisera pas ta promesse envers Sam Kage ?

— De quoi est-ce que tu parles ?

— Une fellation, c'est du sexe ou non ?

— Quel âge est-ce que tu as, cinq ans ? le taquinai-je, mes yeux s'ouvrant alors que je lui souriais. Bien sûr qu'une fellation c'est du sexe. Ne sois pas stupide.

— Un baiser ? Un seul baiser. Je peux avoir ça ?

— Dégage de là, lui dis-je en riant. Va embrasser Jaden.

— Je veux t'embrasser toi, Jory, dit-il en se penchant jusqu'à ce que ses lèvres survolent les miennes. Je veux sucer ça.

À ces paroles, sa main forte enserra mon sexe à travers le coton fin de mon pyjama.

— Putain, gémis-je en frémissant.

— Oh, bébé, s'il te plaît, dit-il en me relâchant.

Je sus, avant même qu'il m'enlève mes vêtements, qu'il allait me prendre dans sa bouche chaude et humide.

Nous l'avions fait de nombreuses fois par le passé. Aaron Sutter adorait faire des fellations. Il adorait sentir un sexe glisser le long de sa langue, pousser contre sa gorge, et il aimait le goût de la semence quand il l'avalait. Il s'était une fois glissé sous la table d'un restaurant pour moi, mes cuisses écartées, ma ceinture défaite, ma braguette déboutonnée. Le bruit de la fermeture éclair m'avait ravi. Ses doigts se glissaient juste une fraction de seconde dans mon orifice, sa langue humidifiait, glissante de salive. Tout ce temps, il me suppliait de baiser sa bouche, de l'étouffer si je le pouvais. Mais alors, il s'arrêtait. Il n'y avait jamais eu la dernière pièce qui me manquait, celle dont j'avais besoin, même si j'avais exprimé souvent ce qui me permettrait de hurler son nom encore et encore.

Quand Sam me suçait, il ne s'arrêtait pas avant que je jouisse. Après cela, il glissait sa langue dans mon orifice et s'enfonçait profondément, comme j'en avais envie. Quand je haletai son nom, prêt à le recevoir, il se retirait, glissait deux doigts lubrifiés en moi, m'écartant encore, avant de me remplir de son long sexe dur et épais. Il me malmenait, mes cuisses pressées contre mon torse tandis qu'il me pilonnait jusqu'à ce que je puisse le sentir au fond de moi. L'orgasme, mon second, son premier, pouvait en général être entendus de tous, puisque j'étais un amant très bruyant.

— Putain, criai-je, tout mon corps réclamant l'homme que jamais.

J'étais dur, douloureux et palpitant, et j'envoyai donc le mauvais message à Aaron.

Je n'avais pas envie de lui. J'avais envie de Sam. C'était toujours et uniquement Sam.

Ses doigts se glissèrent sous l'élastique de mon pyjama.

— Jory, bébé, je vais te faire tellement de bien.

Merde, merde, merde !

Je me reculai aussi vite que possible, m'effondrai du lit puis me glissai dessous.

— Jory, qu'est-ce que tu fais, bon sang ? hurla-t-il.

J'étais sous le lit et la réalité de cette situation me fit rire. Je ne pouvais pas m'en empêcher. Ridicule. Je n'étais vraiment qu'un débutant. On ne pensait pas à un homme pendant qu'un autre essayait de vous séduire. C'était vraiment stupide.

La porte s'ouvrit alors à la volée, rebondissant contre le mur, et d'où je me trouvais je ne vis que des pieds, et rien d'autre.

— Aaron, qu'est-ce que c'est que ce bordel ?

— Jaden, qu'est-ce que tu fais là ?

— Qu'est-ce que *toi* tu fais là, et où est Jory, bon sang ?

Jory était sous le lit, mais je n'allais pas le lui dire, et je devinai qu'Aaron n'allait pas le faire non plus.

— Je voulais lui parler, mais je pourrais le faire au matin.

— Oh, se calma-t-il, surpris. Il n'est pas là ?

— Non.

— Mais est-ce qu'il va bien ? Je sais que tu t'inquiètes.

Toute trace de colère avait disparu puisqu'il n'y avait aucun signe de moi.

— Il va bien. Ses affaires sont ici et on dirait qu'il a pris une douche. Retournons dans notre chambre pour parler, d'accord ?

— D'accord, répondit Jaden.

Quand la porte se referma, je sortis de sous le lit, verrouillai et éteignis les lumières, avant de me glisser sous les draps. Je m'endormis en quelques secondes.

Je rêvai de Sam Kage.

XIV

La première chose que je fis en me réveillant, ce fut d'appeler Dylan. Puisqu'il y avait un décalage horaire de cinq heures, c'était déjà l'heure du déjeuner pour elle.

— Quoi ? me demanda-t-elle quand je la laissai en placer une.

Je lui expliquai que la seule personne avec qui je pourrais jamais travailler était Dane, et que je ne voulais vraiment pas faire ça pour le restant de mes jours, travailler pour mon grand frère et vivre dans son ombre.

— Mais chéri, nous avons déjà essayé de fonder notre propre compagnie.

— Nous avons abandonné trop vite, D., lui dis-je. Je me dis toujours que...

— Tu vas échouer, me dit-elle.

— Ouais.

— Je sais. À force, tu as fini par croire toutes ces conneries selon lesquelles « Jory est tellement stupide ».

— Mais je ne le suis pas, et toi non plus, et je pense que si ce n'est que toi et moi, personne d'autre... et que nous embauchons quelques personnes, cette fois, dis-je en souriant.

— Pourquoi est-ce que tu déconnes avec moi alors que tu sais que j'en ai tellement envie ?

Vraiment ?

— Vraiment ?

— Bien sûr que oui.

— Mais tu n'as jamais rien dit.

— À quoi est-ce que ça aurait servi... hormis te faire culpabiliser ?

— Bon sang, je *suis* stupide.

— Mais tu n'es pas stupide au point de ne pas savoir ce que tu fais. Tu es stupide parce que tu n'as pas confiance en toi alors que tu devrais, parce que tu es incroyable quand tu le veux. Le problème, c'est que tu essaies trop rarement.

— Et tu veux entrer en affaires avec un type comme ça ?

— Totalement. Je confierais ma vie à ce type.

166

— Pourquoi ?

— Parce que je sais qu'il ferait tout ce qui est en son pouvoir pour que nous réussissions.

— J'adore Aubrey, lui dis-je.

— Moi aussi, confirma-t-elle, mais elle raffole vraiment de son nouveau travail à la galerie d'art et elle ne travaille plus que trois jours par semaine maintenant qu'elle est mariée à Rick.

J'avais présenté mon amie Aubrey Jenner à son mari, trois ans plus tôt. Ils s'étaient mariés six mois plus tard.

— Ça irait, tu crois ?

— Oui.

Tout était simple quand je parlais à ma meilleure amie. Dylan me suivait facilement. J'avais repensé à notre entreprise avec Aubrey Jenner, mais si je disais que je l'aimais, c'était parce que je ne voulais pas vraiment retourner en affaire avec elle. « Aimer » sous-entendait également un « mais ». Le « mais » signifiait que cette fois les choses devraient être différentes. Et comme Dylan était Dylan, quand tout changeait de direction, elle n'en manquait rien.

— Alors elle ne sera pas en colère si on ne lui demande pas ?

— Peut-être que si, soupira-t-elle. Mais je pense que cela faisait partie du problème la dernière fois. Nous étions trop nombreux à faire des choix, prendre des décisions, surtout, et ça n'a pas fonctionné.

— Non.

— Toi et moi…

— Ouais, toi et moi, confirmai-je. Et Fallon, d'accord ?

— Ouais, Fallon aussi.

— Parce qu'il a été mon filet de sécurité.

— Tout à fait.

— Et c'était vraiment génial.

— Ça l'était.

— Alors d'accord ?

— D'accord.

— Qu'est-ce que je raconte à ces gens sympathiques qui viennent tout juste de m'embaucher ?

— Ils ne t'ont pas encore vraiment embauché, me rappela-t-elle. Ils ont promis de le faire, mais tu n'as rien signé.

C'était vrai.

— Dis-leur que tu peux travailler pour eux comme consultant et qu'ils devront simplement te payer quand tu leur livreras un compte, mais que tu ne n'es pas obligé d'avoir de salaire.

— Oh, dis-je en réfléchissant un instant. Ça pourrait leur plaire.

— Ça s'appelle une commission, mon chéri, et beaucoup de gens aiment ça.

— Donc ils n'auraient même pas besoin de me payer de prestations médicales ou quoi que ce soit.

— Non.

— Pourquoi quiconque refuserait ça ?

— Je n'en ai pas la moindre idée.

— Et si Fallon n'est pas partant ?

— Tu ne le sauras pas avant de le lui demander.

— Je veux qu'il soit partant.

— Alors demande-lui.

— Merde. Fallon va me dire d'aller me faire foutre.

— Ou peut-être que Fallon aimerait pouvoir travailler avec toi quand il en a envie, dit-elle pensivement, et ne pas le faire quand il n'en a pas envie, et s'il veut venir travailler avec nous… j'ai toujours eu beaucoup de respect pour Fallon.

— Vraiment ?

— Il a une réputation impeccable.

— Ah bon ?

— Hm-hm.

— Pourquoi tu ne m'as jamais dit que tu craquais pour Fallon ?

— Parce que c'est toi, mon petit ami gay, et que je ne voulais pas que tu sois jaloux.

— Mais Fallon ne peut pas être un associé.

— Il peut, s'il amène ses propres clients. Le truc avec Aubrey, c'était qu'on la payait comme employée, mais que nous la traitions comme une associée et lui donnions une voix dans l'entreprise. Nous sommes passés de deux à trois sans injecter de fonds. Elle n'a jamais rien investi, sauf son temps.

— C'était déjà beaucoup.

— Oui, mais peut-être que si elle avait acheté des parts, cela nous aurait permis de gagner plus de temps, mon lapin.

— Tu as réfléchi à tout ça.

— En effet.

— Tu détestes vraiment ton travail actuel.

— Oui, vraiment.

— Je ne sais simplement pas si je peux faire ce que je déteste dans un nouvel endroit, même si c'est avec Fal. Ce serait comme suspendre des rideaux en enfer, tu vois ?

— Oui, je comprends totalement.

— Alors quoi, je l'appelle ?

— Appelle Fallon. S'il a besoin que j'aille le voir, je le ferai.

— Tu le feras ?

— Bon sang, oui.

— Je t'aime vraiment, soupirai-je.

— Je sais.

— Est-ce que tu crois vraiment qu'il y a un problème avec moi ?

— Rien de permanent.

J'y réfléchis.

— Tu es la seule personne que je connaisse qui se soit fait envoyer balader par un ambulancier, dit-elle.

— Qu'est-ce que cela a à voir avec ce dont nous discutons ?

— C'est juste toi.

— Je croyais qu'il allait se garer.

Elle éclata de rire et je raccrochai avant d'appeler Fallon Strauss.

— Hé Jory, est-ce que tu…

— Tu veux bien me laisser parler et ne rien dire jusqu'à ce que j'aie terminé complètement ?

— Oh bon…

— S'il te plaît, Fal.

Il soupira longuement, mais accepta.

En temps normal, je pouvais parler très vite quand je le voulais et respirer devenait inutile. Je commençai par le fait que ma vie était plus ou moins en construction en ce moment et terminai, vingt minutes plus tard, en lui expliquant comment je devais me débarrasser des mauvaises pièces et construire sur les bonnes fondations. Il était une bonne pièce et Dylan le pensait également.

— Alors si j'ai bien compris, grogna-t-il. Tu veux que je saute avec toi dans le grand bassin simplement parce que j'ai foi en toi et tu espères qu'un travail acharné et une bonne réputation suffiront à nous porter ?

— Plus ou moins.

— Jor…

— Est-ce que tu peux parler à Dylan avant de décider ?

— Je...

— S'il te plaît, Fal.

— C'est comme ça de vivre dans ton monde ? Comme être sur des putains de montagnes russes ?

Qu'est-ce que j'allais faire ? Mentir ?

— Ouais, un peu.

— Un peu ?

Il était incrédule.

— S'il te plaît, Fal. Je veux vraiment essayer, cette fois. C'était le cas aussi la dernière fois, mais la dernière fois quand nous avons rencontré un obstacle, j'ai décidé de jeter l'éponge parce que je me suis dit que le problème, c'était moi, et que j'allais échouer de toute façon, tu vois ? Il valait mieux cesser d'être terrifié, vu que j'étais adulte maintenant.

— Et maintenant ?

— Maintenant, je sais ce que je fais et je sais qu'ils réagiront bien à la façon dont je veux les traiter. Je ne veux pas que mon éthique dépende de nos fonds. Je veux faire le bien, tout le temps, et si je gère ma propre compagnie, je pourrais le faire. Et je pense que ce sera vraiment bien. J'ai juste...

— Jory...

— C'est un peu ta faute, Fal.

— Ma faute ?

— Ouais. Tu as vu en moi. Seul Sam, Dane, Dylan et Aja voient vraiment en moi, tu sais ? Je veux dire, vous devez être les seuls au monde à ne pas penser que je suis un raté.

— Oh mon Dieu.

— Et Shane, exact ? le taquinai-je. Shane m'aime bien, hein ?

— Oui, il...

— Et mon ami Evan et son petit ami Loudon, eux aussi. Ils voient en moi.

— Jory...

— Shane ne veut-il pas que tu sois ton propre patron ?

— Eh bien oui, il dit toujours que...

— S'il te plaît, *s'il te plaît*, avec du sucre et du miel, parle avec Dylan.

— Avec du sucre et du miel ?

— Fal...

— Putain !

Oh oui, je l'avais !

— Aujourd'hui. Est-ce que tu lui parleras aujourd'hui ?

— Putain, putain, putain.

— Fal ?

— Quand ?

— Assieds-toi, bois un coup, je te rappelle tout de suite.

— Je ne suis qu'un idiot ! Pourquoi est-ce que je t'écoute ?

— Parce que c'est mieux quand nous sommes ensemble, Fal.

— Comment est-ce que tu peux le savoir ?

— Je le sais.

Il gémit et je raccrochai avant de rappeler Dylan. À l'entendre aussi essoufflée, je sus qu'elle était excitée.

— Tu es si heureuse, D.

— J'attendais juste que tu te réveilles.

— Tu aurais pu me secouer un peu.

— Non, tu devais retrouver confiance en toi. Qu'est-ce qui t'a aidé ?

— J'y réfléchis depuis des mois, mais hier... hier, quand j'étais dans l'océan, seul, j'ai eu l'impression de n'être rien, tu comprends ?

— Et tu voulais être davantage.

— Ouais.

— Ouais.

— Je veux dire, je ne crois pas naïvement que gérer ma propre entreprise réalignera mes planètes ou apportera la paix mondiale ou des conneries du genre, mais je pense que peut-être, si j'étais plus heureux de moi-même, alors je ne voudrais pas que Sam soit parfait, ou les autres d'ailleurs.

— Si j'étais heureuse au travail, je ne serais pas une telle garce à la maison.

— Qu'en dit ton mari ? Qu'est-ce que Christopher pense du fait que nous nous remettions en selle ensemble ?

— Il pense qu'il était sacrément temps.

— Bon Dieu.

— J'ai de l'argent de côté, J.

— Moi aussi, un peu.

— Et le reste ?

— Vois ce qu'en dit Fal. Tu dois aller le voir.

— Où est-il ? Je peux partir maintenant.

Je pris une profonde inspiration.

171

— Nous devrons prendre un autre prêt.

— Non, me dit-elle. Cette fois nous accepterons l'aide que nous offraient tous les autres la dernière fois, mais que notre fierté nous a empêchés d'accepter.

— Bon sang.

— Nous nous sommes comportés comme des idiots.

Dane avait vraiment été blessé que je ne lui ai pas demandé d'investir quand j'avais créé ma propre entreprise.

— Oui, vraiment, acquiesçai-je. Je parlerai à mon frère.

— Je parlerai au mien, répondit-elle.

— Bon sang, nous allons vraiment le faire, aussi vite.

— Allons, toute ta vie se passe toujours aussi vite. Voilà pourquoi c'est fun de vivre comme Jory.

— « Comme Jory » ?

— Oui, toujours à fond, en retenant son souffle, les yeux grands ouverts… voilà comment il faut vivre, mais il faut avoir les couilles de le faire jusqu'au bout cette fois, Harcourt.

Je hochai la tête.

— Je ne peux pas te voir !

Merde.

— Oui !

— D'accord, soupira-t-elle. Je suis prête pour le grand plongeon.

Et à parier sa vie sur moi, et peut-être aussi celle de Fallon Strauss.

— Oh mon Dieu.

— Ne vomis pas tout de suite, dis-moi où est Fal.

C'est ce que je fis et même s'il disait non, nous allions nous lancer, le « Jory et Dylan Show » était de retour. J'appelai Dane après avoir raccroché et lui balançai tout après son bonjour.

— Respire, m'ordonna-t-il.

Apparemment, j'avais besoin de faire bien plus que ça.

— Et si Fallon ne veut pas monter à bord ?

— Alors c'est un idiot.

— Mais je me suis engagé pour un nouveau boulot, Dane.

— Tu as signé un contrat ?

— Non.

— Alors tu ne t'es pas encore engagé, Jory, et l'idée de Dylan de bosser comme consultant me semble aussi profitable pour *Benchmark* que pour toi.

— Bon Dieu.

— Et peut-être que *Benchmark* accepterait d'accueillir ses consultants dans les nouveaux bureaux qu'ils sont en train de construire.

— Non.

— Tu n'en sais rien. Il va falloir attendre et voir l'ampleur de la vision de Fallon, ainsi que celle de *Benchmark*. Les gens pourraient te surprendre, Jory. Il faut juste avoir le courage de faire ce pas.

— Pourquoi tu ne m'as pas dit tout ça avant ?

— Parce que personne ne peut te donner confiance en toi. La confiance vient de l'intérieur.

— C'est très zen de ta part.

— J'essaie.

J'essayai de calmer mon cœur battant.

— Comment va Aja ?

— Apparemment, tu dois venir l'aider à repeindre la chambre du bébé.

— Je le ferai.

— Pourquoi ne peut-on pas embaucher quelqu'un pour peindre ?

— Parce qu'on demande à sa famille d'aider, Dane, pour s'assurer que ce soit fait avec amour.

— Vraiment ?

— Oui.

Il grogna.

Et je compris que nous parlions de chambre d'enfant et de prêt commerciaux en même temps. Il était très sournois.

— D'accord.

— D'accord quoi ?

— D'accord, j'ai compris.

— Vraiment ?

— Tu es incroyable.

— C'est ce qu'on m'a dit.

— Et arrogant.

— Encore une fois, on m'en a informé.

— Je te verrai quand je rentre.

— Tu n'as pas intérêt à rentrer avant une bonne semaine, Jory. Ne me pousse pas.

— Promis.

— Dis-moi ce que décide Fallon Strauss.

— Tu connais Fallon ?

173

— Je connais tout le monde, Jory.

Bon Dieu, c'était vraiment le cas.

— Je suis vraiment désolé de ne pas pouvoir être là pour t'aider à former Pedro.

— Pedro connaît le bureau et il sait ce qu'il fait. Il n'avait pas besoin de toi. Et comme ça, je peux le voir vraiment, sans que tu lui serves de filet de sécurité.

— Mais je t'avais quand même promis que je serais là.

— Tu m'as trouvé un nouvel assistant, ce qui était ce que tu devais faire. C'était tout ce dont j'avais vraiment besoin, ton engagement et que tu mettes ta parole à exécution.

— D'accord.

— Tout est réglé ?

Ça l'était toujours après avoir parlé à Dane.

Je raccrochai, sortis du lit et me dirigeai vers les portes du patio pour les ouvrir. C'était une autre belle journée au paradis, entre le soleil, la brise, les nuages et le bleu profond de l'océan. J'inspirai l'air parfumé pour m'en remplir les poumons et sentis ma vie retomber sur mes pieds.

Après m'être douché et changé, je pris mon téléphone et me dirigeai vers le bâtiment principal pour prendre le petit-déjeuner. Il me fallut une seconde pour m'assurer d'être assez réveillé quand je découvris Hayes Fisher assis à une table avec Aaron, Jaden et un autre homme que je ne connaissais pas.

— Jory, dit Hayes en se levant pour traverser la pièce dans ma direction.

Qu'est-ce que c'était que ce bordel ?

— Qu'est-ce que tu fais à Hawaï ? me demanda-t-il.

— Je pourrais te poser la même question.

Il haussa les épaules.

— Un ami à moi, Burke Ellis, m'a invité à passer le week-end avec lui et ses copains d'université, et puisque j'ai viré *Synergy*, je me suis dit, « pourquoi pas ».

— Tu as viré *Synergy* ? demandai-je quand il se rapprocha de moi pour poser la main sur mon épaule.

— Oui.

Je lui souris.

— Ils ne trouvent pas de jolis hommes, hein ? Seulement de jolies filles ?

— Oui, tu avais raison. Tu es très perspicace.

— Je parie que tu n'as pas récupéré ton dépôt de garantie.

— Non, mais franchement... qu'est-ce que tu fais là, bon sang ?

Je lui expliquai que je faisais profil bas pour éviter un trafiquant de drogue psychotique et que je connaissais Aaron Sutter.

— Tu sortais avec Aaron Sutter, de *Sutter industries*, *Sutter Acquisitions*, le Sutter qui construit des hôtels partout dans le monde ?

— Ouais.

— Bon sang, pas étonnant que tu n'aies pas été impressionné quand je t'ai dit que j'étais riche. Comparé à lui, je ne le suis pas.

Je haussai les épaules.

— Je n'en ai rien à foutre de l'argent.

— Oui, Jory, je sais ça, dit-il sèchement.

— Mais dis-moi que quelqu'un va rénover ta maison.

— Oui, bien sûr.

— Tu dis bien sûr, mais...

— Oui, Jory, ça devrait être terminé quand je rentrerai dans deux semaines.

— Génial. Il faudra que tu me montres ou au moins que tu m'envoies des photos.

— Jory, j'aimerais vraiment que tu passes beaucoup de temps avec...

— Jory !

Je regardai par-dessus l'épaule d'Hayes et découvris Aaron me faisant signe d'approcher, d'une telle façon que je compris qu'il valait mieux que je me bouge les fesses. Je plissai les yeux.

— Jory, laisse-moi te parler, me demanda Hayes.

— Oh, pour l'amour de Dieu, viens là ! me cria Aaron.

Je tapotai rapidement le bras de Hayes et me dépêchai de rejoindre Aaron. Quand je fus à distance, il agrippa ma main et m'attira vers lui pour que je m'accroupisse près de sa chaise.

— Oui, Maître.

— Oh, va te faire foutre, grogna-t-il en agrippant mes cheveux à pleine main. Comment connais-tu Hayes Fisher ?

— Je travaillais chez *Synergy* et nous avons été embauchés pour lui trouver une femme.

Jaden poussa un petit cri.

— Pardon ? demanda l'homme de l'autre côté d'Aaron avant de s'étouffer sur son eau.

J'éclatai de rire et me levai, passai les bras autour du cou d'Aaron et serrai. J'embrassai sa joue avant de m'écarter pour m'excuser pour la nuit précédente.

— Oh non, bébé, c'était ma faute, dit-il, le regard plus doux.

— Non, c'était la mienne, répondis-je en me libérant avoir reçu son étreinte en retour, me penchant pour embrasser la joue de Jaden avant de me lever et de me diriger vers le buffet.

— Attends, m'appela-t-il.

Je m'arrêtai et il se leva, me rattrapant tandis qu'Hayes rejoignait sa table, salué par une volée de questions de la part de Burke Ellis. J'étais certain que celui-ci ne l'avait pas invité pour un week-end à Hawaï simplement parce qu'ils étaient amis. Certes, il voulait qu'Hayes rencontre ses amis, mais il avait quelque chose de plus romantique en tête, ou mon annonce de la bisexualité d'Hayes n'aurait pas failli le tuer. Il toussait toujours d'avoir avalé de travers.

— Jory, me demanda doucement Jaden. De quoi t'excusais-tu ?

— J'étais un peu en manque d'affection hier soir et j'ai mis Aaron dans une mauvaise posture. Je suis désolé.

— Il ne m'a pas dit qu'il t'avait vu hier soir.

— Parce qu'il ne voulait pas m'embarrasser, répondis-je, ce qui était plus ou moins la vérité.

Avoir laissé Aaron me toucher, même juste un peu, n'était pas bien.

— Oh.

— Je veux des pancakes, lui dis-je. Et toi ?

— Dans quelle mauvaise posture l'as-tu mis ?

— J'ai un peu flirté avec lui et j'en suis désolé, Jaden. Pardonne-moi, s'il te plaît.

Il étudia mon visage.

— Tu veux bien ?

— Qui y a mis fin, lui ou toi ?

— Il n'y avait pas besoin d'y mettre fin, mentis-je parce que rien de bon ne pouvait en ressortir. Parce que rien n'a commencé. C'était juste un peu de drague.

— Est-ce que tu vas le dire à l'inspecteur Kage ?

— Bien sûr.

— Est-ce qu'il va te pardonner ?

Sam serait en colère que je me sois retrouvé seul avec Aaron Sutter, mais il me pardonnerait parce que j'avais fini par avoir envie de lui. Il aimait toujours ça.

— Oui.

Il hocha la tête.

— Je te pardonne, Jory, parce que nous savons tous les deux que si tu disais à Aaron en cet instant que tu veux qu'il revienne et couche avec toi, il me donnerait un bon petit chèque et me mettrait dans le prochain avion.

— Ce sont des conneries, répondis-je. Tu es tout ce que je n'étais pas. Ne te rabaisse pas.

— Quoi ? ricana-t-il. Je me laisse entretenir alors que tu ne le faisais pas ? Je ne pense pas que cela suffise.

Je plissai les yeux en l'observant.

— Tu sais, Hayes Fisher me regardait ce matin et je l'ai vu, tu vois, en train de me reluquer, mais quand je lui ai souri, il s'est excusé et m'a dit que je lui rappelais quelqu'un d'autre. Eh bien maintenant, je vois de qui voulait parler.

Je ne voulais pas me disputer avec lui. Je voulais manger.

— Je vais prendre des pancakes à la banane.

La façon dont il me regarda, comme si j'étais fou, me fit sourire.

De retour à table, je remerciai le serveur pour le café et le jus de goyave qu'il m'apporta. C'était étrange, Aaron se trouvait à ma droite et Hayes à ma gauche.

— Alors, Jory, me demanda Burke Ellis. Pourquoi as-tu quitté *Synergy* ?

— J'ai été renvoyé, répondis-je en lui souriant.

Il eut l'air horrifié.

— Oh.

— Ce n'est rien. Il fallait que je mette certaines choses au point et parfois il faut prendre le bon et le mauvais, tu vois ?

— Je vois, oui, dit-il en hochant la tête, les yeux rivés aux miens.

Je m'empiffrai encore et encore, et comme je mangeais toujours, Jaden me demanda si j'avais un trou à la place de l'estomac.

— Dane pense que j'ai le ténia, dis-je en lui souriant.

— Est-ce que Dane est ton petit ami ? me demanda Burke.

— Mon frère, répondis-je, la bouche pleine.

— Son frère est Dane Harcourt, ajouta Aaron. L'architecte.

— Oh mon Dieu, tu plaisantes ?

Burke se tourna vers Hayes.

— Est-ce que tu n'attends pas depuis, genre, six mois pour le rencontrer ?

Il acquiesça.

— En effet, et nous avons pris le petit-déjeuner ensemble il n'y a pas longtemps, lui et moi, grâce à Jory

— Oh, c'est merveilleux.

— Oui, ça l'était, acquiesça Hayes, une main sur mon dos. Tu vas tomber dans un coma alimentaire, tu sais.

Je hochai la tête, mais n'arrêtai pas de manger.

— Jory, nous allons tous à la plage après ça. Tu devrais venir.

Et l'idée de rester allongé au soleil à me dorer la pilule était attrayante, mais je ne voulais pas m'incruster davantage.

— Je pense que je vais aller me balader en ville et chercher des trucs à ramener à la maison.

— Tu peux faire ça plus tard, me dit-il. Viens donc à la plage.

— Nous allons tous faire de la plongée, me dit Jaden. Tu devrais venir.

— Pas moi, non merci, répondis-je. J'ai eu ma part d'océan hier.

— Qu'est-ce que tu veux dire ? me demanda Hayes.

— Je pense que l'océan m'a remis sur le droit chemin. Je ne veux pas tenter le diable.

— Je suis sûr que même toi, tu ne sais pas de quoi tu parles ?

Mais si, c'était enfin le cas.

Je passai la journée seul, ce qui était une bonne chose parce que quand Fallon appela pour me dire oui, qu'il tenterait sa chance avec moi et sauterait dans le grand bassin, je pus célébrer avec de la glace et des sushis, comme je voulais vraiment le faire. Nous réglerions les détails ensemble à mon retour – et il y en avait bien un million. Mais il m'appréciait, il appréciait Dylan, et plus que tout, *Benchmark* aimait l'idée de nous payer quand nous leur fournirions le travail accompli, pas tout le temps. Je n'avais pas la moindre idée de ce dans quoi je venais de m'engager, mais ça me plaisait bien, et quand j'appelai Aubrey pour le lui dire, elle fut ravie aussi.

— Je suis enceinte, Jory, me dit-elle.

Et j'étais heureux, même si je savais que Sam voulait aussi des enfants et que je me demandai quand et comment j'allais réussir à en lui offrir. Mon homme très traditionnel voulait être père, et il fallait que je commence à penser à la logistique. En me baladant dans Haleiwa, avec ses magasins de surf, ses bijouteries, ses restaurants, ses glaciers et enfin son marché aux poissons, je commençai à réfléchir à ce que serait ma vie avec Sam quand je recommencerai à gérer ma propre compagnie et qu'il serait marshal. Quand les choses se calmeraient, il serait temps de fonder une famille.

La simple idée d'avoir des enfants avec Sam Kage me nouait l'estomac d'inquiétude. J'en avais envie, plus qu'il ne le savait. C'était la seule chose dont je ne m'inquiétais jamais et qui aurait probablement dû me terrifier le plus. Je voulais vraiment être le père de quelqu'un.

À mon retour, tout le monde était rentré de leur aventure océanique, du moins c'est ce que j'appris. Je n'avais cherché personne, parce que j'avais été invité par Ipo, que j'avais croisée en ville, à aller danser avec elle, Makana et Tommy.

Je passai un vieux jean usé, un tee-shirt noir moulant et des chaussures de ville, et ils vinrent me chercher vers dix-huit heures. Nous allâmes manger des tacos aux crevettes à se damner dans un restaurant mexicain, et boire des margaritas délicieuses. Je payai l'addition et ils en furent vraiment touchés, puis nous allâmes danser tout notre soûl. Ipo et ses amies n'en avaient qu'après moi et les garçons en furent jaloux. On but beaucoup, et je passai un moment génial. J'aurais pu inviter les autres, mais Jaden m'avait dit qu'ils prévoyaient de rendre visite à un ami d'Aaron qui vivait à Hawaï Kai, à l'autre bout de l'île. La maison était apparemment une propriété de cinq millions de dollars, en plein sur la plage, et il n'était pas certain de savoir combien de temps ils y feraient la fête. On m'avait invité à venir, mais j'avais deviné que Jaden n'avait pas vraiment envie que je vienne et je n'avais vraiment aucun désir d'y aller. Je passai de toute façon un bien meilleur moment à boire du punch dans des pots à confiture.

Quand le club ferma à une heure du matin, nous allâmes chez Tommy et sa mère se réveilla pour cuisiner pour nous. Je m'excusai, mais c'était comme ça à Hawaï : les gens venaient à toute heure du jour ou de la nuit et vous les accueilliez et vous assuriez qu'ils repartent le ventre plein. Elle nous fit le petit-déjeuner, du pain perdu délicieux, du thé et du jambon de pays. Je l'aidai à débarrasser ensuite et cela, plus que tout, fut apprécié. Je rentrai vers trois heures du matin et me dirigeais vers mon cottage quand j'entendis des voix sur la véranda.

Étonnamment, Aaron, Hayes, Burke et trois autres hommes étaient assis à une table avec quelques bouteilles de vin.

— Jory, soupira Aaron en tendant la main. Viens là.

Je me dirigeai vers lui et remarquai immédiatement ses yeux vitreux.

— Combien de verres as-tu pris ce soir, Sutter ?

Son sourire était mauvais.

— Pas seulement des verres.

Je compris ce qu'il voulait dire.

— Qu'est-ce que tu as pris ?

— Comme d'habitude. Ça pimente la fête.

— De l'ecstasy ?

Il agita ses sourcils à mon attention.

— Je vois.

— Comme si tu n'en avais jamais pris.

— Non, je sais, je ne suis pas là pour juger.

— Jaden a pris beaucoup de poppers.

Je me demandais pourquoi.

— Alors, hum, je croyais que vous restiez chez des amis, ce soir ?

— Non, intervint Hayes. Nous sommes allés à la fête, nous avons fait ce que nous voulions faire, mais il n'y avait personne digne d'intérêt, donc nous sommes rentrés.

Je me tournai vers Burke.

— Tu pourrais me traduire ça ?

Il ricana.

— C'était une partouze, Jory. Nous avons retiré nos vêtements et baisé toute la nuit, et j'en suis vidé.

— Sympa, répondis-je en souriant. Vous vous êtes protégés ?

— Oh, bien sûr, dit-il avec dédain. C'était juste tout un tas de types, tu vois, certains nus, d'autres en tenue bondage, ce genre de choses.

— Hum.

— Ils avaient une balançoire

— Ça avait l'air marrant, plaisantai-je.

— Tu n'es jamais allé à ce genre de trucs ?

— Quoi ? Une orgie ?

— Non, juste une fête où tout le monde baise. Une orgie, ça fait un peu empire romain sur le déclin, tu vois ?

— Un peu démodé, plaisantai-je encore.

— Exactement.

Il était marrant.

— Mais honnêtement, tu ne t'es jamais trouvé dans une pièce avec vingt ou trente hommes nus ? Tu n'es jamais allé dans un *sex club* ?

— Non.

Burke regarda Aaron.

— Comment est-ce possible ? Tu adores ce genre de choses.

Il haussa les épaules, et Burke me regarda de nouveau.

— Oh Jory, mon chéri, tu n'as pas la moindre idée de ce que tu as loupé.

— Je suis certain que j'y survivrais.

— Dis-moi que tu as au moins déjà eu un plan à trois dans ta vie ?

— Non, je n'ai jamais eu cette envie.

— Et tes partenaires ?

— Je ne sais pas. Personne ne l'a jamais mentionné.

— Je trouve ça tellement intéressant, dit Burke en regardant Aaron. Et Jory, mon chéri, c'est tellement amusant. Tu peux baiser un type et te faire baiser par un autre, tout en en suçant un troisième en même temps.

— Ça me semble être beaucoup de travail et demander beaucoup plus de concentration que je n'en suis capable.

— Je pense que les gars feraient la queue pour se taper ton cul, Jory, un peu comme pour Jaden ce soir.

Je me tournai vers Aaron.

— Oh, le voilà, le jugement.

— Tu as laissé d'autres types baiser Jaden ?

Je comprenais désormais pourquoi il avait eu tant besoin de poppers.

— Jaden fait ce qu'il veut à ce genre de fête, tout comme moi. Et il sait que j'adore le regarder se faire ligoter et pilonner.

Vraiment ?

— Jory ?

Depuis quand est-ce que Aaron Sutter partageait ?

— J. ?

— Pardon.

— Dis-moi.

— Ce n'est rien.

— Non, je vois bien que tu ne comprends pas, crache le morceau.

Je plissai les yeux en l'observant, parce que pour être honnête, j'étais un peu perdu.

— Donc ça te va quand d'autres hommes baisent Jaden ? Ça te va de le partager ?

— Tant que je peux regarder.

— Hum.

— Bon sang, je déteste quand il fait ça, déclara soudain Hayes. C'est si critique et condescendant.

— Oui, vraiment, acquiesça Aaron. Alors au lieu de faire ça, il ferait mieux d'apprendre un peu les bonnes manières et de cracher sa question.

— C'est juste que…

Je le dévisageai.

— Ça ne me semble pas très logique.

— Quoi donc ?

Il fallait que je pose ma question.

— D'accord, tu te souviens du week-end que nous avons passé à Napa, juste avant que tu doives partir à Berlin ?

— Tu veux dire quand je voulais que tu viennes avec moi, mais que tu m'as dit que tu n'avais pas l'argent, et que quand j'ai offert de t'emmener avec moi, nous…

— On se moque des détails. Je repensais juste à ces deux types que nous avions rencontrés, les chirurgiens, tu te souviens ?

Il plissa les yeux en m'observant.

— Et nous nous entendions vraiment bien, nous sommes allés dîner avec eux, et ensuite, nous sommes allés dans leur chambre pour boire un verre et…

— Oh, dit-il en m'interrompant. Oui, je me souviens.

Je le dévisageai en patientant.

— Quoi ?

— Eh bien je ne comprends pas, alors.

Il fronça les sourcils en m'observant.

— Je veux entendre cette histoire, intervint Burke.

— Il n'y a pas d'histoire, répondit Aaron. Ces gentils médecins voulaient que Jory et moi couchions avec eux, et j'ai dit non.

— Pourquoi pas ?

— Ils étaient laids ? demanda Hayes en riant.

— Non, ils étaient sacrément sexy, répondis-je.

— Arrête…

— Alors pourquoi pas ? lui demanda Burke.

Il secoua la tête.

— Aaron ? insista un autre homme.

— Je n'en avais simplement pas envie, Ken, lui dit-il en identifiant l'inconnu pour moi.

— Tu n'en avais pas envie, ou tu n'avais pas envie de partager Jory ? demanda Burke.

— Je savais que cela mettrait Jory mal à l'aise, dit enfin Aaron.

— Je pense que nous savons tous qui n'était pas à l'aise, déclara Ken d'un ton sarcastique.

Il y eut un étrange silence désagréable avant que Hayes me fasse signe d'approcher, tapotant la chaise vide près de lui.

— Viens t'asseoir.

— Oh, va te faire voir, répondis-je. Il est presque 3h30 du matin. Je vais au lit.

— Tu as bonne mine, me dit Burke. Qu'est-ce que tu as fait ce soir ?

Après leur avoir raconté, ils tombèrent tous d'accord pour dire que ma nuit avait aussi eu l'air sympa. Pas aussi sympa que tirer un coup, et prendre et recevoir pendant des heures, mais fun.

— Tu passes toujours un bon moment, me dit Aaron en agrippant ma main. Et tu as toujours l'air sexy.

Je portais un tee-shirt, un jean et des chaussures noires. Le summum de la banalité.

— Tu es shooté, Sutter, répondis-je. Tu devrais aller au lit.

— Et tu sais ce que c'est, hein, J. ? Combien de fois est-ce que je t'ai ramené à la maison quand nous étions ensemble ?

— Sur ce, dis-je en lui retirant ma main. Bonne nuit à tous.

Je partis rapidement vers mon cottage. J'avais oublié pendant une demi-seconde qu'Aaron Sutter finissait toujours, invariablement, à me faire me sentir comme une merde. C'était un don.

Une fois l'intérieur, je retirai mes vêtements et pris une longue douche chaude. Il n'y avait pas de cafard et je sus qu'il n'y en aurait pas. Ipo m'avait dit que les gros vivaient dehors, pas dedans, et que tant que je me barricadais un minimum, je ne devrais pas avoir de visiteurs nocturnes, seulement de temps à autre. Apparemment, peu importe à quel point votre maison était propre, il y aurait des insectes. C'était les tropiques, après tout. Elle m'avait dit aussi que les petits bruits nocturnes que j'avais entendus étaient une bonne chose, cela voulait dire que les geckos étaient de sortie et ils mangent les cafards. Nous avions joué à « Que préférerais-tu trouver chez toi ? », et en étions venus à la conclusion commune qu'entre les insectes et les lézards, les lézards étaient préférables.

183

Quand je sortis de la douche en m'essuyant les cheveux, une serviette autour de la taille, j'entendis tambouriner à ma porte. Aaron se trouvait sur le seuil.

— Quoi ?

— Je suis désolé.

Je plissai les yeux.

— Depuis combien de temps est-ce que tu es là ?

— Peu importe, pardonne-moi.

— Te pardonner ?

— Oui.

— Te pardonner d'être un connard, dis-je d'un ton sarcastique.

— Écoute… je suis désolé et tu sais que je ne le dis jamais, à personne.

Et c'était vrai, ce qui était vraiment dommage.

— Pourquoi est-ce que tu te disputes avec moi ? grommela-t-il.

— Je ne fais rien, ce n'est que toi, lui assurai-je.

Il fronça les sourcils, passa en me bousculant et tomba sur mon lit, tête la première.

— Je vais dormir ici, d'accord ? dit-il d'une voix pâteuse. Laisse-moi faire, putain.

Je levai les yeux au ciel en continuant à me sécher les cheveux. Je laissai la porte ouverte, parce que je me dis que Jaden ne tarderait pas à débarquer. J'avais tort, toutefois. Ce fut Hayes.

— Jory, je voulais… Oh.

Il était surpris de découvrir Aaron, désormais assoupi, affalé sur mon lit.

— … Voir si tout allait bien, puisqu'il s'en est pris à toi.

— J'ai l'habitude, dis-je en lui souriant. Ça dégénère toujours, voilà pourquoi nous ne sommes plus ensemble.

— Tu te rends compte, bien sûr, qu'il est fou de toi.

— Il le pense peut-être, mais ce n'est pas le cas.

— Jory, d'après ce qu'il a dit après ton départ, tu es le seul petit ami qu'il ait jamais gardé pour lui. Il a dit qu'imaginer d'autres hommes te baiser, même maintenant, le rendait malade.

J'acquiesçai.

— Je veux dire que ce soir, tout ce qu'il a fait, c'était regarder, tu vois ? Certains hommes, c'est tout ce qu'ils font. Ils s'assoient et se branlent, en regardant les autres par terre, en train de se faire baiser, de sucer, et tout le reste.

184

— Ça m'a l'air sacrément chaud.

— Non, ça ne l'est pas pour toi.

— Hé, je regarde autant de porno que n'importe qui...

— Mais si tu en avais l'occasion, est-ce que tu ferais du porno ? Est-ce que tu accepterais d'être le type sur une balançoire avec neuf autres mecs en train d'attendre pour le baiser ?

— Le porno, ça peut être aussi deux types en train de se peloter, Hayes. Certains des trucs les plus chauds que j'ai vus de toute ma vie, c'était avec un mec en train d'implorer et l'autre qui s'exécutait.

— Ouais, mais je ne parle pas de ça. Je parle d'une pièce pleine de types en train de le faire. Ce soir, j'ai regardé Jaden de se faire baiser par au moins vingt mecs. À un moment donné, il y avait un cercle autour de lui, et ils venaient chacun leur tour pour se faire sucer.

— Et est-ce qu'il aimait ça ?

— Aaron aimait le regarder faire, et Jaden n'arrêtait pas de vérifier qu'il l'observait.

— D'accord, alors ça devait lui plaire.

— Je dois te dire que quand je l'ai baisé, j'imaginais que c'était toi.

— Comme c'est charmant, merci.

— Jory, dit-il en posant les mains sur mes biceps. Je...

— Jory !

Je regardai dans la cour et découvris le propriétaire de la voix. Jaden se précipitait vers la porte.

— Hé, dis-je en bâillant, est-ce que je peux dormir dans ta chambre, et tu dors ici avec lui ?

Il grimaça.

— Notre bungalow est bien plus agréable.

— Alors demande à ses potes de le bouger, parce que j'ai besoin de mon lit.

Il toussa.

— Pourquoi est-ce qu'il est là ?

— C'est plutôt évident, lui répondit Hayes.

— Quoi ?

Je me rendis alors compte qu'Aaron n'était pas le seul à être shooté, Jaden aussi. Il avait du mal à se concentrer sur moi.

— Regarde-moi, lui dis-je.

Les yeux de Jaden étaient de nouveau marrons grâce à ses lentilles et je lui dis qu'Aaron avait cru s'être rendu dans sa propre chambre.

185

— Quoi ?

Hayes semblait incrédule.

— Tu ne m'aides pas, lui dis-je avant de me tourner de nouveau vers Jaden. Va chercher ces types avec qui Aaron buvait pour qu'ils le déplacent. Ils sont sûrement encore sur la terrasse.

Il acquiesça.

— D'accord, Jory, je reviens. Désolé pour lui.

— C'est bon, tout va bien.

Après son départ, je demandai à Hayes de surveiller Aaron pendant que je me changeais pour enfiler mon bas de pyjama. Quand j'ouvris la porte de la salle de bain, il était planté là.

— Est-ce qu'il va bien ?

— Il va bien, dit-il en posant une main contre mon cou.

Je le repoussai et retournai dans la chambre.

— Jory.

Je tournai les yeux vers Hayes.

— Tu te rends compte que comparé à toi, Jaden, même s'il est jeune et mignon et musclé, n'est qu'une pâle imitation ? J'ai rencontré beaucoup de jeunes hommes dans ma vie et certains d'entre eux étaient bien plus somptueux encore que ce qu'Aaron a fait de Jaden, mais ils sont tous pareils… manucurés, bodybuildés, bronzés.

— Viens-en au but.

Il s'avança d'un pas.

— J'ai posé des questions sur toi à Aaron, aujourd'hui, il m'a dit que je n'avais aucune chance. Il a dit que tu l'autorisais à peine à t'offrir à dîner pendant tout ce temps et que tu as rompu avec lui juste après qu'il t'a demandé d'emménager. Il voulait que tu lui appartiennes et tu as dit non.

— Je n'appartiens à personne, répondis-je en lui lançant un regard noir.

— Non, je sais, c'est juste qu'Aaron a dit que si je sortais avec toi…

— Pardon ? Quoi ?

— Jory, je veux juste que nous apprenions à nous connaître. Je ne veux pas être ton *daddy*. Je ne veux pas t'acheter des trucs et t'habiller. Je veux juste vraiment, *vraiment* te connaître et je veux vraiment sortir avec toi et t'écouter parler parce que t'entendre déblatérer m'apaise plus que jamais, et…

— De quoi est-ce que tu parles ? Je ne peux sortir avec personne.

Il ricana d'un air fatigué.

— Bébé, allons, toutes ces conneries sur cet inspecteur, c'est ridicule. Quel inspecteur, Jory ? Où est-il ? Tu es en vacances, seul. Il n'y a personne avec toi, chez toi ou ici, n'es-tu pas fatigué de faire semblant ? Allons, Jory, avoue. Depuis combien de temps est-ce que c'est fini entre ce Sam et toi ? Depuis combien de temps avez-vous rompu ?

— Voilà la porte, dis-je en la lui indiquant. Merci de t'en servir.

— Jory.

Il essaya de prendre une voix plus apaisante en se rapprochant, se plantant devant moi, les mains sur mes épaules.

— Je sais que tu as peur, mais je le jure devant Dieu, il est temps de donner une chance à quelqu'un d'autre. Laisse-moi t'inviter à dîner et voyons ce qui pourrait se passer.

Personne ne m'écoutait. Je parlais, les mots sortaient, mais nada. Pourquoi est-ce que rien de ce que je disais...

— Oh ! m'exclamai-je en faisant sursauter Hayes.

— Jory, qu'est-ce que...

Je m'écartai et ses mains, qui étaient descendues jusqu'à mes hanches, retombèrent.

— Vous êtes tous riches, dis-je comme si cela expliquait tout. Vous avez l'habitude d'obtenir tout ce que vous voulez, alors bien sûr tu crois que n'importe qui, homme ou femme, n'a qu'une hâte : entrer dans ta vie, dans ton lit... Bon sang, comment ai-je pu l'oublier ?

— Jory...

— Cet ego que vous avez tous... dis-je en secouant la tête. Comment peux-tu vivre comme ça ?

— Quoi ? Non, c'est...

— Si, totalement, répondis-je en entendant des pas dehors avant de me diriger vers la porte.

Jaden était de retour avec trois autres types et ensemble, avec quelques efforts, ils soulevèrent Aaron Sutter, magnat, méga-millionnaire et héritier, de mon lit avant de l'emporter.

Je poussai Hayes à leur suite et lui claquai la porte au nez.

— C'est très mature de ta part, Jory, cria-t-il quand je tirai le verrou.

Mais c'était bien mieux que de lui décocher une droite, donc je me dis que j'avais pris la bonne décision. Je lui fis malgré tout un geste grossier à travers la porte, et me sentis mieux ensuite.

XV

J'ALLAI NAGER avant le déjeuner et quand je sortis de l'eau pour aller manger, je vis tout le monde sur la terrasse. Ils avaient tous manqué le petit-déjeuner et le brunch, et désormais, vers 12h30, ils se levaient tous, douloureusement, lentement, gémissant et geignant, de leurs cercueils. J'agitai la main et Burke fut le seul à me saluer en retour.

En remontant la plage et profitant du sable chaud, mais pas brûlant sous mes pieds, je vis Aaron me sourire de derrière ses lunettes de soleil surdimensionnées.

— Salut, Paris, comment ça va ce matin ? le taquinai-je.

Il me fit un doigt d'honneur.

— Bon Dieu, Jory, soupira Burke.

Je le regardai.

— J'aimerais me réveiller chaque matin en te voyant sortir de l'eau.

C'était vraiment une chose gentille à dire.

— Moi aussi, soupira Aaron.

— Vous avez de la chance que Jaden dorme toujours, ricana un autre homme que je ne connaissais pas avant de gémir.

Cela demandait trop de mouvement.

— Dis-moi, Aaron, dit Hayes en penchant la tête vers moi. Est-ce que Jory est de cette jolie couleur partout ?

Mon ex ne dit rien et je sus, en voyant sa mâchoire tendue, qu'il n'était pas prêt à plaisanter.

— Je parie que oui, ajouta Hayes en me reluquant. Et j'aimerais bien le découvrir par moi-même.

Et j'en eus assez.

— Allez vous faire foutre, monsieur Fisher, marmonnai-je en quittant précipitamment la table.

— Jory.

Hayes rit et gémit à la fois. Ça faisait mal d'être amusé quand on avait la gueule de bois.

J'accélérai le pas.

— Jory, putain ! Arrête avant que ma tête explose.

Je fis volte-face et Hayes s'arrêta avant de me rentrer dedans, le geste le forçant à s'appuyer au mur.

— Merde.

— Quoi ?

— Bon sang, c'est comme si je passais chaque seconde en ta compagnie à m'excuser.

Je me détournai pour partir, mais il agrippa mon bras, le serrant fort.

— Attends, je suis désolé, d'accord ? C'était stupide et...

— Dégradant.

— Oui.

Je patientai.

— Jory.

Il me poussa contre le mur puis s'approcha de moi, une main contre celui-ci, me regardant.

— Hier soir, j'étais ivre et stupide et...

— Tu l'es toujours, répondis-je en m'écartant du mur.

Sa main sur mon biceps se resserra pour me retenir, l'autre atteignant mon visage.

— Qu'est-ce que tu fous, bordel, Hayes ? aboyai-je en le repoussant.

— Jory, laisse-moi juste te parler, cracha-t-il en tendant de nouveau la main vers moi.

— Tu peux parler sans me toucher tout le temps.

Il eut l'air blessé et je compris, de nouveau. Je n'étais rien, personne, et je lui disais ce qu'il pouvait faire ou ne pas faire. Normalement, les gens le laissaient faire ce qu'il voulait, l'invitaient à cause de qui il était et de ce qu'il représentait. Et ce n'était pas comme s'il entretenait un garçon comme Jaden, pas encore, mais il achetait des cadeaux, offraient le dîner et payait pour tout, alors vraiment, c'était la même chose. Il n'avait simplement pas encore trouvé quelqu'un pour vivre avec lui et dormir dans son lit au jour le jour.

— Jory, s'il te plaît, laisse-moi juste...

— Si je n'étais qu'un type riche que tu fréquentais, si je venais d'une famille fortunée, tu n'aurais jamais pensé à faire autre chose qu'à me faire la cour.

— Te faire la cour ? De quoi est-ce que tu parles...

— Mais comme je ne le suis pas, tu crois pouvoir faire ça, me traiter comme Aaron traite Jaden, comme Aaron essayait de me traiter avant, comme une possession.

189

— Non, Jory, je…

— N'es-tu pas en vacances amoureuses avec Burke ? Ne t'a-t-il pas invité ici pour que vous puissiez coucher tous les deux ensemble ?

Il secoua la tête.

— Non, Jory, Burke et moi cherchons tous les deux autre chose.

— Quoi ?

Il s'éclaircit la gorge.

— Nous sommes allés à cette fête pour…

— Oh.

Les choses devinrent soudain claires.

— C'était un essai.

— Quoi ? Non, ce n'était pas ça !

Il était incrédule.

— C'était exactement ça. Baiser tout le monde, vérifier si ça rentre à l'aise, je comprends.

— C'est vraiment de mauvais goût…

— Mais c'est vrai.

— Je…

— Tu cherches ton propre jouet, donc tu testais des échantillons.

— Jory…

— Je croyais que tu cherchais l'amour, mais ce n'est pas le cas. Tu ne cherches pas l'amour de ta vie. Tu cherches un trophée, comme Aaron.

— Je…

— Tu devrais simplement demander à Aaron de demander à Jaden s'il a des amis. Si l'un d'entre eux est à moitié aussi sexy que lui, c'est réglé.

Il me dévisagea.

— Non ? Tu n'es pas sûr du type de mec que tu veux ?

— Jory.

Son regard paraissait peiné.

— Je sais ce que je veux.

Je plissai les yeux en l'observant.

— Et qu'est-ce que c'est que cette merde sur ton dos ?

Oh non… non, non, non.

— Est-ce que c'est un tatouage de…

— N'y pense même pas, l'avertis-je.

— Te faire tatouer le nom de ton inspecteur sur le dos ? dit-il en me riant au visage. Tourne-toi, fais-moi voir.

Je sentis ma colère enfler immédiatement.

— C'est tellement Hollywood de se faire tatouer le nom de quelqu'un sur le dos simplement parce que tu baises avec, puis de le faire retirer six mois plus tard après qu'il t'a largué, ricana-t-il. Bon sang, à quoi diable pensais-tu ?

Le tatouage du prénom de Sam se trouvait sur mon épaule droite depuis plus de trois ans, et je l'avais fait parce que pour moi, c'était une marque. Je l'aimais, et surtout Sam l'aimait aussi. Mais Hayes n'avait pas besoin de le savoir. Ce qu'il devait savoir, c'était qu'il était allé trop loin.

J'en avais fini avec lui, donc quand il m'agrippa de nouveau fermement alors que j'essayais de m'éloigner, en essayant de me forcer à rester près de lui, j'exécutai la prise que Sam m'avait apprise. Je l'attirai par le col, pivotai, fis rouler mon épaule gauche et lui fis perdre l'équilibre. Il était plus grand, mais il était encore un peu soûl et j'étais réveillé depuis bien plus longtemps. En plus, j'avais un effet de levier qui jouait en ma faveur.

Une fois au sol, sur le dos, il inspira l'air comme un poisson hors de l'eau.

— Ne déconne pas avec moi. Je n'aime pas ça et je connais ta mère.

— Merde, arriva-t-il à souffler difficilement. Tu connais vraiment ma mère.

Je le regardai de haut.

— Bon sang, tu connais toute ma famille.

— En quoi est-ce une révélation ?

Il ne se releva pas. Je doutais qu'il puisse y arriver, mais il tourna la tête pour me regarder vraiment.

— Quoi ?

— Bordel de merde.

Il était en train d'avoir une sorte d'épiphanie, ici, sur la terrasse, et honnêtement je m'en fichais totalement. J'avais envie de voir quelques endroits et je devais me mettre en route.

— Jory !

Je regardai vers l'endroit où se trouvait Aaron et vis que Jaden l'avait rejoint. C'était lui qui avait crié, le nouvel homme dans la vie de mon ex, et je remarquai immédiatement que son visage s'était illuminé et qu'il souriait largement, l'air heureux. Il ressemblait à un petit garçon, ouvert et joyeux. Il pointait la plage et quand je regardai pour voir ce qui avait attiré son attention, je le vis. Là, se dirigeant vers la terrasse. Sam Kage.

— Oh merde ! criai-je avant de me mettre à courir.

J'avais oublié ma colère, j'avais oublié Hayes, plus rien n'avait d'importance, sauf d'atteindre Sam. Tout ce que je voyais, c'était Sam. Sam.

Il s'était changé, donc il devait avoir trouvé ma chambre ou on devait la lui avoir indiquée, parce qu'il portait une chemise à manches courtes et un short cargo, et il était pieds nus.

Normalement, la peau de Sam était légèrement bronzée, mais si nous restions quelques jours à Hawaï, il prendrait une jolie teinte brune et chaude. Je l'avais vu faire quand nous étions partis en vacances en Floride, l'an passé, pour rendre visite à de vieux amis à lui. J'avais hâte de le regarder dorer sur la plage et plus que tout, d'être près de lui pour pouvoir le voir.

À le voir venir vers moi ainsi, avec sa chemise ouverte flottant dans la brise, il avait l'air incroyable. Ses cheveux avaient été rasés en une coupe militaire, tous ses faux cheveux noirs disparus, alors on ne remarquait plus que ses traits ciselés, son nez droit, ses lèvres pleines et sa mâchoire forte et carrée. Il avait l'air imposant en s'approchant, avec ses larges épaules, ses biceps gonflés, ses triceps, son torse sculpté. J'adorais ses jambes poilues, longues et musclées. J'en eus l'eau à la bouche rien qu'à le regarder.

— Viens là ! cria-t-il.

Je me rendis compte que je m'étais arrêté pour l'admirer et il me voulait là, près de lui. Quand je fus assez proche, je me jetai dans ses bras.

Il m'attrapa facilement, me souleva et m'écrasa contre lui, pressant son visage contre mon épaule.

— Tu es en avance.

— Je leur ai dit que je partais. Je n'avais plus aucune raison de rester.

Je tremblai entre ses bras forts, aimant la sensation de son corps, sa chaleur, sa taille. Il me porta jusqu'à la maison, loin des regards indiscrets, et me posa contre le mur pour m'y immobiliser. Je me relevai à sa rencontre quand il se pencha pour m'embrasser, ravi de sentir sa bouche envahir la mienne. Je gémis bruyamment quand nos langues s'emmêlèrent, frottèrent l'une contre l'autre. Le baiser devient vite passionné, profond et ravageur, et l'une de ses mains glissa dans mes cheveux, l'autre malaxant mes fesses. Je pouvais sentir son désir et quand il me souleva, j'enroulai mes jambes autour de son dos.

— Je suis venu te chercher, dit-il d'une voix rauque, son souffle chaud effleurant mon oreille.

Il passa son nez le long de mon cou, le mordillant, le suçant, le léchant, me faisant perdre la tête.

Je tremblai, tout mon corps se réchauffant à son contact, rougi d'excitation, et quand sa main se glissa entre nous, sous la ceinture de mon short de surf, je gémis son nom.

— Tu gouttes déjà, J., dit-il en riant tout bas, un ronronnement si sexy et sensuel que je ne pus m'empêcher de glisser mon sexe palpitant dans son poing.

— Sam, haletai-je en laissant ma tête retomber vers l'arrière quand il embrassa ma gorge. Crache dans ta main et baise-moi.

Je le suppliai, le dos cambré, sentant mon corps s'enflammer.

— Oui, mais non, me dit-il en agrippant mes cheveux, m'immobilisant avant d'envahir ma bouche, m'embrassant à m'en faire perdre le souffle.

Quand il me reposa, j'avais du mal à tenir debout.

— Tu me fais la même chose, dit-il, son avant-bras appuyé contre le mur, sa tête posée dessus, inspirant pour calmer son corps. J'ai les jambes en coton à cause de toi.

— Vraiment ?

— Chaque fois que tu m'embrasses.

Il me sourit et je remarquai le chaume doré sur sa lèvre supérieure. Tout chez cet homme était magnifique et quand je touchai son visage, il ferma les yeux.

— Tu m'aimes.

— Je ne suis qu'un putain d'idiot qui sait qu'il vaut mieux ne pas te laisser seul.

Il soupira longuement.

— Cela ne se reproduira plus. Nous avons été séparés pendant trois ans et j'en ai détesté chaque minute. On pourrait croire que j'aurais appris la leçon.

— Oh mon Dieu, répondis-je.

Mais cela n'avait rien de positif. Je venais juste de remarquer les bleus sur son visage et les horribles marques contre son torse.

— Je vais bien, insista-t-il en se penchant vers moi, frottant son menton râpeux contre ma peau douce avant d'embrasser la courbe de mon épaule.

— Tu en es sûr ?

— Je te le promets, m'apaisa-t-il en relevant la main parce qu'il savait que c'était important.

Je soupirai profondément.

— Ton alliance.

— Là où elle devrait être, dit-il.

Et je fus ravi de voir l'alliance de platine similaire à la mienne, là où elle était censée être, ajustée parfaitement à son annulaire gauche.

— Elle est jolie.

— Oui.

— Viens te coucher avec moi.

— J'adorerais ça.

J'étais si heureux que j'étais certain de resplendir, mais quand j'essayai de l'emmener vers la maison à ma suite, il ne me laissa pas faire.

— Je croyais que tu voulais...

— Présente-moi à tes amis.

— Sam, gémis-je, tu sais que ce ne sont pas mes...

— Viens, m'interrompit-il en me traînant à sa suite dans l'escalier.

Hayes se trouvait encore là.

— C'est l'inspecteur, Jory ?

Je hochai la tête, dévorant Sam des yeux.

— C'est un plaisir, inspecteur, dit Hayes en offrant sa main à Sam.

L'inspecteur Kage surplombait Hayes Fisher, il semblait massif en comparaison, et j'observai Hayes découvrir la montagne de muscles qu'était mon homme.

— Salut, s'exclama Jaden, rayonnant, en tendant sa main à Sam et le dévorant des yeux, n'en manquant pas une miette. Je suis Jaden.

— Enchanté, répondit Sam, sa voix profonde me semblant résonner encore plus que d'habitude.

— Inspecteur, dit Aaron sans lui offrir sa main.

— Monsieur Sutter, répondit Sam en relâchant la mienne pour passer un bras autour de mes épaules et m'attirer contre lui.

Ils s'affrontèrent du regard et après une minute, Aaron détourna les yeux. Et quand je regardai Jaden, je vis à quel point il avait l'air étonné.

Sam intimidait carrément Aaron. Et je comprenais pourquoi, après avoir vu les gens réagir à cet homme depuis des années. C'était la force, pas seulement physique, mais aussi mentale, dont il faisait preuve, sa confiance en lui. Sam Kate habitait vraiment sa propre peau et il était rare de trouver un autre homme qui le fasse autant. Quand Sam voulait faire impression, quand il voulait obtenir quelque chose, il pouvait se servir de son charme, de son intelligence et de cette chaleur, tout à la fois. Et c'en était soudain trop et tout le monde faisait ce qu'il voulait. Dane était exactement pareil, ils étaient tous les deux dévastateurs, ils manipulaient simplement leur pouvoir différemment. Sam était plus flagrant et Dane plus subtil.

— Bon, dit Aaron en s'éclaircissant la gorge. Vous voudriez vous joindre à nous pour le déjeuner ?

— Non merci, dit Sam en me serrant fermement contre lui. J'ai beaucoup de choses dont je dois discuter avec Jory, donc si vous voulez bien nous excuser...

— Bien sûr, répondit Aaron en s'écartant pour que Sam puisse m'entraîner vers le bâtiment principal.

Il se pencha et déposa un baiser contre mon cou, ce qui me soutira un soupir et ne laissa aucun doute possible sur ce qu'il voulait vraiment.

Je m'en foutais.

En chemin vers le cottage, il releva ma main jusqu'à ses lèvres et embrassa mes phalanges.

— Oh, je t'ai vraiment manqué, le taquinai-je.

— Tais-toi, grogna-t-il. Tous ces connards qui te regardent comme si tu n'étais qu'un morceau de viande, qu'ils aillent se faire foutre.

Et alors, je compris pourquoi Sam n'avait pas simplement contourné la propriété rapidement pour s'enfuir avec moi. Il m'avait délibérément emmené à l'étage pour voir les autres. Il voulait qu'ils nous voient ensemble.

Sam m'avait embrassé longuement, durement, et mes lèvres étaient donc rouges et enflées. Il m'avait mordu et avait sucé ma peau pour laisser des marques. Mon inspecteur était un homme très primitif et il avait donc montré à tout le monde que je lui appartenais.

— Je porte une alliance, tu sais, dis-je en lui parlant comme si le dialogue s'était fait à voix haute, et pas seulement dans ma tête.

— Mais ils s'en fichent.

Il continua la conversation parce qu'il avait pensé exactement la même chose.

— Cela ne veut rien dire pour eux, alors comme ça, ils peuvent voir. Je me demande si quelqu'un voudrait venir nous regarder.

— Je suis certain que Jaden apprécierait de faire bien plus que te regarder faire quoi que ce soit.

— C'était lequel, Jaden ?

— Ma version plus jeune et plus sexy.

Il s'arrêta si vite que je faillis trébucher, mais il me rattrapa et prit doucement, tendrement, mon visage entre ses mains. Je regardai ses yeux à demi clos.

— Je ne cherche pas les compliments.

— Je sais, je m'en suis douté à la façon dont tu l'as dit, dit-il en glissant ses doigts le long de ma mâchoire jusqu'à ma gorge, puis se penchant pour embrasser mon front, le haut de mon nez et ma joue.

Ses lèvres m'effleurèrent à peine, mais mon ventre se serra et mon souffle s'accéléra.

— Je sais que tu t'inquiètes de vieillir, de ne plus être le plus mignon.

Et je m'inquiétais de vieillir, mais pas comme il le pensait. Je n'avais jamais présumé que j'étais le plus mignon, simplement que je faisais partie de la masse. Ma seule inquiétude désormais, c'était que Sam Kage je pense que j'étais sexy.

— Mais ce jour ne viendra jamais, dit-il en déposant des baisers légers le long de mon cou.

Je laissai retomber ma tête vers l'arrière pour qu'il puisse atteindre ma gorge.

— Pour moi, Jory, dit-il, tu es plus beau maintenant que tu ne l'as jamais été et j'ai hâte de voir à quoi tu rassembleras quand tu auras quarante ans, et cinquante, et soixante, et si Dieu le veut, de nombreux autres chiffres après ça.

— De nombreux autres, lui assurai-je tandis que mes yeux s'ouvraient afin d'apercevoir son regard bleu et brumeux.

— Le plus important, c'est que tu m'appartiennes, que tu sois à moi, dit-il, ses mains me pressant contre lui avant de m'embrasser.

Mon cœur manqua un battement avant de s'arrêter, comme il le faisait toujours. J'enroulai mes bras autour de son cou, me fichant de savoir où nous nous trouvions, de qui pouvait nous voir, embrassant simplement l'homme que j'aimais, nos lèvres se fondant ensemble tandis que je gémissais profondément, lui offrant ma soumission.

À ce son, sa carrure puissante fut traversée d'un frisson et je souris de nouveau contre ses lèvres, me cambrant contre lui.

— Jory, grogna-t-il contre ma bouche, s'écartant juste assez pour pouvoir respirer. Bébé, je ne vois personne d'autre que toi. Est-ce que tu comprends ça, putain ?

C'était le cas.

— Où est ce satané bungalow ?

— C'est un « cottage », le corrigeai-je pendant qu'il prenait ma main pour m'attirer à sa suite.

— Rien à foutre.

196

— Ne jure pas.

Je n'eus droit qu'à son habituel grognement en réponse.

— Aaron Sutter est venu dans ma chambre, lui dis-je pendant que nous marchions.

— Et ?

— Et je me suis dit que tu devrais le savoir, c'est tout.

— D'accord. Est-ce que tu l'as laissé t'embrasser ?

— Non.

— Te toucher ?

— Il m'a tripoté, mais je l'en ai empêché et ensuite j'ai roulé hors du lit et je me suis caché dessous

Il s'arrêta de marcher et se tourna vers moi.

— Pardon ?

— Est-ce que tu m'écoutes ?

— Avant non, mais maintenant oui.

Je lui lançai un regard noir.

— Raconte-moi.

Je soupirai.

— Eh bien, nous discutions et ensuite il…

— Tu sais quoi ? dit-il en interrompant. Peu importe, ça n'a pas d'importance.

— Sam…

— Non, dit-il en relevant la main. Ça n'a pas d'importance. Rien ne s'est passé, n'est-ce pas ?

— Bien sûr que non.

Il haussa ses épaules imposantes.

— Voilà, tu vois, tout va bien. Je me suis fait tripoter tout un tas de fois par de nombreuses femmes quand j'étais sous couverture. J'ai même dû en embrasser une pour…

— Quoi ? hurlai-je. J'ai repoussé Aaron parce que je savais que si quelqu'un te touchait, je péterais un câble, et que ce n'était pas juste de te demander de comprendre qu'il ne l'avait fait que parce que c'était mon ex…

— Respire, dit-il en riant.

— Va te faire foutre, toi et tes « respire » ! hurlai-je encore en le repoussant et écartant ses mains quand il essaya de me toucher.

— Tu es mignon quand tu es jaloux et possessif.

— Sam !

197

Il se jeta sur moi, m'agrippa et m'embrassa jusqu'à ce que je sois à bout de souffle, haletant, et que j'ai du mal à tenir debout.

— Nous savons tous les deux que je n'ai rien fait, dit-il en me regardant fixement.

Et son regard me permit tout autant de tenir debout que ses bras.

— Et crois-tu vraiment qu'après tout ce temps, je ne sache pas que je suis le seul pour toi ?

Il était impossible qu'il ne le sache pas. Les années que nous avions passées ensemble en attestaient. Je n'arrivais plus à parler. J'arrivais à peine à respirer quand ses mains caressèrent mes bras de haut en bas.

— Tu sais que je le sais, n'est-ce pas ?

— Oui.

— Alors pourquoi m'inquiéterais-je ?

Il n'avait aucune raison de le faire.

— Je t'aime et je ne veux que toi, et je sais que c'est réciproque. C'est fini ?

— Oui, c'est fini.

— Bien.

Comme je l'avais soupçonné, il avait une clé. Il ouvrit la porte et me poussa à l'intérieur avant de refermer derrière nous.

— Je ferais mieux de prendre une douche, lui dis-je. Je suis couvert d'eau salée.

Comme il ne répondait pas, je me tournai vers lui et il se jeta sur moi. J'éclatai de rire en m'effondrant sur le lit, sous lui, son visage caressant mon sexe qui durcissait désormais à travers le nylon de mon short de surf.

— Qu'est-ce que tu fais ?

— Arrête de glousser et de te tortiller, et encaisse comme un homme.

Il afficha un énorme sourire malicieux qui me fit éclater de rire, ses yeux bleus et brumeux étincelant en me regardant.

— Sam ! haletai-je quand il m'arracha mon short et que mon sexe durci et en manque d'affection en fut libéré.

— Voilà, c'est déjà mieux, dit-il en enroulant ses doigts autour de mon membre.

Je me cambrai contre le lit et son autre main glissa sous mes fesses pour les serrer fermement. La façon dont il me touchait, chaque fois qu'il le disait, témoignait de sa possessivité, du fait que je lui appartenais, et personne d'autre que Sam ne m'avait jamais traité ainsi, comme si j'étais à lui. Aaron Sutter avait beaucoup parlé, mais Sam me le faisait sentir.

— Embrasse-moi.

Normalement, les baisers venaient ensuite, lents et langoureux, une fois que la passion s'était consumée. Au lit, Sam me voulait normalement sous lui, enfoui en moi rapidement.

Je tendis une main vers lui et il s'allongea près de moi, toujours habillé alors que j'étais déjà nu. Quand ses lèvres touchèrent les miennes, un long soupir lui échappa. Il adorait quand je prenais le contrôle et mes gestes tendres et doux se transformèrent bientôt en quelque chose de dévorant. Mais il semblait satisfait de m'embrasser simplement, un long baiser humide et éprouvant après l'autre, nos langues s'entremêlant, sa main contre ma nuque, l'autre sur mes fesses en train de me tripoter.

Je sentis cette sensation de picotement au bas de ma colonne vertébrale, mes testicules se rétractèrent, mon sexe se durcit presque douloureusement et je commençai à onduler contre lui. Quand ses doigts effleurèrent la longueur de mon membre, je lui arrachai ma bouche.

— Tu pourrais me rendre service ? haletai-je tandis qu'il effleurait mon cou de son nez.

— Quoi donc ? demanda-t-il en me caressant lentement.

Je frémis.

— Tu voudrais bien me baiser, maintenant ?

— Ouais ?

Je compris soudain. Il m'avait fallu une minute parce que sa proximité avait court-circuité mon cerveau. Même s'il m'avait dit que j'étais spécial, il devait aussi me le montrer. Me montrer que je n'étais pas juste un type qu'il voulait baiser, mais le type avec qui il voulait faire l'amour.

— Idiot, lui dis-je. Je connais déjà ton cœur.

Son soupir tremblant me fit sourire avant qu'il me retourne sur le ventre et trace un chemin humide le long de ma colonne vertébrale.

— Sam, qu'est-ce que tu...

— Tu as le même goût que l'océan, grogna-t-il en suçotant ma peau, la mordillant, jusqu'à ce qu'il atteigne mes fesses, les écartant avant que sa langue envahisse mon corps.

— Sam ! hurlai-je en sursautant à cette invasion.

Il poussa plus loin et le reste de mes paroles se perdit dans un gargouillis.

Il laissa échapper un rire démoniaque avant que son rythme s'accélère, plus pressant, une main creusant ma hanche et l'autre caressant doucement mon sexe.

199

— Je vais jouir.

Je me tendis, me tortillai, puis haletai quand il retira sa langue et la remplaça par ses doigts glissants et recouverts de lubrifiant. J'étais tellement ailleurs, tellement parti, que je n'avais même pas entendu le bouchon du flacon. Quand il glissa ses doigts sur ma prostate, une fois puis deux, je criai son nom avant que mon corps se tende à nouveau et que je jouisse tout à coup. Ce fut un orgasme éclatant, et je me serais effondré si ses mains ne s'étaient pas trouvées sur moi. Grâce à ses lèvres, ses doigts et sa langue, il m'avait fait perdre la tête.

J'éjaculai sur le lit, mes bourses se vidant dans un frisson, et mon corps tremblait encore quand Sam releva mes hanches et s'enfonça en moi jusqu'à la garde.

Il me martela durement, profondément, et je le suppliai de ne pas s'arrêter, de ne jamais s'arrêter. Quand il jouit quelques minutes plus tard, je sentis le liquide chaud envahir mon passage puis couler le long de mes cuisses.

— Tu es si sexy, putain.

— Sam ?

— Ton corps m'accueille entièrement, me tient bien serré, puis il frémit quand nous terminons. Est-ce que tu as la moindre idée d'à quel point c'est sexy, putain ?

Ses paroles étaient brûlantes, prononcées dans un grondement faible et séduisant qui me mit les larmes aux yeux et il se pencha sur moi, pressant son torse contre mon dos, et enroula ses bras autour de moi fermement.

— Tu trembles.

Sa voix était rauque.

J'arrivai à peine à respirer.

Lentement, tendrement, il se retira de mon corps qui voulait encore le retenir, le garder en lui, et quand mes muscles le relâchèrent, cette sensation de plénitude et de poids dont j'avais tant besoin disparut.

Il roula sur le dos et m'attira entre ses bras, me serrant fermement contre lui, enfouissant son visage dans mes cheveux. Je tremblai et il me garda à ses côtés jusqu'à ce que mon corps se calme et que j'arrête.

— Tu sais, quand nous sommes ensemble comme ça, je sens à quel point tu m'aimes, à quel point tu me fais confiance. C'est un don.

Je relevai la tête et il m'embrassa, tendre et possessif, tout ce dont j'avais besoin. Ce n'était plus les baisers brûlants et passionnés d'un peu plus tôt ; l'excitation pressante avait disparu, remplacée par les sentiments, le contentement de l'amour.

Je n'avais jamais aimé d'autres hommes avant Sam Kage. Il n'y avait que lui pour moi.

— Je t'aime.

— Moi aussi.

Il bâilla et je souris de toutes mes dents.

Il était épuisé et satisfait, j'étais nu et chaud entre ses bras. Il était temps de faire la sieste.

— Je ferais mieux de prendre une douche, dis-je contre son cou.

Il grogna.

Je fermai les yeux et abandonnai toute idée de bouger.

SAM AVAIT commandé à manger au service de chambre. Nous étions tous les deux encore nus, aucune douche n'avait été prise, et nous étions allongés au lit en train de discuter, des plateaux de nourriture posés entre nous. Les sujets de conversation étaient passés de Dylan et moi tentant une nouvelle fois de fonder notre propre entreprise à Sam m'expliquant comment fonctionnait le programme de protection des témoins et ce que cela impliquait.

Puisque l'ancien partenaire de Sam, Dominic Kairov, avait été placé dans ce programme et qu'on lui avait donné une nouvelle identité, je lui dis que j'étais surpris qu'ils l'aient laissé, lui, devenir marshal. Mais apparemment, le service des Marshals Américains étaient heureux de l'accueillir et ce n'était pas comme dans les films, on ne pouvait pas retrouver qui on voulait. Il fallait une raison et les bonnes autorisations pour aller fouiller dans les fichiers des personnes et dans les affaires qui ne vous étaient pas assignées.

— Tu as toujours l'air tellement dévasté quand tu découvres que les choses ne sont pas comme dans les films ou comme à la télévision, dit-il en me souriant, une main dans mes cheveux, son pouce traçant doucement mon sourcil.

Je me mis à quatre pattes, me penchai vers lui et l'embrassai. Il entrouvrit ses lèvres pour moi et je goûtai sa bouche, suçai sa langue. Quand il rompit le baiser et grimpa de nouveau sur le lit, je le suivis. Il se tourna vers moi, s'adossa à la tête de lit en bois de koa, et tendit la main vers moi. Encore glissant de sa semence et du lubrifiant précédent, encore prêt à le

201

recevoir, je me glissai sur ses genoux, à califourchon sur ses hanches, et glissai une main derrière moi sur son sexe déjà durci.

— Prends-moi en toi.

En me redressant, j'alignai son sexe avec mon orifice puis m'abaissai lentement sur lui jusqu'à ce qu'il soit entièrement en moi. Empalé sur son membre dur et épais, je gémis profondément.

Ses yeux étaient rivés aux miens et quand je me redressai et retombai de nouveau, mes muscles se contractèrent autour de lui, se serrant fermement avant de se relâcher, et son souffle s'accéléra. Je posai les mains sur son torse et il agrippa mes cuisses pour me tirer vers lui. Ma tête retomba vers l'arrière.

— J'adore te regarder faire ça.

Je le savais.

— Rien… oh, haleta-t-il.

Un frisson le parcourut, je le sentis et l'adorai.

— Jory, gémit-il en enroulant ses doigts autour de mon sexe pour me caresser rapidement.

Je jouis brusquement, me déversant contre son abdomen sculpté, et il se cambra sous moi, m'attirant contre lui en même temps ; son emprise sur mes cuisses laisserait les marques que je convoitais tant.

— Jory, murmura-t-il.

Je capturai ses lèvres, m'en emparai et les dévorai. Il m'embrassa en retour jusqu'à ce qu'il doive s'écarter pour remplir ses poumons d'air.

— Nous ferions vraiment mieux de prendre une douche, dis-je en riant alors que nous haletions tous les deux.

— De l'eau, d'abord.

Et boire, lui verser un verre d'eau, la regarder couler le long de son menton, contre sa mâchoire, goutter sur son torse, était trop délicieux pour partir.

— C'était sexy.

Je me retrouvai sous lui quelques secondes plus tard, mon appréciation transformée en désir et mes jambes enroulées autour de lui, son corps pressé contre le mien. Empli de bonheur parce qu'il était là, j'embrassai ses yeux, son nez, ses joues et enfin ses lèvres. Sa peau, son odeur qui s'accrochait à moi, le sentir entre mes bras… Je lui dis que j'aurais pu mourir heureux, ici et maintenant.

— Personne ne meurt.

Le grognement sensuel revint quand il enfouit son visage contre mon cou.

— De la vie, c'est tout.

Je m'éclaircis la gorge, parce que c'était maintenant ou jamais.

— Que penserais-tu d'adopter, Sam ?

Il releva la tête et me regarda.

— Pardon ?

— Je me disais que je ne voudrais pas de mère porteuse, ou de n'importe quelle autre solution dont nous aurions pu discuter, parce que ce que je voudrais vraiment, c'est adopter. Qu'est-ce que tu en penses ?

Ses yeux parcoururent mon visage.

— Je pense que c'est parfait. J'ai vu tant d'enfants sans père, et nous pourrions en donner à un gamin.

J'acquiesçai, les larmes m'emplissant les yeux et roulant jusqu'à mes oreilles.

Des mains fortes et douces les effacèrent.

— Pourquoi avais-tu peur de me dire que tu ne voulais pas de mère porteuse ?

— Parce que je pensais que tu voudrais peut-être un enfant qui partagerait ton ADN, et je ne voulais pas détruire ce rêve si c'était ce dont tu mourrais d'envie.

Il me sourit.

— Je me fiche de tout ça. Un gamin n'a pas besoin de me ressembler pour que je l'aime. La seule chose qui aura de l'importance, c'est que j'aurais ma propre famille avec toi, et c'est ce que j'ai toujours voulu.

Je hochai la tête rapidement.

— Tu comprends, n'est-ce pas ?

— Oui.

— Tu en es sûr ?

— J'en suis sûr.

— D'accord, alors... dit-il en relevant un sourcil. Quand nous rentrerons, nous pourrons lancer la procédure d'adoption, hein ?

— Je crois qu'on devrait. Je vais avoir trente et un ans.

Il leva les yeux au ciel avant de se pencher et de me serrer si fort que je couinai.

— C'était adorable.

Ce fut à mon tour de grogner.

XVI

ENSEMBLE, NOUS avions couru au clair de lune, nus, pour sauter dans l'océan, mais nous ne nous étions pas trop éloignés de la plage et étions rentré une demi-heure plus tard, environ. Nous nous étions douchés, avions fait l'amour puis dormi, avant de nous réveiller pour coucher encore ensemble, manger de nouveau, avant de nous effondrer tous les deux avant minuit. Une fois mon corps repu, mon esprit réussit enfin à se mettre en veille et puisque Sam était pelotonné contre moi, collé à mon dos, je dormis comme je n'avais jamais réussi à le faire en son absence.

Je me réveillai tard le lendemain matin. Sam était déjà debout, en train de prendre le petit-déjeuner sur la terrasse, ce que je n'avais jamais pensé à faire, et il lisait le journal. Alors que je sortais du lit en trébuchant, j'eus droit à un rire très amusé.

— Salut, mon rayon de soleil.

Je me grattai l'entrejambe et grognai.

— C'est très séduisant.

Après m'être assis, il me versa du café et je dévorai un morceau délicieux de poisson, des œufs brouillés et de la papaye fraîche. Le jus de fruits était incroyable.

— Alors, qu'as-tu prévu pour la journée ?

— Je ne sais pas, répondis-je après avoir mangé en me dirigeant vers un hamac que je n'avais pas remarqué auparavant. Je voudrais me balader en voiture sur l'île, et Ipo…

— Qui ?

— Une nouvelle amie, répondis-je en bâillant. Elle a dit que je devrais aller au centre culturel polynésien.

— D'accord.

Il me sourit quand je m'effondrai dans le hamac.

— Tu as prévu de prendre une douche aujourd'hui, étant donné que tu sens la sueur et de sexe ?

Je grognai et fermai les yeux.

Son rire était chaleureux, et je l'entendis tourner les pages du journal. J'étais mal installé, donc après un moment, je retirai mon pantalon de pyjama et m'allongeai nu dans le hamac, la brise chaude effleurant mon corps, à l'abri du soleil sous le porche ombré et frais. Sam était là et j'étais au paradis. Je me sentais paresseux, drogué par le bonheur.

— Bonj... oh.

— Bonjour, monsieur Fisher, dit Sam en bâillant. En quoi puis-je vous aider ?

— Je... voulais parler à Jory.

— Un instant, dit-il et quelques secondes plus tard je sentis ce qui était probablement le tee-shirt de Sam retomber sur mes fesses.

Désormais, j'étais couvert.

— Voilà, maintenant vous pouvez vous concentrer.

Il se racla la gorge.

— Je voulais m'excuser auprès de Jory pour... est-ce qu'il dort ?

— Ouais, je l'ai épuisé.

— C'est vraiment grossier.

— Je n'ai rien à foutre de ce que vous pensez, ricana-t-il. C'est vous qui êtes venu lui dire, quoi, que vous êtes désolé d'avoir cru qu'il racontait des bobards quand il vous parlait de moi ? Vous pensez que je ne faisais plus partie de sa vie, monsieur Fisher, alors que c'est le cas, plus que jamais, c'est moi sa vie, putain.

— C'est terriblement vaniteux de votre part de croire que son monde tourne autour de vous.

— C'est le cas pour lui également. Cela va dans les deux sens. Nous avons une vie ensemble donc, oui, je m'éloigne parfois un peu, mais ne croyez pas une seule seconde que cela veut dire qu'il est disponible, parce que cet homme m'appartient depuis la première fois que je l'ai vu allongé dans la rue, il y a presque dix ans.

Quelqu'un se racla la gorge.

— Je ne voulais pas...

— Foutaises, bien sûr que vous aviez envie de lui.

— Il mérite mieux que la vie que vous lui offrez.

Et j'aurais voulu dire quelque chose à cet instant, mais Sam répondit trop rapidement.

— Non, pas du tout.

— Bon sang, il...

— Il mérite d'être aimé, monsieur Fisher, et c'est le cas. Je peux vous promettre que personne au monde ne l'aime plus que moi.

— Je...

205

— Je suis désolé de ne pas avoir été là pour que vous puissiez me voir, afin de ne pas espérer pour rien en croyant pouvoir prendre ma place. C'est ma faute.

— Inspecteur…

— S'il vous plaît, ne revenez pas. Je vous le demande gentiment.

Il y eut un silence, puis le tee-shirt de Sam disparut, mettant mes fesses à nu avant qu'une main forte les serre fermement. Je gémis quand ses lèvres se posèrent contre ma fesse droite.

— Tu as aimé ça, que je joue l'homme des cavernes avec lui ?

— Tu étais bien trop éloquent pour être comparé à un Néandertal.

Il me mordit et je laissai échapper un soupir, mon sexe durcissant rapidement.

— Bon sang, j'adore ton cul, dit-il en le malaxant avant de mordre l'autre fesse plus fort, me faisant frémir. Peut-être que je ferais mieux de te montrer, hein ?

Il me redressa tout à coup, et le hamac bascula, se tordit et se retourna enfin, me faisant chuter et Sam passa par-dessus en essayant de me rattraper.

Nous nous retrouvâmes entremêlés ensemble en dessous, le bras de Sam encore coincé dedans, de même que ma cheville. Je riais si fort que mes côtes me faisaient mal.

— Merde, ce n'était pas sexy du tout, grogna Sam en libérant son poignet.

Des larmes me coulaient sur les joues.

— Tu es vraiment chiant, tu le sais, ça ?

J'acquiesçai, parce que oui, je le savais.

JE VOULAIS l'emmener voir tous les endroits que j'avais déjà visités, puis parcourir le reste de l'île avec lui. J'avais tout un tas de plans, mais après avoir pris une douche et m'être changé, je le trouvai endormi dans le hamac qu'il avait réinstallé. Je m'étendis sur une chaise longue près de lui et me contentai de regarder l'eau.

— Je t'ai laissé mentir pour moi.

Je tournai la tête et découvris les yeux entrouverts de Sam.

— Quoi ?

— Je suis venu te voir et j'ai vraiment mis toute l'enquête en jeu à cause de ce que je voulais et de ce dont j'avais besoin. Je me fichais des autres, et je t'ai laissé me sortir de là.

— C'est à ça que servent les partenaires. Ils s'occupent de l'autre.

— Ça ne veut pas dire que c'était bien.

— Et qu'est-ce que j'aurais dû faire, Sam ? Te laisser te faire prendre ? Laisser ta réputation et ta carrière couler à cause d'une chose dont j'étais tout autant responsable ?

— Jory...

— C'est comme quand les méchants demandent aux flics sous couverture : « Est-ce que tu es un flic ? » Le flic ne répond jamais : « Oui, je suis un flic... ». Il ment.

Il me sourit et à la façon dont ses lèvres se retroussèrent, son regard d'adoration, je sentis un frémissement d'anticipation.

— Si j'avais laissé Cristo Liron gagner, si j'avais dit que c'était toi, si j'avais fait ça, à quoi cela aurait-il servi, Sam ?

— Je n'ai jamais voulu que tu sois impliqué dans tout ça.

— Non, bien sûr que non, pourquoi l'aurais-tu voulu ?

— Je voulais juste que tu sois en sécurité.

— Je le sais.

Je plissai les yeux.

— Tu as une question. Je le sens, soupira-t-il en souriant en même temps.

— Pourquoi n'est-ce pas de la provocation policière quand un type demande si c'est un flic et que le flic dit non ? demandai-je après avoir réfléchi à mon exemple et m'être rendu compte qu'il n'était pas vraiment bon.

— Ce ne serait pas vraiment une opération sous couverture si tout le monde savait qui nous sommes, n'est-ce pas ?

— Non.

— Malgré tout, je suis désolé pour toute cette situation, J., et je suis désolé que tu aies dû faire une telle confession, complètement inventée, devrais-je ajouter, devant tout le monde.

— Je suis certain que tout le monde s'occupe avec ses jouets et ce genre de choses, Sam, quand la personne qu'on aime nous manque vraiment. J'ai juste un peu embelli la vérité.

— C'est-à-dire ?

— C'est-à-dire que tu me manquais à la maison, seul, pas dans un grand club bruyant, répondis-je.

— Donc tu as dû prendre soin de toi pendant que j'étais absent.

— De nombreuses fois, oui.

— Alors viens là, dit-il en me faisant signe. Je vais t'embrasser pour tout arranger.

— Pourquoi ne sortirais-tu pas de ce hamac assoiffé de sang humain, et alors nous pourrons parler.

Il ricana et son téléphone se mit à sonner. Il était posé juste devant moi sur la table et je pus voir le nom s'afficher : A. Calhoun.

— Sam, je crois que c'est ton nouveau meilleur ami, dis-je en le lui lançant.

Il répondit et en quelques secondes, son visage se décomposa. Quand il eut terminé et qu'il ait raccroché, il se tourna vers moi.

— Qu'est-ce qui ne va pas ?

— Apparemment, l'affaire contre Cristo Liron est tombée à l'eau.

— Je ne comprends pas.

Il se leva et l'homme sexy aux paupières lourdes que j'avais vu quelques minutes plus tôt fut remplacé par un inspecteur de la police de Chicago très professionnel.

— Il manque des preuves, des témoins ont disparu… et pire que tout, il a été libéré sous caution.

— On l'a laissé sortir ?

— Quand le juge a entendu que l'affaire ne tenait pas, il a donné un chiffre pour la caution et Cristo l'a payé.

— Alors il pourrait être n'importe où.

— Oui, il pourrait.

Je regardai le grand dos musclé de l'homme que jamais.

— Ce n'est pas assez important pour qu'on s'en inquiète, Sam. Pense à tout le tableau. Il n'en a rien à foutre.

— Je pense qu'il s'en soucie plus que tu ne le crois.

— Regarde-moi.

Il se retourna pour me faire face.

— Peut-être que nous devrions rentrer, hein ? Au moins tu pourrais mieux me protéger là-bas, puisque tu connais tout le monde.

Il eut l'air soulagé.

— Est-ce que ça t'irait ?

— Bien sûr, dis-je en lui souriant. Laisse-moi juste appeler monsieur Awana et récupérer ce qu'il veut donner à Moïse.

— Pardon ?

— Quand on m'a sauvé l'autre jour, j'ai promis de ramener des trucs.

— Sauvé ?

J'acquiesçai.

— Rapporter quoi ?

— Juste de la nourriture, pas des flingues et de la drogue.

— Me voilà soulagé.

J'agitai les sourcils.

— C'est amusant de vivre avec moi, n'est-ce pas ?

— C'est toujours une aventure.

Il ricana et s'assit à côté de moi en tapotant ma jambe.

— Alors, tu vas me montrer cette ville ou pas ?

— Je m'en veux. Tu n'as pas vu grand-chose d'Hawaï hormis ce petit morceau de plage et l'intérieur de ce cottage.

— Je m'en fiche, dit-il en se penchant vers moi, sa main se glissant sur ma nuque. Tout ce que je voulais voir, c'était toi. Le reste, ce n'est que du bonus.

Il apprécia de se promener en ville, toutefois, et passa un bon moment en rencontrant mes nouveaux amis quand je croisai Ipo au marché des fermiers et qu'elle nous invita à déjeuner en ce samedi après-midi qui était passé de gris et nuageux à tout bonnement pluvieux.

— Je croyais qu'Hawaï était censé être ensoleillé tout le temps ?

— Comment crois-tu que tout reste vert ? lui demanda-t-elle.

— C'est pas faux.

Il lui sourit et je la regardai soupirer.

Elle m'appréciait parce que j'étais mignon et drôle et qu'elle me considérait comme l'une de ses copines. Mais sa réaction face à Sam Kage était toute féminine. Il y avait la largeur de ses épaules à prendre en compte, ses muscles qui s'étaient gonflés quand il avait récupéré les sacs de nourriture pour le chien dans le camion, la façon dont il lui ouvrait la porte et les rides rieuses au coin de ses yeux bleus et brumeux. Il avait retiré ses bottes de randonnée à la porte, parce que personne à Hawaï n'entait chez quelqu'un avec ses chaussures ; ça ne se faisait simplement pas. Quand il y avait une fête, on retrouvait une pile de claquettes (mes mots) ou de tongs (les mots d'Ipo) près de la porte d'entrée. Mais les bottes de Sam se démarquaient dans un coin, tout comme mes tennis près de ses chaussures.

Tout le monde vint déjeuner. C'était le week-end, après tout, et Sam s'installa à table, entouré de mes nouveaux amis, et mangea tout ce qu'on posa dans son assiette. Puisque Sam pêchait et que le patriarche de cette famille, mon ami Tetsuo, pêchait aussi, ils eurent de nombreuses choses à discuter. Mon hôte sortit même plusieurs de ses cannes à pêche pour les montrer à Sam, et quand je parus m'ennuyer, celui-ci m'expliqua à quel point elles étaient chères et qu'il n'avait rien d'aussi bon à la maison. Je lui demandai à quoi ça lui servirait puisqu'il ne pêchait pas sur un bateau, mais sur une jetée ou dans un ruisseau. Apparemment, j'étais passé à côté de l'essentiel.

On m'oublia. Toutes les femmes en avaient après lui. Ipo le trouvait fascinant et l'épouse de Tetsuo, Judy, et la femme de Randy, Maile, n'arrêtaient pas de lui sourire. Quand il montra à Maile qu'il pouvait facilement soulever la glacière pleine de nourriture qu'elle avait préparée pour son fils et l'emmener pour elle, elle le regarda avec des yeux de biche.

Je secouai la tête quand Kawika me rejoignit à la cuisine.

— Oh, Jory, toutes les vahinés reluquent Sam, hein ?

J'émis un petit bruit dégoûté qui le fit éclater de rire.

Quand nous rentrâmes après une journée d'absence, Sam ramena la glacière jusqu'à notre chambre pendant que je me rendais à la réception afin d'organiser notre départ le lendemain matin et la venue d'une navette pour nous emmener à l'aéroport.

— Jory.

Je me retournai et découvris Aaron assis seul sur la véranda. Après avoir fini de parler avec le réceptionniste, je me dirigeai vers lui.

— Salut.

Il s'éclaircit la gorge.

— Tu as fait changer la facturation de ta chambre.

Je plissai les yeux en l'observant.

— Bien sûr.

— Bien sûr, soupira-t-il en regardant vers l'eau.

— Nous partons demain, mais je voulais te remercier pour…

— Ce n'est rien, dit-il en m'interrompant, toujours sans me regarder.

Je m'installai près de lui, une main sur sa cuisse, et il se tourna pour me regarder, se rapprochant de moi comme s'il n'avait attendu que ça.

— Dis-moi ce que j'aurais pu faire pour te garder.

— Aaron, dis-je en lui souriant. Nous savons tous les deux que tu ne te languis pas de moi depuis tout ce temps. Ce sont des conneries.

— Comme je l'ai déjà dit, me dit-il en écartant des cheveux de mes yeux de ses longs doigts, je ne me suis jamais ennuyé avec toi. Et apparemment, il est sacrément difficile de garder mon intérêt.

— J'aime bien Jaden.

Il acquiesça.

— Moi aussi.

— Mais ?

— Pas assez pour le garder, J., me dit-il en détournant le regard vers ma bouche. Quand je rentrerai, ce sera terminé.

Je m'éclaircis la gorge et ses yeux se relevèrent.

— Il veut faire une école de cuisine.

— Il la fera.

— Et un endroit où vivre ?

— Qu'est-ce que tu es, son avocat ?

— Aaron.

Il leva les yeux au ciel et s'adossant à sa chaise.

— Oui, J., où ça ? Centre-ville ? Lincoln Park ? Où ça ?

— Laisse-le juste choisir, d'accord ?

— Autre chose ?

— Ce n'est pas à cause de moi, n'est-ce pas ?

— Oui et non, dit-il en inclinant la tête et me regardant. Je ne sais simplement pas comment fréquenter quelqu'un sans finir par m'en occuper.

— Tu...

— Et si un type me laisse faire, ça m'ennuie, et je n'ai plus envie de lui parce qu'il finit par attendre que je fasse tout un tas de choses, parce que quel autre choix a-t-il ?

Il avait raison.

— Mais un type qui ne me laisse pas faire, dit-il en me désignant, c'est le genre de type que je veux, mais qui ne veut pas de moi parce qu'il ne veut pas m'appartenir.

Je souris.

— Ce n'est pas drôle. Je suis dans un sacré pétrin !

— Tu as besoin d'un type aussi riche que toi.

— Ouais, ça ne risque pas d'arriver.

— Il n'y a pas de magnat du pétrole gay ?

— Vraiment très drôle.

— Je croyais que je n'étais pas drôle.

Il gémit et se pencha vers moi, les mains sur mes genoux.

— Ton inspecteur n'est pas si sexy, tu sais ? Je suis beaucoup plus beau, plus intelligent, plus jeune, et je ne me fais pas tirer dessus dans mon travail. Je n'ai pas...

— Arrête, dis-je en relevant la main pour tapoter sa joue. C'est le bon, tu le sais.

— Ouais, je sais.

Il soupira longuement, tournant la tête pour embrasser ma paume avant de se lever soudain.

— J'ai vu comment tu le regardes et cela me tue un peu.

Il sourit soudain, d'un air vraiment démoniaque.

— Pauvre Hayes… au moins j'avais vu l'inspecteur Kage, avant.

— Ne te moque pas. C'est méchant.

— Il n'imaginait pas que l'homme de ta vie serait capable de le soulever d'une seule main.

Je souris largement.

— Tu sais, tu as abandonné ton entreprise sans vraiment te battre.

— Quoi ?

— Oh, pardon, je change de sujet. Essaie de suivre.

D'habitude, c'était moi qui passais du coq à l'âne.

— D'après ce que m'a dit Hayes, il semblerait que tu ne te plaisais pas vraiment chez *Synergy*.

— Non, vraiment pas.

— Et puisque travailler pour quelqu'un d'autre serait une mauvaise idée, si tu décides de fonder à nouveau ta propre compagnie et que tu as besoin de capital, d'un prêt ou d'investisseurs, permets-moi de t'aider à financer ton rêve. Tu pourras me rembourser, J. Ce ne serait qu'un prêt.

Je m'emparai de sa main et il se laissa faire.

— Ou pas, me dit-il. J'aimerais vraiment que ce ne soit pas un prêt. J'aimerais vraiment si tu me permettais enfin, pour une fois, de t'offrir quelque chose.

— C'est une offre très généreuse et je promets de la garder à l'esprit.

Il s'illumina.

— Que dirais-tu d'un million de dollars pour coucher avec moi comme dans ce film avec Robert Redford et Demi Moore ?

Je levai les yeux au ciel en me levant.

— J'aimerais déjeuner avec toi quand je reviendrai en ville, d'accord ? On peut faire ça ?

— Tu veux qu'on essaie d'être amis ?

— Oui.

— Ça n'a pas marché la dernière fois.

— Parce que je n'en avais pas autant envie.

Il m'offrit un sourire doux-amer.

— D'accord.

Il acquiesça, se pencha et s'arrêta juste avant que nos lèvres se touchent, à quelques millimètres. Si je voulais ce baiser, c'était à moi de le prendre.

J'en déposai un sur sa joue.

— Connard, dit-il avant de s'éloigner.

En courant vers le cottage sous la pluie, je me sentais bien. L'averse était incroyable, torrentielle, mais pas froide. Certes, je venais de Chicago, donc « froid » était relatif. Une fois à l'intérieur, je me rendis compte que j'étais trempé et je ris en regardant autour de moi. Sam était sur le porche, assis sur une chaise.

— Hé, tu t'es fait tremper ?

Rien.

— Sam ?

Il ne bougea pas, ne se retourna pas, ne montra même pas qu'il savait que j'étais là. Je m'approchai rapidement vers lui et ce n'est qu'en passant devant lui que je me rendis compte qu'il était évanoui. Sa tête penchait vers l'avant, son menton contre son torse.

— Jory.

Mon sang se figea et en me retournant je découvris un homme habillé en noir portant un passe-montagne. Il pointait un pistolet avec un silencieux vers moi.

— Ne vous inquiétez pas, Jory, dit l'inconnu doucement. Ce n'est que du chloroforme. Il se remettra en un rien de temps.

— Qui êtes-vous ? demandai-je en m'interposant entre l'homme et Sam, le protégeant.

— Vous croyez que ça va le sauver ?

Non, mais je n'allais pas lui laisser le champ libre pour tirer sur Sam.

— Qui êtes-vous ? répétai-je.

— Ça n'a pas d'importance.

Ça ne pouvait être qu'une chose.

— Pourquoi Cristo Liron vous envoie-t-il ?

— Je ne sais pas. On ne me paie pas pour m'en préoccuper.

— Pourquoi n'avez-vous pas déjà tué Sam ?

— Vous êtes censé regarder, dit-il et je vis enfin l'autre homme auquel je m'étais attendu.

Il était impossible qu'un homme seul ait maîtrisé Sam. Mais s'il avait été surpris, pendant qu'il portait quelque chose de lourd, et qu'on s'était jeté sur lui avec un chiffon couvert de chloroforme… alors, c'était plus logique.

213

Je me tournai vers le deuxième homme, aussi habillé en noir, tenant une minuscule caméra. La lumière rouge sur le dessus me fit comprendre qu'il filmait.

— Nous abattons votre inspecteur, filmons votre réaction, puis c'est votre tour, monsieur Harcourt.

Je réfléchis, pesant le pour et le contre… Qu'est-ce que Cristo Liron voudrait le plus ? Qu'attendait-il de moi, pour avoir payé ces hommes ?

Je l'avais humilié. Il voulait retrouver sa fierté perdue, sauver la face. Voilà pourquoi il voulait voir ma réaction, pour me remettre à ma place, pour me montrer qu'il était tout-puissant et que je n'étais rien. Alors s'il voulait voir, que se passerait-il s'il ne pouvait pas le faire ?

Je m'enfuis en courant.

— Jory !

Qui restait planté là pendant un monologue du méchant ? Ma vie n'était pas un James Bond, je me ferais abattre à un moment ou un autre et ils abattraient Sam également. Mais s'ils voulaient tuer Sam devant moi, peut-être que leur enlever cette opportunité me permettrait de gagner du temps, et cela valait mieux que de ne rien tenter du tout.

— Il est mort, Jory !

Ils se servaient de mon nom comme s'ils me connaissaient… Je détestais vraiment que des assassins m'appellent par mon prénom comme si nous étions potes. Quand je criai en retour en courant toujours, j'espérai les effrayer.

— C'est un crime de menacer la vie d'un agent de police, hurlai-je. Et je vais dire à tout le monde ce que vous avez fait s'il reste quoi que ce soit de vous quand Cristo Liron en aura terminé avec vous !

— Jory !

Les silencieux ne sont pas silencieux. Ils émettent un bruit qui ressemble à une balle de base-ball frappant un oreiller, mais plus fort, puis quand les choses explosent autour de vous, vous comprenez que des balles sont en train de voler. Un morceau de bois explosa près de mon visage, arrachant un morceau du mur, et je tournai à gauche pour contourner le cottage, courant aussi vite que possible pour remonter l'allée vers la route.

Il pleuvait des cordes et il faisait sombre, et je pensais que même s'ils étaient habillés tous les deux comme des ninjas, aucun d'eux n'en était un. Et je n'étais pas vraiment un dur à cuire. C'est juste que j'avais beaucoup de facteurs de mon côté. L'orage, l'obscurité de la campagne et non de la ville, et le fait qu'ils devaient se déplacer en voiture alors que j'étais à pied.

Normalement, essayer de distancer une voiture était stupide. Mais en courant le long d'une route dans l'obscurité et sous la pluie, en pouvant m'accroupir et me cacher, je me disais que j'avais de bonnes chances.

Vous ne pouvez abattre une cible en mouvement que si vous êtes chanceux ou médaillé d'or olympique. C'est difficile, peu importe à quel point les films d'action essaient de vous convaincre du contraire. Alors je continuai à courir, j'entendis le rugissement d'un moteur, et j'accélérai encore, remerciant Dieu tout ce temps d'avoir encore mes tennis et non pas les claquettes que j'avais pensé porter quand Sam et moi voulions quitter le cottage, des heures plus tôt.

Pendant que je remerciais le créateur, j'inclus une supplique pour qu'ils n'aient pas abattu l'amour de ma vie avant de s'en prendre à moi.

Que ferais-je s'ils l'avaient simplement abattu ? Qu'est-ce que… S'il était mort, ou qu'il se vidait de son sang pendant que je courais… qu'est-ce que je ferais ?

Nous avions tant traversé ensemble, tant de temps s'était écoulé et nous étions encore nous, toujours incroyablement amoureux, toujours forts. Si je le perdais…

Mes pieds s'embrouillèrent parce que mon cerveau était déjà passé aux funérailles et au trou de la taille de Cleveland qu'il laisserait dans mon cœur, et comment pourrais-je être encore moi sans savoir que Sam Kage se trouvait quelque part, à sourire, à rire, à respirer le même air que moi ? Je trébuchai parce que la douleur menaçait de me dévorer un instant, mais la course était importante, la course était nécessaire. Et franchement, sur une route à deux voies, en plein air, entre une falaise et des rochers en contrebas, et un remblai qui menait je ne sais où, mes options me semblèrent soudain risquées.

Le crissement des pneus se rapprocha, le grondement d'un gros moteur, puis mon épaule me piqua soudain, avant qu'une douleur incandescente commence à s'étendre dans tout mon corps. Je ne savais pas que je me faisais tirer dessus avec des balles magiques qui pouvaient trouver leur cible dans l'obscurité.

Mon pied se coinça, se tourna à un mauvais angle, et je tombai durement, me faisant mal avant de me redresser de nouveau. Mais je sentis un changement, un déséquilibre, l'élancement de la douleur.

Il y avait un virage à 180 degrés juste devant moi. J'entendis le rugissement du moteur, me tournai et fus aveuglé par les phares avant de me sentir comprimé partout, l'air quittant mes poumons quand je m'envolai,

215

encore et encore, flottant, volant, sentant le vent autour de moi, et que tout se retrouva sens dessus dessous. Je dégringolai, la voiture toute proche, et j'entendis des cris.

S'il vous plaît mon Dieu, faites que Sam soit en sécurité, pensai-je avant qu'il n'y ait plus rien du tout.

XVII

IL FAISAIT frais, pas froid, ce qui était agréable. Quel que soit l'endroit où je me trouvais, c'était confortable, mais le son, semblable à un marteau ou une ponceuse, était fort et proche. Et je me noyais. Lentement, douloureusement, je me noyais. C'était la même sensation qu'on ressentait quand vos poumons étaient sur le point d'éclater parce que vous ne pouviez plus retenir votre respiration, pas même une minute, et ce devait la fin parce que la tension était venue puis avait disparu sans me soulager, et je le savais parce que je m'étais réveillé au dernier instant.

Si proche.

Puis je sentis des mains dans mes cheveux, juste avant d'être poignardé dans le flanc avec un couteau. Un pic à glace aiguisé, brûlant, s'enfonça entre mes côtes. Je n'arrivai même pas à crier.

Mais tout d'un coup, je pus. J'aurais dû remercier la personne qui m'avait apporté ce soulagement, qui m'avait sorti de l'étau, mais mon cou et ma tête furent tirés vers l'arrière avant qu'on me soulève, et je me retrouvai sous la pluie. L'eau giflait mon visage et j'essayai de tourner la tête.

— Accroche-le à la civière !

— Attends, c'est bon, ne bouge pas !

Je ne luttai pas, je ne le pouvais pas, je n'avais plus d'énergie. La pluie arrêta d'essayer de me noyer, et le temps entre les gouttes s'espaça jusqu'à ce qu'elle disparaisse.

QUE LES méchants connaissent mon nom alors que je ne connaissais pas les leurs, cela m'énervait vraiment. Au lycée, j'avais bossé dans un drive-in et j'avais dû porter un badge avec mon prénom. Toutes sortes de personnes s'en étaient servi, alors qu'ils ne me l'avaient jamais demandé, et je savais que c'était stupide, cela arrivait quand on travaillait dans le commerce, mais quand même, cela avait ajouté à ma haine de ce boulot. Quand j'avais changé de poste pour travailler dans une librairie, je leur avais dit d'utiliser mon deuxième prénom, Sven, et je m'étais donc retrouvé avec un badge qui signifiait plus ou moins que j'étais un étudiant suédois. Être appelé par un prénom me convenait, tant que ce n'était pas le mien.

— Je n'ai pas tout compris. Ouvre les yeux et redis- moi ça.

Ouvrir mes yeux ?

— S'il te plaît, bébé.

Un souffle chaud effleura le visage et je gémis, parce que le son était un grognement profond et rauque, et un seul homme pouvait le produire.

— Sam, soufflai-je en me rendant compte que rien ne sortait.

— Jory, dit-il, ses lèvres douces soyeuses pressant contre mon front.

Mes yeux s'ouvrirent et je le vis près de moi. Il avait l'air atroce. Il y avait des cernes sombres sous les yeux, son teint était brouillé, le chaume sur ses joues était presque une barbe, ce qui n'avait aucun sens, et il tremblait juste un peu.

— Sam, répétai-je, juste un murmure.

Je m'éclaircis la gorge et essayai de nouveau.

— Sam.

Il ferma les yeux une minute et j'observai sa mâchoire se serrer et les muscles le long de son cou se tendre.

Je voulais toucher son visage, mais j'étais épuisé. Ouvrir les yeux m'avait vidé.

— T'aime, dis-je avant de les refermer.

Il DORMAIT sur un fauteuil près de mon lit quand je me réveillai de nouveau. Près de la porte, avec une chemise à manches longues entrouverte révélant l'étui à son épaule et son arme.

— Hé, l'appelai-je.

Ses yeux essayèrent de s'ouvrir et se refermèrent, essayèrent de nouveau, avant qu'il se rende compte d'où il se trouvait et qu'il se réveille en sursaut, comme s'il venait de se faire électrocuter. Sa tête se redressa d'un coup et il me regarda.

— Rayon de soleil toi-même, dis-je d'une voix grinçante.

J'étais si heureux de le voir. J'essayai de tendre la main vers lui, mais rien ne se passa. Mes bras ne bougeaient pas.

Il s'approcha du lit et récupéra un verre sur le plateau près de mon lit.

— Tiens, dit-il en approchant la paille de mes lèvres. Bois un peu d'eau.

Je bus un peu, puis le regardai. Les larmes vinrent immédiatement.

— C'est si bon de te voir.

Il hocha la tête et je le regardai déglutir difficilement. Il avait visiblement du mal à parler.

— Tu as l'air atroce, dis-je en le dévisageant.

Il se pencha et m'embrassa tendrement, légèrement, une main dans la mienne, l'autre dans mes cheveux, les caressant doucement sans relâche, les écartant de mon visage. Il baissa les yeux sur moi et je vis combien ils étaient rouges, à vif.

— Je t'aime, Jory.

Je ne pouvais plus le voir, parce que les larmes venaient tout à coup d'envahir ma vision. Il embrassa mes yeux, mes joues, puis mes lèvres. Je les entrouvris et il approfondit le baiser, sa langue glissant contre la mienne. C'était délibérément lent, tendre et excitant. Je ne pus retenir un gémissement.

— Bon sang, Jory, souffla-t-il.

— Embrasse-moi encore.

Il m'embrassa de nouveau, lentement, plus profondément, et je passai un bras autour de son épaule pour le garder contre moi.

Il m'enveloppa dans ses bras aussi soigneusement que possible, avec les tubes et tout ce qui lui barrait le passage. Il était si chaud, je poussai un long soupir.

Nous restâmes l'un contre l'autre pendant de longues minutes, moi savourant sa chaleur, et lui, pensai-je, profitant du simple fait que je me trouve là.

Quand il s'écarta, il essuya les larmes sur mes joues du bout des doigts, prenant mon visage en coupe.

— Je suis désolé, bébé. Tout est ma faute.

Je ris tout bas.

— Ta faute ? demandai-je en lui souriant. Je ne crois pas.

— Bien sûr que si. J'aurais dû savoir que Cristo Liron enverrait des hommes pour régler ses comptes avec toi. Mais jamais je n'aurais cru que…

Il s'arrêta, perdu dans ses pensées, laissant ses mains retomber avant de s'éloigner du lit pour faire les cent pas dans la chambre.

— J'aurais dû venir te chercher ici et rentrer avec toi là où… Je n'aurais jamais dû te laisser seul. Putain !

— Arrête. Tu n'es pas médium et nous avions mérité des vacances, Sam. Laisse tomber.

— Je…

— Reviens.

219

Il s'avança rapidement, agrippant le fauteuil en chemin et le déposant près du lit. Il s'empara de ma main dès l'instant où il fut installé et se pencha pour embrasser mes phalanges en frottant doucement ma cuisse.

— Est-ce que ces types sont morts ?

Il était perdu dans ses propres pensées, mais j'avais besoin qu'il soit avec moi au lieu de se flageller pour des dommages qu'il n'avait pas causés.

— Chéri, l'appelai-je, une chose que je faisais rarement.

Ses yeux se relèvent vers les miens et je vis à quel point il avait l'air mal en point.

— Arrête, maintenant, ce qui est fait est fait. Nous avons survécu. Célébrons ça. Embrasse-moi encore.

Il se pencha vers moi et je gardai mes yeux ouverts plus longtemps que d'habitude, pour pouvoir voir les siens se rapprocher, m'émerveiller des larmes bordant ses longs cils dorés, et entendre son soupir de bonheur.

Je l'aimais tant que cela me faisait parfois mal.

Ses lèvres se rivèrent aux miennes, mais il ne poussa pas plus loin, s'éloignant de nouveau.

— Oooh, grommelai-je. Pourquoi ?

— Tu viens juste de te réveiller et tu as besoin de te reposer. Parle-moi, c'est tout.

— D'accord, acquiesçai-je. Alors dis-moi, est-ce qu'ils sont morts ? Les apprentis ninjas ?

— Non. Toutefois, ils sont en garde à vue, en train de tout balancer sur Cristo Liron.

— Ah, bien.

Je souris et il me donna à nouveau à boire.

Il se contenta de me regarder.

J'essayai de sourire.

— Tu as été très courageux, d'éloigner ces types de moi.

— C'était un pari. J'étais terrifié.

— Mais tu as tenté le coup et tu as pris une décision, et au final, comme toujours, tu as eu raison.

Je ricanai.

— Comme toujours, mon cul.

— Pour ce genre de choses, quand il est question de vie ou de mort, tes antécédents sont plutôt excellents.

J'acquiesçai, me sentant tout à coup vulnérable, n'ayant pas encore regardé la chambre, et ayant peur de le faire, peur de découvrir à quel point j'étais blessé. Je sentis mes larmes brûlantes revenir rapidement.

— Oh, bébé, ne pleure pas.

— S'il te plaît, ne me laisse pas.

Ma voix tremblait.

— Non.

Il se pencha vers moi et posa la tête contre mon torse.

Je posai une main dans ses cheveux ; ils étaient si courts qu'ils me chatouillaient la main, mais toujours doux, comme le pelage d'un chiot. J'avais de nouveau sommeil.

— Reste avec moi. Ne pars pas.

— Tu n'auras jamais à t'inquiéter de ça.

MES YEUX s'ouvrirent, et je vis Sam faire défiler les chaînes de la télévision. Je me rendis compte instantanément que j'étais dans une chambre différente.

— Salut, dis-je en toussant. Ils m'ont déplacé.

— Ouais.

Sam me sourit, reposant la télécommande sur le fauteuil en se rapprochant du lit. Il me versa de l'eau et porta la paille à mes lèvres.

— Plus de soins intensifs pour toi. Huit jours, ça suffit.

— Je ne me souviens pas d'avoir été là-bas aussi longtemps.

— Tu ne t'es même pas réveillé le premier jour, me dit-il. Tu étais vraiment fatigué.

— C'est une bonne chose, hein ? demandai-je en lui souriant après avoir bu un peu. Qu'ils m'aient déplacé si vite ?

— Très bonne, dit-il doucement en repoussant mes cheveux de mon visage. Comment te sens-tu ?

— Dis-moi comment je suis censé me sentir.

— Chanceux, dit-il en glissant sa main dans la mienne. Tu as eu tellement de chance.

Je lui souris.

— Raconte-moi.

— Mais commençons par le commencement, murmura-t-il en se penchant vers moi et en me serrant doucement, embrassant ma joue avant de s'écarter. Je t'aime.

— Je t'aime aussi.

— D'accord.

Il prit une inspiration.

— Voilà ce qu'il s'est passé.

La voiture m'était rentrée dedans et j'avais fini sous celle-ci, mais elle m'avait suivi sur le talus et j'avais donc atterri à un angle bizarre. En gros, j'avais fini dans le moteur, avec le capot froissé autour de moi. Comment ? Simplement à cause de la façon dont ils m'étaient rentrés dedans. Apparemment, on pouvait détruire une voiture cent fois de la même façon, et chaque fois quelque chose de différent allait se passer. J'avais été blessé, mais pas tué grâce à des arbres, de la boue, de la pluie et du vent. Ça ne pourrait jamais être reproduit.

Une infirmière entra et sourit à Sam. Il me dit qu'elle s'appelait Kaleo, et que c'était un ange de miséricorde. Je vis les yeux de Kaleo s'adoucir, son sourire, la façon dont elle fondait sous le regard d'un bleu brumeux de mon compagnon. Elle était éprise. Elle prit ma température, ma tension artérielle également, puis vérifia mes pansements et l'intraveineuse suspendue près du lit.

— Oh, vous avez l'air d'aller mieux, me dit-elle. Ça fait plaisir de vous voir reprendre un peu de couleurs.

— Merci d'avoir pris soin de moi, dis-je en lui souriant.

— Oh, vous aviez raison, dit-elle à Sam, ce sont les plus beaux yeux bruns que j'aie vus de toute ma vie.

Son sourire était énorme et il avait l'air presque fier.

— Mon cœur, ça nous fait plaisir de prendre soin de vous, me dit-elle.

J'acquiesçai.

Elle tapota ma jambe, jeta un coup d'œil à sa montre, puis partit.

— Je vais bien, alors ? demandai-je en levant les yeux vers lui.

— Non, bébé, dit-il doucement en s'avançant vers le lit et en prenant délicatement ma main dans sa sienne.

Il me parlait d'une voix douce comme le miel.

— Tu ne vas pas bien.

— Qu'est-ce qui ne va pas ?

Je le regardai.

— Nous devons attendre quelques résultats, et nous en saurons plus.

Pourquoi attendions-nous des résultats ?

— Sam ?

— Attends, c'est tout. S'il te plaît. Dane sera là dans quelques heures, d'accord ? Attendons-le.

Dane venait ?

— Pourquoi est-ce que Dane vient ?

— Parce que c'est ton frère.

— Mais tu peux prendre toutes les décisions pour moi. Tu es mon partenaire, tout est légal et...

— Je sais, ils le savent aussi, l'hôpital le sait, mais c'est juste que... nous devons attendre Dane.

— Où suis-je ? demandai-je en regardant l'agréable chambre privée.

— Tu es au Queen's Hospital. En centre-ville, près du Capitole et du palais Iolani.

Je lui souris.

— Il y a un palais ?

Il acquiesça.

— C'est joli. Nous devrions y aller avant de partir.

— Dis-moi pourquoi Dane vient ?

— Il vient, c'est tout.

— Sam ? demandai-je en haussant la voix.

— Chut, dit-il en se penchant pour que je puisse poser la tête contre son épaule et qu'il puisse me tenir contre lui. Tout va bien. Quoi qu'il se passe, nous ferons face. Tout ira bien.

Je pleurai. Je savais que c'était stupide, mais je ne pouvais pas m'en empêcher. Il me serra simplement contre lui et après quelques minutes, mes yeux se refermèrent.

— Repose-toi un petit moment, me dit-il. Je vais rester là et tenir ta main, d'accord ?

Je crois que je lui répondis que cela m'allait.

QUAND JE me réveillai, il était tard et il faisait sombre dans la chambre. Je cherchai Sam et il était là, près de la fenêtre, debout au clair de lune qui se déversait par la fenêtre. En l'observant, je vis à quel point il semblait brisé. Il fallait que je répare ça.

— Est-ce que tu croyais que j'étais mort ?

Il tourna la tête vers moi.

— Quand je suis arrivé là-bas, sur les lieux de l'accident, j'étais vraiment KO, vraiment malade, mais j'ai su... Ils découpaient la tôle pour te sortir de la voiture. Quand j'ai vu de quoi ça avait l'air, oui... j'ai cru que tu étais mort.

Là était le problème. Il avait du mal à revenir de cette horreur.

— Je suis désolé, Sam.

Il hocha la tête, à peine.

— Après qu'ils t'ont mis sur la civière, je t'ai entendu m'appeler, dit-il tout à coup en me regardant. Je n'oublierai jamais ta voix en cet instant, J. Certaines choses restent avec toi, et ce sera l'une d'entre elles. Je n'arrivais même pas à me lever.

Je tendis la main vers lui et il traversa la chambre rapidement pour la prendre. Je pressai sa paume chaude contre mon cœur.

— Tu as besoin de moi.

— Plus que ça encore, dit-il en tremblant. Je n'arrive pas à fonctionner sans toi. Je n'y arrive pas.

— Moi non plus, lui dis-je en fermant les yeux.

J'étais de nouveau fatigué et cette fatigue me submergea. Je devais simplement reposer mes yeux une seconde.

IL ÉTAIT tard. Sam dormait sur un lit d'appoint près du mien. Je voulais me redresser, mais j'étais à un angle bizarre.

— Qu'est-ce que tu essaies de faire ?

Il bâilla et je baissai les yeux vers lui, le regardant s'étirer avant de se lever pour venir à mon chevet.

— Comment est-ce que tu arrives à faire ça ?

— Faire quoi ?

— Tu n'as jamais eu le sommeil si léger.

— Si, quand j'en ai besoin.

— Ce sera pratique pour les enfants, hein ?

Il sourit d'un air endormi.

— Qu'est-ce que tu essaies de faire ?

— M'asseoir.

— D'accord.

Il bâilla de nouveau, tremblant un peu en s'étirant une seconde avant d'appuyer sur les boutons le long du lit. Celui-ci se redressa lentement.

— Voilà, ça te va ?

— Parfait.

— Tu veux de l'eau ?

— Non.

— Tu veux que j'aille te chercher quelque chose à manger ? Ils ont retiré le cathéter aujourd'hui, je pouvais à peine regarder, bon sang, et ils ont dit que demain tu aurais droit à de la vraie nourriture, donc tu pourrais probablement commencer ce soir si tu…

— Dis-moi ce qui ne va pas.

Il secoua la tête.

— Pourquoi ? Tu as peur que ça devienne réalité si tu en parles ?

Il fronça les sourcils et ses yeux se plissèrent ; il essayait vraiment de tenir pour moi.

Je pris une inspiration tremblante.

— Crache le morceau.

— Dane va…

— Dane déteste annoncer les mauvaises nouvelles, tout autant que toi, et ce n'est pas juste de le forcer à le faire.

— Ce n'est pas ça. Je veux juste qu'il soit là pour toi.

— Je t'ai, toi. Je n'ai besoin de personne d'autre pour m'aider à tenir.

Il acquiesça et prit ma main.

— D'accord, eh bien, tu as reçu un traumatisme à la colonne vertébrale et ils pensent que ça va aller, mais c'est un endroit épineux et pour l'instant, en l'état des choses, tu ne peux pas marcher.

Je n'avais pas essayé de me lever. J'avais un cathéter, j'étais blessé, et je n'avais même pas pensé à bouger. Mais désormais, j'y pensais.

— Qu'est-ce que tu fais ?

J'essayais de faire n'importe quoi. Agiter mes orteils, soulever ma jambe, ou plier mes genoux, mais il n'y avait rien. J'étais mort à partir de la taille.

— J ?

Je digérai tout ce qu'il m'avait dit.

— Bébé.

— Laisse-moi réfléchir.

— D'accord.

Je m'éclaircis la gorge.

— Alors peut-être que j'irai bien.

— Ouais, peut-être que tu pourras marcher quand tu essaieras, ils ne savent pas encore. Ils ne peuvent pas le dire.

— Est-ce qu'ils m'ont opéré la colonne vertébrale ?

— Non, mais elle a été comprimée d'une façon qui empêchait le sang d'y parvenir et j'imagine qu'elle en a besoin, comme ton cerveau.

225

— Mais il n'y a pas eu de blessure à la moelle épinière.

— Oui et non.

— Ce sont des conneries.

— C'est de la médecine.

— Explique-moi.

— Pour l'instant, tu subis ce qu'ils appellent un choc médullaire, et cela peut prendre jusqu'à deux mois pour que tous les liquides et les gonflements diminuent et disparaissent, pour qu'ils puissent vraiment connaître la gravité de ta blessure.

— D'accord.

— Ton médecin, qui est vraiment doué, pense que si tu as une lésion de la moelle épinière, ce serait un syndrome cantonal postérieur.

— Et ?

— Et si tu dois avoir une blessure, c'en est une bonne, parce que ce n'est pas aussi terrible que d'autres. C'est ce qu'ils appellent une lésion incomplète de la moelle épinière, pas une version définitive qui t'empêchera de marcher à jamais.

— Donc même si c'est ça, je pourrais aller mieux.

— Si tu estimes ta blessure sur une échelle d'un à cinq…

— Vraiment ?

— Pourquoi tu t'en prends à moi ?

— Désolé.

Il s'éclaircit la gorge.

— Ton médecin pense que tu es entre trois et quatre.

— Je ne veux pas être un « un » ?

— Non, pas dans ce cas-là.

— D'accord.

— Mais encore une fois, il va falloir au moins deux mois avant que tout dégonfle et qu'ils puissent te faire passer une I.R.M., pour voir un peu tout ça.

— Alors il faut juste que j'attende.

— Oui.

— Et pour le moment ?

— Pour le moment, c'est comme si tes jambes ne savaient pas qu'elles étaient connectées au reste de ton corps.

— Mais mes jambes ne sont même pas blessées.

— Mon cœur, tu as été blessé partout. Tu es resté inconscient pendant cinq jours, et à peine éveillé pendant trois autres.

Ce qui expliquait pourquoi il portait la barbe.

— On fait la paire, maintenant. Tu n'as plus de rate non plus.

Cela me fit rire.

— En quoi est-ce drôle ?

— On fait la paire, dis-je en riant tout bas.

— Tu as des côtes fissurées, ton visage et ton corps sont couverts de bleus et...

— J'ai compris.

— Mais comme tu as atterri dans la boue, que la colline était humide et glissante, la voiture a plus ou moins dérapé et s'est presque arrêtée avant de te rentrer dedans, donc l'impact était plutôt une sorte de froissement entre le talus et toi, elle ne t'est pas passée dessus, mais plutôt... bon sang, Jory, tu aurais pu être écrasé. Tous tes os auraient dû être brisés. Les pompiers qui t'ont sorti de là sont venus te voir, parce qu'ils n'avaient pas la moindre idée que tu ne t'en étais sorti en un seul morceau.

— Sam...

— Si tu voyais les photos de la voiture...

— Mais je vais bien, sauf pour la marche.

— Nous ne savons pas encore pour ça.

— Comment cela pourrait-il se réparer comme par magie ?

— Ça ne se répare pas par magie. C'est juste ton corps qui guérit, et ça fonctionnera ou pas.

— Et si ça ne fonctionne pas ?

— Qu'est-ce que tu me demandes ?

— Tu le sais.

— Non, je ne le sais pas, parce que comment oses-tu me demander une chose pareille, putain ?

— Ne jure pas.

— Je t'aime sur tes pieds ou sur des roues. Ne sois pas con.

Il était en colère et j'aimais ça. Je pouvais supporter son indignation face à ma demande. Je ne pouvais pas supporter d'imaginer son départ. Cela me tuerait.

— Alors, quand partons-nous ?

— Bientôt.

— Je veux dormir dans un lit avec toi.

— Je sais.

— Je veux rentrer à la maison.

— Moi aussi. Essaie simplement de te reposer pour l'instant, d'accord ?

— D'accord. Tu restes ici, n'est-ce pas ?

— Où veux-tu que j'aille ?

— Je ne sais pas. Danser ? le taquinai-je.

— Ben voyons. Tout ce que je veux faire, c'est rester assis là à te regarder dormir.

Je fermai les yeux et poussai un long soupir apaisé.

— Vœu exaucé.

PAUVRE DR. Ing, elle avait l'air déroutée. Elle me regardait, les yeux plissés, debout entre deux autres docteurs, et venait de repousser une mèche derrière son oreille pour l'empêcher de retomber devant son visage. Elle avait un joli visage. Elle devait avoir la cinquantaine avancée, peut-être même la soixantaine, des yeux en amande brun foncé, des traits délicats et un sourire chaleureux. Elle avait essayé de se montrer optimiste et positive, mais j'avais trop de questions et je l'embrouillais.

— Monsieur Harcourt…

— Jory, dis-je en l'interrompant et en indiquant Dane. C'est lui, monsieur Harcourt.

Elle se tourna vers lui.

— Son frère ?

Il lui offrit un faible sourire, pas vraiment d'humeur.

— Oui.

Dane était entré dans ma chambre deux heures plus tôt et m'avait serré très fort, plus longtemps que d'habitude. Puis il s'était mis à hurler.

— Pour l'amour de Dieu, Jory, je ne peux te laisser aller nulle part !

Eh bien, non.

Mais ses cris avaient cessé et il s'était calmé, et Sam et lui s'étaient étreints d'une façon très masculine puis s'étaient mis à discuter pendant que je faisais défiler les chaînes sur la télévision.

— Aja est en colère que je l'ai forcée à rester à la maison, me dit-il. Bon sang, j'espère qu'elle me pardonnera avant la naissance du bébé.

— Je suis surpris qu'elle t'ait écouté.

— J'ai appelé son docteur, et il m'a dit « hors de question pendant le dernier trimestre ».

Je haussai les épaules.

— Tu as l'air bien, dit-il avant d'incliner sa tête à l'attention de Sam. Mieux que lui.

— Ouais, c'est parce que je porte mes propres vêtements plutôt que ceux de l'hôpital.

Tout était allé bien, jusqu'à l'arrivée des médecins. Elle était en train de s'expliquer quand je l'avais interrompue.

— Mais je pourrais être en fauteuil roulant pour le restant de mes jours.

— Monsieur Har…

— Jory, la corrigeai-je.

Elle grogna, parce que c'était sans doute la cinquième fois.

— Jory, voilà où nous en sommes. Vous ne pouvez pas vous attarder sur ce qu'il pourrait se passer, alors que vous devez déjà vous concentrer sur la thérapie physique et…

— Mais je pourrais.

— Vous…

— Exact ? Je pourrais ne jamais remarcher.

— Oui, mais…

Sam releva la main pour l'arrêter.

— Il doit comprendre, et il va vous poser une tonne de questions très vite d'ici un instant, alors si vous pouviez répondre, ce serait bien.

— Monsieur Kage, je…

— S'il vous plaît, lui demanda Dane.

Et franchement, aucune femme ne pouvait lui dire non.

— C'est comme ça qu'il fonctionne. Il a besoin de tout mettre dans la balance, et c'est tout. C'est comme ça qu'il procède, et vous devez le faire pour lui si vous voulez vraiment l'aider.

— C'est le cas.

— Alors faites-le, dit-il en lui souriant doucement. S'il vous plaît.

Elle prit une inspiration et se tourna pour me faire face.

— Je suis prête.

Je souris.

— Je ne suis pas effrayant.

— Non, je sais, allez-y.

Je lui souris de nouveau et ses yeux s'écarquillèrent un peu, comme si elle me voyait vraiment pour la première fois.

— Est-ce que je peux encore faire l'amour ?

— Oh.

Ce n'était pas ce à quoi elle s'attendait.

— Oh, hum, vous demandez...

Elle s'éclaircit la gorge.

— D'accord, oui.

— Oui ?

— Oui.

Elle était catégorique.

— Je peux encore tout sentir quand je fais l'amour ?

— Monsieur Har... Jory, est-ce que vous êtes sûr que vous êtes à l'aise avec ce sujet alors que votre frère...

— Je peux ?

— Oui.

Elle hocha la tête, comprenant comment cela allait se passer, mes volées de questions et mon rythme.

— Il faut juste que Sam me tienne parce que mes jambes ne fonctionnent pas.

— C'est ça, vous pouvez être sur le dos, les jambes sur ses épaules.

Je souris. Elle était cool, mon médecin.

— Je peux toujours avoir une érection ?

— Oui, répondit-elle immédiatement.

— Et je peux toujours avoir un orgasme ?

— Absolument. Rien dans votre corps ne pourrait perturber cela.

— D'accord.

Je soupirai.

— D'accord.

Son sourire s'agrandit et je vis la surprise sur les visages des deux autres médecins, un interne et un étudiant. Peut-être que c'était elle qui était effrayante, d'habitude.

— Je n'aurais pas l'une de ces poches, n'est-ce pas ? Je pourrais toujours pisser.

— Non et oui.

— Il faut juste que je me déplace de la chaise roulante aux toilettes, et vice versa.

— Oui.

— Mais je peux aller n'importe où dans le fauteuil.

— Oui.

— Et encore une fois, seules mes jambes ne fonctionneront pas, tout le reste va bien.

— Exact.

— D'accord.

Je soupirai et pris une profonde inspiration.

— D'accord.

— Mais monsieur Harcourt, nous ne savons même pas si...

— Je vais bien, dis-je en lui souriant. Je peux lui faire l'amour.

J'indiquai Sam.

— Je pourrais toujours prendre les enfants que j'aurais dans mes bras, et les promener en roulant chez moi, et je pourrais prendre soin de moi-même et travailler et aider à soutenir ma famille.

Elle se rapprocha de moi.

— Je ne veux pas que vous abandonniez avant que nous n'ayons fait quoi que ce soit.

— Je n'abandonne pas. Je vais tout essayer, mais il est important que je sache que certaines choses ne changeront pas, et que je sois certain de pouvoir toujours satisfaire mon homme.

— Oui, si vous êtes amoureux, le côté physique est très important.

— Exactement.

Je voyais bien qu'elle était soulagée d'en avoir terminé. Sam se massait l'arête du nez et Dane, comme toujours, avait l'air distant et posé. Il fallait bien plus que quelques questions sur le sexe pour troubler mon frère.

Au cours des deux jours suivants, les gens vinrent me voir. Aaron me rendit visite et resta toute la journée. Il parla beaucoup à Sam, ce qui était étrange. Et à Dane, et fut présenté à mes nouveaux amis, Ipo, Tetsuo, sa femme et tous les surfeurs. Kawika m'apporta le journal, où se trouvait mon nom, et il me dit qu'il n'avait pas voulu voir mon nom aux nouvelles, mais qu'il était là. Je lui dis que ce n'était pas ma faute.

— Jory, tu es le genre de type à qui des choses arrivent, hein ?

— Non, pas...

— Oui, lui assura Dane.

— Je m'en doutais.

Pour remercier la famille de Tetsuo de m'avoir sauvé la vie, Dane fit envoyer deux glacières remplies de nourriture à Chicago pour Moïse. C'était la moindre des choses, dit-il. Mon frère, comme toujours, eut beaucoup de succès. Les filles qui m'avaient trouvé adorable, et qui avaient trouvé Sam époustouflant, furent d'accord pour dire que Dane décrochait le pompon. Je levai les yeux au ciel.

Hayes vint me voir pour me souhaiter un prompt rétablissement et me dire qu'il m'appellerait s'il avait besoin de moi professionnellement. Sous le regard vigilant de Dane, il n'en dit pas plus. Aaron amena Jaden le jour suivant et nous discutâmes de son école de cuisine, et je lui dis que je l'appellerai en rentrant s'il me donnait son numéro.

Il me donna son numéro, me demanda de l'appeler et me dit qu'Aaron et lui avaient déjà décidé, mutuellement, de mettre un terme à leur relation. Assis sur le lit près de moi, Jaden poussa un long soupir.

— Quoi ?

Il regarda Sam.

— Je veux ce que tu as, Jory. Je veux un homme qui ne veut que moi. Quand j'en aurai fini avec mon école, j'aurais quelque chose à offrir.

— Tu as déjà beaucoup à offrir, lui assurai-je. Mais oui, être autosuffisant, il n'y a rien de tel.

Il semblait avoir hâte d'y être.

— Qu'est-ce que tu as fait ? me demanda Sam plus tard ce soir-là, quand nous fûmes de nouveau seuls, après le départ de Dane, qui était allé à son hôtel pour dormir un peu. Tu as arrangé les problèmes de tout le monde pendant que tu étais là ?

Je lui racontais tout sur Jaden et Aaron, et Sam me dit qu'il pouvait imaginer ces deux hommes dans ma vie.

— Pardon ?

Il haussa ses épaules musclées.

— J'ai dit à Aaron que cela m'allait si vous vouliez passer du temps ensemble, et que je pourrais peut-être même déjeuner avec lui de temps à autre. Peut-être.

Ça, c'était une nouvelle.

— Tu détestes Aaron Sutter.

— Avant, oui. Maintenant, j'ai un peu pitié de lui. Si les rôles étaient inversés… Peu importe.

— Quoi ?

— Si les rôles étaient inversés et qu'il t'avait, toi, je ne pourrais pas être simplement un ami, Jory. Je te kidnapperais pour t'emmener quelque part où il n'y a pas de traité d'extradition.

— C'est tellement romantique.

— Tu ne penserais pas ça si tu aimais Aaron Sutter plutôt que moi.

— Ça n'arrivera jamais.

— Non.

Je souris et pris son visage dans mes mains.

— Ça te va vraiment ? Pour Aaron et moi, je veux dire.

— Nous verrons comment ça se passe. Tant qu'il ne déconne pas et qu'il n'essaie pas de te baiser, ça devrait aller.

— Oooh, c'est tellement romantique.

— Tais-toi, dit-il en se penchant pour m'embrasser.

— Et arrête…

— De jurer, grogna-t-il. Je sais.

J'aurais pu continuer à insister, mais il m'embrassa, donc je ne pus le faire.

Le lundi suivant, je rentrai enfin chez moi.

XVIII

L'affaire contre Cristo Liron était tombée à l'eau quand il avait envoyé des hommes de main pour nous supprimer, Sam et moi. Il y avait eu des fuites en interne, de mauvaises pistes, et plus que tout, des incohérences procédurales. Mais quand les deux hommes avaient tout balancé sur Cristo, Eddie avait craqué, était devenu témoin à charge, et avait fait pression sur Adan et Paz pour qu'ils disent tout ce qu'ils savaient tous les deux. L'agent Calhoun était venu voir Sam quand nous étions rentrés pour lui annoncer la bonne nouvelle. Plus tard ce soir-là, alors que je m'entraînais avec mon fauteuil, roulant d'un bout à l'autre de la chambre, je demandai à Sam pourquoi il pensait que Cristo avait pris le risque d'envoyer des hommes à mes trousses et de provoquer de tels événements, plutôt que de laisser couler.

Le regard d'étonnement total qu'il me lança était adorable.

— Quoi ?

— Ne me traite pas comme un idiot, dis-je en riant.

— Jory, la plupart des gens se font tuer quand on lance des hommes de main à leurs trousses. Tu es chanceux, spontané, et ton ange gardien est surmené et certainement sous-payé.

— C'est vrai, hein ? Si mon ange entrait dans un bar, les autres anges seraient du genre : « Oh merde, c'est le pauvre type qui se tape Jory Harcourt. Regarde-le, il a recommencé à boire ».

Sam sourit.

— « Regarde, il a des tics, le pauvre ».

— Viens là.

Son sourire était devenu charnel.

— Non, dis-je en riant et faisant marche arrière. Va-t'en, espèce de pervers. Je suis en fauteuil roulant.

— Pas pour longtemps, m'assura-t-il. Dans une seconde, tu seras sur mon épaule.

Je me figeai et quand il m'atteignit, il s'agenouilla en tenant le fauteuil pour que je ne puisse pas m'éloigner.

— Qu'est-ce qui ne va pas ?

Je déglutis très difficilement.

— J'ai peur.

— Aucune raison d'avoir peur.

Mon souffle s'accéléra sans le vouloir.

— Et si tu ne pouvais jamais plus me prendre contre un mur ? Si je ne pouvais plus jamais enrouler mes jambes autour de toi ? Si…

— Arrête, m'apaisa-t-il d'une voix douce et rauque. Écoute-moi.

Je posai mes mains sur ses épaules parce qu'il le fallait, il le fallait toujours.

— Je t'aime et j'aime coucher avec toi, et c'est vraiment tout ce qui importe. Nous trouverons un moyen pour le reste, mais le poids de tout ça ne repose pas que sur tes épaules. Je veux être là aussi, J. Je suis investi dans tout ça et je n'irai nulle part. Alors arrête, d'accord ?

J'acquiesçai.

— Pour l'instant, ça ira très bien avec tes jambes sur mes épaules, comme l'a dit le docteur.

Et plus tard, au lit, quand il eut embrassé mes deux jambes tout du long, et les eut déposées au creux de ses coudes avant de se plonger profondément en moi, je compris enfin qu'il disait la vérité. Nous étions encore nous, simplement différent. Quand je criai son nom, sa tête retomba vers l'arrière et il gémit, atteignant l'orgasme, sombrant rapidement sous le plaisir. Je ris quand il s'effondra sur moi, m'écrasant sur lui, cloué au lit.

— Tu es lourd.

— Je voudrais rester enfoncé jusqu'aux couilles dans ton cul, jusqu'à la fin de mes jours.

— Adorable, le taquinai-je en cherchant mon souffle. Pousse-toi, Kage. Tu es lourd, putain.

— Ne jure pas, me taquina-t-il d'une voix que je n'avais jamais entendue auparavant.

Quand il s'écarta de moi, je me tournai pour le regarder et le découvrir en train de me sourire.

— Qu'est-ce que c'était que ça ?

— C'est la voix que tu prends quand tu me dis de ne pas jurer.

— C'est ma voix, ça ?

Il agita les sourcils et quand j'essayai de le frapper, il captura mon poignet et m'attira sur lui.

— Maintenant, c'est toi qui peux m'écraser.

— Je ne suis pas assez lourd, dis-je doucement, penaud, en enfouissant mon visage au creux de son cou et léchant le sel de sa peau, adorant le sentir couvert de sueur et repu sous moi.

— Non, pas assez lourd, dit-il en gardant une main sur mes fesses, les massant doucement, l'autre glissant dans mes cheveux.

Il les empoigna et releva ma tête.

— Tu es parfait.

Je ne l'étais pas, mais son profond baiser me fit comprendre qu'il le pensait, lui. Il roula sur moi. C'était la seule chose qui avait de l'importance.

IL Y eut une myriade de changements. Comme Dane s'en était douté, et c'était vraiment énervant que cet homme sache tout avant moi. Monsieur Riggs et madame Pearlman, de chez *Benchmark*, n'eurent aucun problème à l'idée de louer les nouveaux bureaux qu'ils avaient fait construire pour *Strauss et Harcourt*, à *Harvest Design*. Nous les paierions, et eux nous paieraient lorsque nous produirions quelque chose. Apparemment, cela fonctionnerait très bien.

J'emménageai dans les spacieux bureaux de bois et de verre avec Dylan et Fallon, et nous nous les appropriâmes. Nous venions de quitter un espace de travail barbant pour rejoindre un endroit chaleureux et accueillant, et tout le monde eut un commentaire à faire à ce sujet. Je fus surpris de voir combien de gens étaient là. Dylan avait contacté tous nos anciens clients, Fallon en avait amené de nouveaux, et Aaron Sutter, qui faisait construire un nouvel hôtel à Sydney en Australie, voulait un logo pour son nouveau produit phare, le *Summerville*. Il fallait incorporer l'Australie sans aucun symbole traditionnel, tout en englobant Sutter en tant que marque.

— Tu plaisantes ? lui demandai-je. Je n'ai jamais eu de chance en te créant quoi que ce soit. J'ai toujours échoué, tu te souviens ?

— Ouais, mais je pense que c'était parce que je ne savais pas vraiment ce que je voulais non plus.

Je l'observai en plissant les yeux tandis qu'il jetait l'une de ces boules anti-stress contre le mur de mon bureau.

— C'est énervant, tu sais.

Il grogna, étendu sur mon canapé.

— Où est-ce que tu as trouvé ça ?

Il indiqua un bol plein de ces trucs-là, sur la table basse près de lui. Dylan les avait fait décorer de notre logo. Je n'avais simplement pas vu qu'elle avait mis de ces satanés trucs dans mon bureau.

— Tu es censé t'en servir pour éliminer ta tension, pas énerver ton designer.

— Qui a dit que t'énerver ne diminuait pas mon stress ?

Je tournai les yeux vers lui et il agita la main.

— Comment va Jaden ? lui demandai-je.

— Bien. Il adore son école et il a rencontré quelqu'un, un autre futur chef comme lui.

Je levai les yeux au ciel.

— Ça ne veut rien dire. Je doute qu'il t'ait déjà remplacé, Sutter. Il sait qu'il doit donner du temps au côté romantique et ne pas coucher avec n'importe qui immédiatement.

Il haussa les épaules.

— Tu crois que ça me dérange, mais ce n'est pas le cas. Je me fiche de savoir si nous restons amis. Pour le moment, comme je paie pour son éducation, nous devons rester en contact, mais après deux ans… qui sait ?

— Quoi ?

— Je ne veux pas rester ami avec mes ex, dit-il en continuant à jouer à la balle avec une chose qui n'était pas conçue pour ça, contre le mur de mon bureau.

— J'aimerais souligner que nous sommes des ex et que nous essayons d'être amis.

— C'est différent, me dit-il. Toi, je t'aimais.

Je rivai mon regard au sien.

— C'est vrai, et voilà pourquoi j'essaie. Si c'est tout ce que je peux avoir, je le prendrai.

Je lui souris et son regard se fit chaleureux.

— Oh mon Dieu, Jory, est-ce que tu peux arrêter ça ! rugit Fallon en passant la porte de mon bureau après l'avoir ouvert à la volée.

Nous nous figeâmes.

— Tu vois, dis-je en souriant Aaron. Je t'avais dit que j'étais irritant.

— Oh.

Fallon eut le souffle coupé et l'air horrifié. Il venait de hurler sur l'un des hommes les plus riches de notre état, peut-être même de tout le Midwest.

— Monsieur Sutter, je…

— Désolé.

Il lança son sourire le plus radieux à Fallon.

— J'essayais juste d'énerver Jory.

Et quand Fallon se tourna lentement vers moi, je ne compris pas pourquoi je recevais ce regard jusqu'à plus tard.

— Espèce de petite merde !

Ce genre d'éclat de la part de Fallon Strauss, habituellement si imperturbable, ne lui ressemblait absolument pas.

— Quoi ?

— Tu es pote avec Aaron Sutter ?

J'émis un petit bruit de bouche.

— Ils sortaient ensemble, dit Dylan en ricanant.

— Bon sang, dit-il en s'effondrant sur le fauteuil devant mon bureau.

— Pourquoi tu n'irais pas t'évanouir dans ton bureau, lui dis-je.

Il me dévisagea.

— Je le jure devant Dieu, d'un jour à l'autre, je ne sais pas ce qui va se passer avec toi.

Le fauteuil roulant l'avait surpris quand il m'avait revu pour la première fois, mais pas autant, apparemment, que ma relation avec Aaron Sutter

— C'est drôle, hein ? demanda Dylan en lui souriant. Bienvenue au cirque.

Il me nous regarda l'un et l'autre.

— Nous pourrions aller manger une glace ? proposai-je.

— Nous adorons les glaces, appuya Dylan.

Il secoua simplement la tête.

QUAND SAM rentra ce soir-là, quelques jours après avoir commencé son nouvel emploi et ramené des tonnes de trucs à la maison chaque fois qu'il passait la porte, il fut surpris de me voir.

— Quoi ?

Il s'éclaircit la gorge.

— Pourquoi est-ce que tu portes mon masque de receveur ?

Sam avait joué au base-ball avec d'autres types du poste de police et quand il était parti, ils lui avaient fait promettre de revenir, ce qui était sympa. Il avait été surpris par la réaction de nombreux autres collègues à son départ, surtout celle des autres inspecteurs. Ils n'avaient pas voulu qu'il parte. Au final, ils se fichaient qu'il soit gay, cela ne faisait pas partie de l'équation s'il faisait son travail, selon ses frères d'armes, et c'était un flic honnête. Sam avait la réputation d'être juste, de travailler dur et d'être loyal, et c'était tout ce qui avait de l'importance. Son capitaine lui avait demandé de rester, mais le bureau de terrain du WITSEC à Chicago comptait sur lui et son nouveau patron, le Marshal Tom Kenwood, s'était assuré de rendre visite à Sam dès que nous étions rentrés. Il le voulait dans son équipe et Sam leur avait donné sa parole quand il avait accepté le poste. Je n'aurais pas pu être plus heureux.

— J. ?

Je soulevai le masque pour le regarder.

— Tes parents viennent dîner et je fais frire des empanadas pour accompagner le reste du repas, puisque ton père les adore.

— D'accord.

— Et puisque je suis plus bas maintenant, plus près de la cuisinière, je ne voulais pas me mettre de l'huile bouillante dans les yeux.

— L'huile pourrait t'éclabousser à travers les trous, répondit-il avec logique.

Je soulevai la poêle ronde que je tenais aussi à la main.

— Voici ma deuxième ligne de défense.

— Évidemment.

Il ricana en se baissant pour m'embrasser.

J'eus l'impression d'être apaisé.

— Je ne suis pas fou.

— Non, je sais.

Il continua à rire en entrant dans l'appartement.

— Comment s'est passée ta journée à parler à des gens du programme de protection des témoins, et à vérifier comment vont lesdits témoins ?

— Eh bien, je n'ai pas encore de témoins à ma charge. Juste mon nouveau partenaire.

— Tu l'aimes bien ?

— Oui. Il est un peu raide, mais il va venir dîner la semaine prochaine avec sa femme, et je pense qu'ensuite, il ira mieux.

— Pourquoi ?

Il se tourna vers moi.

— Parce qu'une fois que sa femme sera tombée amoureuse de toi, nous aurons ça en commun lui et moi.

— Et si elle me déteste ?

239

— Ouais, comme si ça pouvait arriver.

La possibilité était plutôt mince. J'étais sympathique, Dane le disait toujours.

LE DÎNER fut agréable. J'adorais les parents de Sam et ils raffolaient tous les deux de moi. J'étais allé me coucher tôt et Sam était resté éveillé pour lire, mais quand il vint au lit, il me réveilla. Son érection pressant au bas de mon dos m'informa de ce qu'il voulait avant qu'il glisse une main le long de mon ventre, jusque sous l'élastique de mon pyjama.

— Oui, marshal adjoint ? Puis-je vous aider ?

Sa main allait et venait déjà sur mon sexe en train de durcir et je me pressai contre lui en réponse.

— Oh, gémis-je.

Parce que ses mains sur moi étaient si agréables, un peu brusques, lourdes d'envie.

Sa bouche se posa contre ma nuque, mordillant et suçant ma peau, et il baissa mon pyjama d'une main contre ma hanche, l'autre agrippant mes fesses.

Le gémissement devint une plainte et je me cambrai contre Sam, ce qui le fit geindre à son tour.

— J'ai besoin de toi, dit-il d'une voix rauque et je me rendis compte que quelque chose n'allait pas.

— Qu'est-ce que tu regardais ? demandai-je en haletant quand j'entendis le couvercle du flacon de lubrifiant, avant qu'un doigt humide se glisse entre mes reins.

Il ne répondit pas, mais je sus ce qu'il se passait. Quoiqu'il ait pu lire dans ces dossiers l'avait effrayé, alors il était venu dans la chambre pour vérifier que j'allais bien, se rassurer que celui qu'il aimait était en sécurité. Mais à un moment donné, après s'en être assuré, il s'était laissé envahir par l'excitation et j'étais sur le point d'en récolter les fruits.

— Tu as envie de moi ? demandai-je, parce que parfois son désir se transformait en silence et en urgence.

Je sentis son souffle brûlant contre mon oreille, et deux doigts se glissèrent lentement en moi, me pénétrant doucement et tendrement, me préparant pour lui.

— Est-ce que tu me veux à genoux ? Je peux le faire, si tu me tiens ?

Ce n'était pas le cas et quand ses doigts se retirèrent, mon orifice prêt à le recevoir, je sentis son gland contre celui-ci. Mon dos se cambra et je pressai mes fesses contre lui.

Prenant ce geste pour une invitation, ce que c'était, il poussa en moi, me pénétrant complètement, jusqu'à la garde.

Il me mordit l'épaule et je frissonnai en me sentant empli, mes reins se resserrant autour de lui, mes muscles se contractant.

— Bouge, Sam, baise-moi.

Il se retira puis me pénétra de nouveau, le geste et son angle exerçant une pression contre ma prostate, sa main glissant le long de ma hanche pour caresser mon membre. Je poussai un cri et il s'enfonça plus profondément encore, bougeant contre moi, roulant à genoux et me gardant contre lui.

Mon visage se retrouva contre l'oreiller, mes fesses en l'air, et il continua son rythme persistant, glissant en moi et se retirant tout aussi lentement. Cet homme était énorme, et il me faisait sentir chaque centimètre de sa longueur, de sa largeur.

— Putain, gronda-t-il presque.

Ses mains agrippèrent durement mes fesses, ses doigts s'enfonçant dans ma chair quand il approfondit ses à-coups sans toutefois accélérer.

— Tu es tellement sexy, putain.

Il aimait regarder son énorme sexe me pénétrer, il avait toujours adoré ça, et en cet instant, j'étais prêt à le faire basculer.

— Je veux que tu jouisses, m'ordonna-t-il en se penchant sur moi, pressant son torse dur et sculpté contre mon dos en allant et venant le long de mon membre, des bourses jusqu'au gland. Je veux que tu en mettes partout sur le lit, J.

Sa bouche, ses mains, cette sensation d'être pleinement étiré, la façon dont il malmenait mon gland... j'étais foutu. J'oubliai de respirer pendant quelques minutes et en fut étourdi, alors que Sam me pilonnait jusqu'à atteindre un orgasme rugissant, comme le mien.

D'un geste brusque, il tira ma tête vers l'arrière, me maintenant sous les hanches, s'assurant que nous étions pressés l'un contre l'autre, aussi proches que possible, pompant sa semence entre mes reins, en recouvrant mes entrailles et en poussant plus loin encore, tandis qu'elle glissait le long de mes cuisses.

Quand il put enfin s'arrêter, il se libéra de mon orifice encore parcouru de spasmes et retomba sur le dos, haletant.

Je roulai sur le flanc pour le regarder. Il était beau, les cheveux ébouriffés, les yeux mi-clos, et je laissai glisser une main sur ses abdominaux, désormais recouverts de sueur et de semence.

— Tu vas bien ? le taquinai-je.

Il acquiesça, mais ne répondit rien.

— Tu es sûr ?

— Tu es un putain de cadeau divin, je te jure, dit-il en fermant les yeux. Peu importe ce dont j'ai besoin, tu me le donnes. Je suis tellement chanceux, putain.

Ce n'était pas dit pour me flatter, parce qu'il ne me regardait même pas, cela venait simplement du cœur. Parce que pour lui, je représentais tout.

Je me levai pour aller lui chercher de l'eau, me sentant affaibli et ralenti par la façon dont il venait de me prendre, de me pilonner, et quand je revins vers le lit, j'étais prêt à m'effondrer. Je fus surpris de le voir assis contre la tête du lit, les yeux écarquillés, me dévisageant comme si j'étais un fantôme.

— Bon sang, qu'est-ce que tu as ?

Sa bouche s'ouvrit, mais rien n'en sortit.

— Sam ?

Il déglutit, se lécha les lèvres et inspira vivement.

— Est-ce que tu vas bien ? demandai-je en m'appuyant contre le chambranle de la porte. Je t'ai apporté de l'eau.

— Hum, J, dit-il en commençant à me sourire. Bébé, tu sembles être sur pied.

Je le dévisageai et il me rendit mon regard.

Huit semaines, presque neuf, venaient de s'écouler, et nous les avions supportées. Nous nous étions occupés et avions accepté que quoi qu'il doive se passer, cela arriverait. Le fait que je me trouve dans un fauteuil roulant ne nous avait pas changés, et nous avions continué à vivre, préparant le restant de nos jours avec la certitude de rester ensemble. Nous avions même rencontré un type génial à l'agence d'adoption, qui avait été ravi de travailler avec nous. La vie avait continué, et désormais, elle venait de nous faire un autre cadeau.

— Je suppose que nous ferions mieux d'appeler le médecin demain matin, dis-je simplement.

Il hocha la tête avant de sortir du lit et de traverser la pièce pour me rejoindre rapidement. De l'eau se renversa quand il m'agrippa, mais il se fichait de savoir qu'elle coulait le long de son dos quand il me serra à m'en étouffer.

— Je m'en foutais, me dit-il.

— Je sais, répondis-je en m'écartant assez pour reposer le verre sur la commode. Tu m'aimes, moi, Sam, peu importe comment je suis.

Le baiser que je reçus, plein d'amour et d'un bonheur éclatant, me fit comprendre, comme toujours, qu'en ce qui concernait le cœur de Sam Kage, je savais de quoi je parlais.

MARY CALMES vit à Lexington, dans l'État du Kentucky, avec son époux et ses deux enfants. Elle aime toutes les saisons, sauf l'été. Elle avait fait ses études à l'Université du Pacifique, à Stockton, en Californie, où elle avait obtenu une licence de littérature anglaise. Vu qu'il s'agit de littérature, et non de grammaire, ne lui demandez pas de vous décortiquer un texte, elle ne le fera pas. Elle aime écrire, et s'absorbe complètement dans son travail lorsqu'elle commence un livre. Elle était même capable de décrire l'odeur corporelle de ses personnages. Elle achète de nombreux ouvrages, et apprécie les colloques où elle peut rencontrer ses fans.

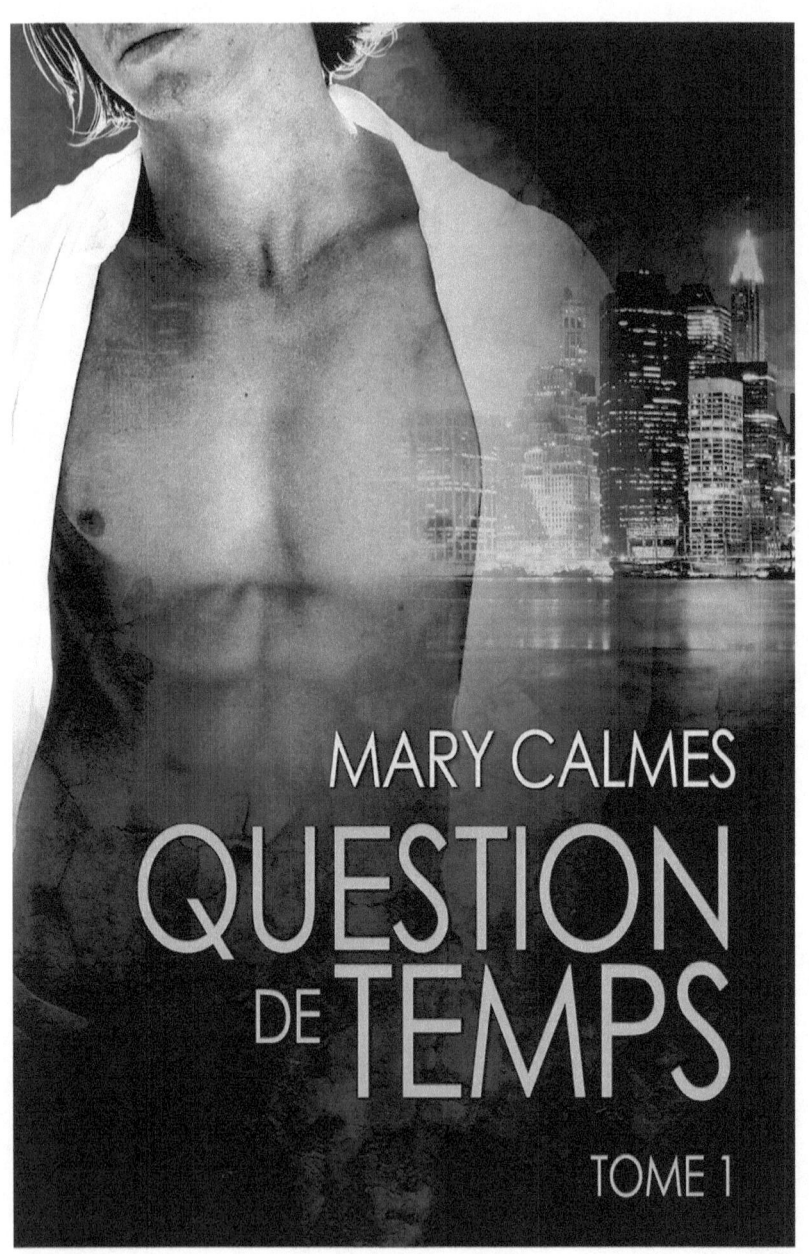

MARY CALMES

QUESTION DE TEMPS

TOME 1

Jory Keyes mène une vie normale comme assistant d'un architecte jusqu'à ce qu'il soit témoin d'un assassinat brutal. Bien qu'initialement sauvé par l'inspecteur de police Sam Kage, Jory refuse la détention préventive – il a une vie qu'il aime et à laquelle il ne renoncera pas, peu importe qui est après lui. Mais la vie de Jory est réellement en danger, surtout après qu'il accepte de témoigner à propos de ce qu'il a vu.

Alors qu'il jongle avec les tentatives de meurtre dont il est l'objet, des amis bien intentionnés qui veulent le voir heureux, un patron trop protecteur et un mystère qui se dévoile lentement et qui est beaucoup plus sinistre que ce qu'il aurait pu imaginer, le jeune homosexuel se retrouve impliqué avec Sam, l'inspecteur en conflit avec lui-même et dans le placard. Et si Jory a une chance de survivre au danger, il ne peut pas survivre à un cœur brisé.

www.dreamspinner-fr.com

MARY CALMES

QUESTION
TEMPS DE

TOME 2

Trois ans plus tôt, Jory Harcourt change de nom et referme la porte d'un passé chargé de douleur dans le but de devenir plus fort. Il a une nouvelle carrière, une associée formidable, et une vie satisfaisante – mis à part le trou béant dans sa poitrine que lui laissé l'inspecteur Sam Kage lorsqu'il est parti en emportant son cœur.

Maintenant, Sam est de retour et il sait ce qu'il veut… et ce qu'il veut, c'est Jory. Jory, qui ne sait pas s'il peut survivre à une nouvelle rupture – ou à la perte de Sam durant l'une de ses missions dangereuses – résiste à retomber dans les bras du seul homme qu'il a jamais vraiment aimé. Mais lorsqu'un tueur en série avec un compte à régler prend Jory pour cible, il devra décider si l'amour vaut le danger alors qu'il tente de résoudre l'affaire et de protéger Sam.

www.dreamspinner-fr.com

De simples
DESSERTS

MARY CALMES

Contes d'un étrange livre de cuisine, numéro hors série

Boone Walton a fait de son mieux pour mettre de la distance entre son passé et lui. Il s'est investi dans sa nouvelle vie, sa galerie d'art à La Nouvelle-Orléans et son amitié avec Scott Wren. Les choses semblent enfin normales, et Boone ne pourrait pas être plus heureux.

Scott Wren, chef cuisinier, veut plus qu'une vie normale avec Boone. Il veut une vraie relation, mais Boone est terrifié – et pas à cause du fantôme qui hante l'appartement de Scott, ni même ses parents. Non, le passé de Boone s'apprête à lui rendre visite, et la seule chose qui pourrait se mettre entre Boone, Scott et la recette douteuse d'une mousse au chocolat trouvée dans un curieux livre de cuisine, serait la rivière de douleur que Boone a dû traverser pour arriver où il en est. Il y a cependant un secret derrière les ingrédients, un secret qui pourrait révéler l'amour et la confiance qui ont manqué dans la vie de Boone.

www.dreamspinner-fr.com

SON FOYER

MARY CALMES

Les Gardiens des Abysses, numéro hors série

Julian Nash devrait être heureux : il venait tout juste d'être promu et était sur le point de le célébrer. Mais son bonheur disparait lorsqu'il surprend son rendez-vous en train de le tromper avec un autre, une heure avant le début des festivités. Julian se préparait à passer une longue soirée jusqu'à ce qu'une connaissance de longue date, Ryan Dean, lui sauve la mise. Durant le dîner, ils découvrent qu'il y a plus qu'une simple amitié entre eux : il y a une admiration mutuelle et un désir passionné. Mais apprendre à mieux connaître Ryan – et trouver une place dans sa vie – amènera des surprises effrayantes et un danger surnaturel dans la vie de Julian, auxquels il ne s'attendait pas et dont il n'aurait jamais imaginé l'existence.

www.dreamspinner-fr.com

CŒUR SAUVAGE

Mary Calmes

Le Clan des Panthères, tome 1

Jin Rayne est un jeune homme – mi-homme mi-panthère de surcroit – qui n'aspire qu'à une vie des plus ordinaires. Il a fui son passé pour prendre un nouveau départ, mais on ne se débarrasse pas si facilement d'aussi lourds secrets. Son arrivée dans une nouvelle ville l'amène à rencontrer le leader d'une tribu d'homme-panthères. Cette rencontre avec Logan Church, bel homme envoûtant, s'avère être un choc pour Jin qui panique à l'idée qu'il puisse s'agir de celui à qui il est destiné, c'est à dire l'amour de sa vie. Jin refuse de vivre selon les rites des hommes-panthères et se donner à son destiné le contraindrait à s'y soumettre.

Jin est pourtant bel et bien le compagnon dont Logan a besoin pour diriger sa tribu et il ne renoncera pas si facilement. Il aura besoin de temps et de se sentir en confiance pour découvrir le bonheur d'appartenir à Logan et apprendre à l'aimer sans borne.

www.dreamspinner-fr.com

Par MARY CALMES

L'acrobate
L'ange gardien
Contes d'un étrange livres de cuisine
De nouveau
De simples desserts
La grenouille du prince
Le mien

LE CLAN DES PANTHÈRES
Cœur sauvage
Cœur confiant
Cœur et honneur
Cœur destiné
Cœur et avenir

DANS LES TEMPS
Mauvais timing
Bon timing pour un Rodéo
Question de timing
Timing parfait

LES GARDIENS DES ABYSSES
Son foyer
Bec et ongles
Le cœur sur la main
Pécheur
Connexion

TOUT VIENT À POINT...
Question de temps, tome 1
Question de temps, tome 2
À toute épreuve

Publié par DREAMSPINNER PRESS
www.dreamspinner-fr.com